楚辭選評注

王建生　著

自序

這本《楚辭選評注》是我教「楚辭」課的教材，最近幾年完成。

最早，我教「楚辭」課，曾撰寫《楚辭講稿》包括「楚辭」的「源流」、「釋名」、「作者」、「流傳與注家」等部分，屬相關的外圍問題。以本書論，即「緒論」部分。除「緒論」外，本書注釋方面主要採用宋朝洪興祖《楚辭補注》，也包含王逸《楚辭章句》，用《楚辭補注》時以《補注》註明。另參考古今前賢注釋，亦分別說明出處。評論部分，選引古來各家對《楚辭》各篇章評論，整理分析。案語部分為本人看法，使學者有所取捨。

為了提高教學、教材品質，個人陸續撰寫完成如：《古典詩選及評注》、《陶謝詩選評注》、《韓柳文選評注》、《歐蘇文選評注》及《清代詩文理論研究》等。本書的完成，也是屬於這一系列。書中除將原有《楚辭講稿》重新整理，作為「緒論」外，將《楚辭》正文（指屈原作品）包含注釋、評論，一併整理。去年已全部完稿，名為《楚辭選評注》，上課也採用此本，再將部分文字補正，今年總算全稿底定。

全書分成：〈緒論〉、〈離騷〉、〈九歌〉、〈天問〉、〈九章〉、〈卜居〉、〈漁父〉、〈招魂〉、等等，選文及評注，以屈原作品為主。〈九辯〉、〈大招〉等作品，雖也含在「楚辭」範圍（廣義），為顧慮上課時間及教材份量，所以只錄原文，作為學者參考。

「楚辭」的名稱，是戰國時代出現的新興文體，上承《詩經》。最主要的作者是屈原，所以他的作品是本書評注的重點。

宋代黃伯思〈翼騷序〉說「諸〈騷〉皆書楚語、作楚聲、紀楚地、名楚物，故可謂之《楚辭》。」這麼說來，《楚辭》是楚國地方文學。換言之，《楚辭》開創地方文學先河，創新文體。由於屈原誠摯的愛國心，用心血、淚水滴成了新的作品，在文學上與《詩經》並稱中國兩大文學主流。

他的代表作〈離騷〉，在思想方面表達了「存君興國」的信念。正如《史記・屈原本傳》所說，屈平「正道直行，竭忠盡智以事其君」，可是遭到讒邪之人離間、誹謗，導致他「信而見疑，忠而被謗」，甚至被放逐。但他仍然「睠顧楚國，繫心懷王，不忘欲反」，「冀幸君之一悟，俗之一改」；對家國的熱愛，古往今來，堪稱第一。

〈九歌〉諸作，采用民歌，通過詩人的鍛鍊、淨化、美化其內容。今日出土的材料，楚人祭祀鬼神的數量，遠遠超過〈九歌〉諸神。現有〈九歌〉作品，可能是屈原在一系列祭祀樂歌中，挑選其中足以代表諸神部分，配合音樂而作的歌辭，以天神、地祇、人鬼組合成一套結構完整歌辭，供巫覡歌舞祀神、故事演唱。

〈天問〉篇內容，包括：宇宙創始，如天圜九重，共工撞不周山等事。神話人物如女媧造人，誰造女媧？女歧無夫生子等。九州崑崙方面，如東西多長，南北多寬。靈物則有「靈蛇吞象，其大如何？」之問。鯀禹之事，鯀治水不成，放殺於羽山之事。及歷史上少康中興，湯用伊尹等等。屈原質疑「天命反側，何罰何佑？」「齊桓九合，卒然身殺？」善不一定有善報，惡亦未必有惡果，禍福興衰、得失無常，天道幽邈，令人無法可循，此所以分別提出質疑。

而〈九章〉分成：〈惜誦〉、〈涉江〉、〈哀郢〉、〈抽思〉、〈懷沙〉、〈思美人〉、〈惜往日〉、〈橘頌〉、〈悲回風〉等篇，後人輯屈原作品，得其九章，合為一卷，非必出於一時。〈九章〉之文，分別成於懷王、頃襄王兩世，以〈惜誦〉、〈抽思〉、〈思美人〉為懷王時作。至於〈橘頌〉，四言詩體，承襲《詩經》形式，是最早詠物詩，為屈子早年之作。

〈卜居〉、〈漁父〉是同一類型作品，司馬遷《史記・本傳》將兩篇全錄，作為屈原生平材料。漢以來大部分注家，還是認定兩篇為屈原作品。屈原眼見混濁社會，善惡不分，上下倒置，忠貞之臣見嫉而遠謫，讒佞之臣受寵而蒙富貴，因求太卜解疑，可惜神明亦有所不知。最後太卜的忠言是「用君之心，行君之意。」

至於〈招魂〉為屈原所作。屈原深痛懷王客死，出於忠愛君王之心，招懷王魂魄，以歸返楚國、楚宮。該篇極力刻畫東、南、西、北、上天、下地恐怖景象；亦極力鋪寫宮室、侍妾、飲食、歌舞種種之美，可謂鬼斧神工，是七言詩之祖。篇中有序、有正文、有亂辭、開漢代賦之先河。

〈遠遊〉篇，王逸《楚辭章句》以為屈子所作。然文中多取《老》《莊》《呂覽》為材，雜引王喬、韓眾（終）、赤松等神仙事，不知是否漢代人所作？其他〈九辯〉以下非屈子所作，選文而不注、不評，存錄而已，以為讀者參考。末，附本書「參考書目」，提供讀者研究、閱讀參考。

教「楚辭」課三十餘年，今將平日教學蓄積，讀書、研究所得，整理評注、論述，以為喜好《楚辭》學者參考，亦是一件快事。

最後，感謝研究助理東海中文所碩士班劉慧婷同學工讀打字。感謝「九十七學年度教學卓越計畫」及「三圓一同心之東海卓越教學」補助，也感激秀威出版社協助出版，甚幸。

王建生

大度山　二〇〇九年二月

目錄

一、緒論

中國是一個詩的國度，最早的詩歌總集《詩三百》（《詩經》），由西周武王初年（西元前一一二二）至東周春秋中葉（西元前五七〇），我們的詩歌便大放光彩。

到了孔子（西元前五五一—西元前四七九）時代，《論語．陽貨篇》記載著：

《詩》，可以興，可以觀，可以群，可以怨，邇之事父，遠之事君，多識于鳥獸草木之名。

又，《論語．季氏篇》說：

不學《詩》，無以言。

又，〈子路篇〉說：

誦《詩三百》，授之以政，不達。使于四方，不能專對。雖多，亦奚以為！

古時候，《詩三百》，不僅可以：一涵養性情，以為脩身之用；二為藉《詩》通達事物，以為從政之用；三用《詩》練習辭令，以為應對之用（參屈萬里先生．《詩經釋義》，頁十九，中國文化大學出版）。

在《詩經》四言詩時代，它的句法如：

關關雎鳩，在河之洲；窈窕淑女，君子好逑。（〈關雎〉）
氓之蚩蚩，抱布貿絲；匪來貿絲，來即我謀。（〈氓〉）
昔我往矣，楊柳依依；今我來思，雨雪霏霏。（〈采薇〉）

在《楚辭》中，像〈天問〉篇有：

（曰）遂古之初，誰傳道之；上下未形，何由考之。……東流不溢，孰知其故？東西南北，其修孰多？

的句法。

在《詩經・鄭風・野有蔓草》：

野有蔓草，零露摶兮，
有美一人，清揚婉兮，
邂逅相遇，適我願兮。

另《詩經・魏風》：

坎坎伐檀兮，置之河之干兮；
河水清且漣猗，
不稼不穡，胡取禾三百廛兮，
不狩不獵，胡瞻爾庭有懸貆兮，
彼君子兮，不素餐兮。

到了《楚辭．橘頌》有：

后皇嘉樹，橘徠服兮。
受命不遷，生南國兮。
深固難徙，更壹志兮。

另〈懷沙〉：

滔滔孟夏兮，草木莽莽。
傷懷永哀兮，汩徂南土。

從前的四言詩，〈天問〉篇還保留著。除此，《楚辭》變化《詩經》句法，加了「兮」字，或在句中，或在句尾，便成了《楚辭》的形式。如：

○○兮○○

吉日兮辰良（〈九歌·東皇太一〉）

或○△△兮○○

疏緩節兮安歌（〈九歌·東皇太一〉）

加在句尾的除了前面所提到的外，又如〈離騷〉的：

○○○□△△兮

帝高陽之苗裔兮

可說是《楚辭》成熟的句法。詩由黃河流域，漸傳至長江流域了。就（1）主題（2）表現技巧（3）形式（4）辭藻等方面看來，《楚辭》比《詩經》進步。

在《論語·微子篇》中，載著〈楚狂接輿歌〉，歌辭是：

鳳兮！鳳兮！何德之衰也！往者不可諫也，來者猶可追也。已而！已而！今之從政者殆而！

在《孟子·離婁篇》有〈孺子歌〉：

滄浪之水清兮，可以濯我纓；

滄浪之水濁兮，可以濯我足。

像〈孺子歌〉全部為《楚辭・漁父篇》所引用。這些南方的歌謠，不管內容和形式，亦正是南方的鄉土文學。從另一個角度講也是《楚辭》受《詩經》形式影響。又，在技巧方面：王逸《楚辭章句》說「〈離騷〉之文，依《詩》取興」。《楚辭》用了許多譬喻，都是依《詩經》中的比興技巧的。

再說，江南水鄉澤國，風光綺麗。《九歌》中〈湘君〉有：「君不行兮夷猶，蹇誰留兮中洲。」，「令沅湘兮無波，使江水兮安流。」「駕飛龍兮北征，邅吾道兮洞庭。」「石瀨兮淺淺，飛龍兮翩翩。」在這變化多樣的地理環境下，令人不得不崇尚自然、玄想鬼神的偉大力量了。所以，《漢書・地理志》說，楚人信巫鬼而重淫祀。王逸在《楚辭章句》〈九歌序〉也說：

> 昔楚國南郢之邑，沅、湘之間，其俗信鬼而好祠。其祠，必作歌樂鼓舞以樂諸神。……屈原放逐，竄伏其域，……出見俗人祭祀之禮，歌舞之樂，其辭鄙陋，因為作〈九歌〉之曲。

王逸雖是說明〈九歌〉的作者，但更可說明南方的民俗、地理環境，更能影響詩人的創作。尤其像〈招魂〉〈天問〉，為天堂地獄之說之祖，不是外來；但由於後來儒家思想指導文學，重視現實人生，故神話少人研究。

我們的詩人—屈原，他有特殊的地位，所謂「楚之公族，與楚王同宗室。」年輕的時代極受楚懷王的寵信，即《史記・屈原本傳》所說的：

> 入則與王圖議國事，以出號令；出則接遇賓客，應對諸侯，王甚任之。

不幸的是，好景不常，懷王受到上官大夫、靳尚、司馬子椒、寵姬鄭袖等的讒謗。使得屈原在政治上遭受到無比的挫折，兩次的放逐，行吟澤畔，顏色枯槁；然而，他忠貞愛國的情操，偉大的天才，終於揉合《詩經》、南方歌謠、……等等。使他在困苦中、悲痛中，完成了偉大的文學創作——《楚辭》。所以《楚辭》表現作者的：（1）貴裔的榮耀。「帝高陽之苗裔兮」……「皇攬揆余初度兮」……「紛吾既有此內美兮」……「彼堯舜之耿介兮，既遵道而得路」……（2）理想與現實的衝突、破滅。如「忠不必用兮，賢不必以。伍子逢殃兮，比干菹醢。」（〈涉江〉）「指九天以為正兮，夫惟靈脩之故也。」（〈離騷〉）（3）死亡的陰影。〈離騷〉：「伏清白以死直兮，固前聖之所厚。」「知死不可讓兮，願勿愛兮。」（〈懷沙〉）又：〈惜往日〉「臨沅湘之玄淵兮，遂自忍而沉流。卒沒身而絕名兮，惜壅君之不昭。」（4）執著於忠君愛國的專一情操。如〈離騷〉：「豈余身之憚殃兮，恐皇輿之敗績。」又如〈懷沙〉：「夫惟黨人之鄙固兮，羌不知余之所臧。」又〈惜誦〉：「竭忠誠以事君兮」、「吾誼先君而後身兮」、「專惟君而無他兮」等等。（5）思想性和藝術性的高度統一。反映社會生活，藝術成就超過當代，表現獨創性。

（一）「楚辭」釋名

「楚辭」這個名稱，在西漢時代已成了專門名詞。在《漢書・朱買臣傳》（〈列傳〉第三十四卷上），及〈王褒傳〉都提到。〈王褒傳〉（〈列傳〉第三十四卷下）中所謂：

> 宣帝時，……徵能為《楚辭》九江被公，召見誦讀。

可知，「楚辭」這個名詞，至遲也該起于漢初。

為什麼叫「楚辭」呢？

《隋書・經籍志》以為屈原是楚人，故謂之「楚辭」。宋・黃伯思・〈翼騷序〉說：

> 諸〈騷〉皆書楚語、作楚聲、紀楚地、名楚物，故可謂之《楚辭》。若些、只、羌、誶、蹇、紛、侘傺；悲壯頓挫，或韻或否者，楚聲也；沅、湘、江、澧、修門、夏首者，楚地也；蘭、茝、荃、藥、蕙、若、芷、蘅者，楚物也。（陳振孫・《直齋書錄解題》引）

實際上，我們現在所指的「楚辭」，一方面是以屈原為主要代表的戰國時代在楚國出現的一種新興文體；一方面是包括屈原等好些作者的一部古代的詩歌總集的書名。但無論就那種意義講，「楚辭」中最重要的作者就是屈原。

「楚辭」課程主要是講屈原作品。所以選錄的作品也以屈原為主。

(二) 楚辭的作者

前面剛提到，《楚辭》中最重要的作者是屈原。其次便是宋玉、東方朔、莊忌、淮南小山、王褒等人的辭賦。現在依次敘述如下：

（1）屈原（西元前三四三—西元前二七七）

古書記載屈原事迹並不自《史記》開始，在《史記》以前也有提到屈原，並崇拜屈原的，那就是賈誼（西元前二〇一—西元前一六九）——貶長沙後有〈弔屈原賦〉。〈弔屈原賦〉云：「恭承嘉惠兮，待罪長沙，側聞屈原兮，自沈汨羅，造記湘流兮，敬弔先生。」以後有淮南王劉安〈離騷傳〉，也提到屈原。

屈原生平，見《史記》卷八十四，〈屈原賈生列傳〉第二十四。他名平，楚國宗室。生于楚宣王二十七年戊寅（西元前三四三），時為周安王二十六年。〈離騷〉有云：

> 攝提貞于孟陬兮，惟庚寅吾以降。

王逸注云：

> 太歲在寅，正月始春，庚寅之日，下母體而生。

雖然朱熹以「攝提」為星名，以為孟春時，斗柄指寅之月，屈子下母體而生，生年並未確定，一般乃以王逸之說為是。

又據〈離騷〉：

> 帝高陽之苗裔兮。

則知屈原之先世顓頊（高陽，顓頊號），正是楚之先祖，據姜亮夫考察其世系為：

黃帝→昌意→顓頊→熊繹→武王

　　　　　　　　　　└→文王→瑕（封于屈）→屈重→屈完→屈蕩→屈建→屈生→屈伯庸→屈平。

根據《史記》卷八十四〈屈原賈生列傳〉第二十四：

> 屈原者，名平，楚之同姓也。為楚懷王左徒。博聞彊志，明於治亂，嫺於辭令。入則與王圖議國事，以出號令；出則接遇賓客，應對諸侯。王甚任之。
>
> 上官大夫與之同列，爭寵，而心害其能。懷王使屈原造為憲令，屈平屬草稾未定。上官大夫見而欲奪之，屈平不與，因讒之曰：「王使屈平為令，眾莫不知，每一令出，平伐其功，以為『非我莫能為』也。」王怒而疏屈平。
>
> 屈平疾王聽之不聰也，讒諂之蔽明也，邪曲之害公也，方正之不容也，故憂愁幽思而作〈離騷〉。「離騷」者，猶離憂也。夫天者，人之始也；父母者，人之本也。人窮則反本，故勞苦倦極，未嘗不呼天也；疾痛慘怛，未嘗不呼父母也。屈平正道直行，竭忠盡智以事其君，讒人閒之，可謂窮矣。信而見疑，忠而被謗，能無怨乎?屈平之作〈離騷〉，蓋自怨生也。〈國風〉好色而不淫，〈小雅〉怨誹而不亂。若〈離騷〉者，可謂兼之矣。上稱帝嚳，下道齊桓，中述湯武，以刺世事。明道德之廣崇，治亂之條貫，靡不畢見。其文約，其辭微，其志絜，其行廉，其稱文小而其指極大，舉類邇而見義遠。其志絜，故其稱物芳。其行廉，故死而不容自疏。濯淖汙泥之中，蟬蛻於濁穢，

以浮游塵埃之外，不獲世之滋垢，皭然泥而不滓者也。推此志也，雖與日月爭光可也。

屈平既絀，其後秦欲伐齊，齊與楚從親，惠王患之，乃令張儀詳去秦，厚幣委質事楚，曰：「秦甚憎齊，齊與楚從親，楚誠能絕齊，秦願獻商於之地六百里。」楚懷王貪而信張儀，遂絕齊，使使如秦受地。張儀詐之曰：「儀與王約六里，不聞六百里。」楚使怒去，歸告懷王。懷王怒，大興師伐秦。秦發兵擊之，大破楚師於丹、淅，斬首八萬，虜楚將屈匄，遂取楚之漢中地。懷王乃悉發國中兵以深入擊秦，戰於藍田。魏聞之，襲楚至鄧。楚兵懼，自秦歸。而齊竟怒不救楚，楚大困。明年，秦割漢中地與楚以和。楚王曰：「不願得地，願得張儀而甘心焉。」張儀聞，乃曰：「以一儀而當漢中地，臣請往如楚。」如楚，又因厚幣用事者臣靳尚，而設詭辯於懷王之寵姬鄭袖。懷王竟聽鄭袖，復釋去張儀。是時屈平既疏，不復在位，使於齊，顧反，諫懷王曰：「何不殺張儀？」懷王悔，追張儀不及。

其後諸侯共擊楚，大破之，殺其將唐眛。

時秦昭王與楚婚，欲與懷王會。懷王欲行，屈平曰：「秦虎狼之國，不可信，不如毋行。」懷王稚子子蘭勸王行：「柰何絕秦歡！」懷王卒行。入武關，秦伏兵絕其後，因留懷王，以求割地。懷王怒，不聽。亡走趙，趙不內。復之秦，竟死於秦而歸葬。

長子頃襄王立，以其弟子蘭為令尹。楚人既咎子蘭以勸懷王入秦而不反也。

屈平既嫉之，雖放流，睠顧楚國，繫心懷王，不忘欲反，冀幸君之一悟，俗之一改也。其存君興國而欲反覆之，一篇之中三致意焉。然終無可柰何，故不可以反，卒以此見懷王之終不悟也。人君無愚智賢不肖，莫不欲求忠以自為，舉賢以自佐，然亡國破家相隨屬，而聖君治國累世而不見者，其所謂忠者不忠，而所謂賢者不賢也。懷王以不知忠臣之分，故內惑於鄭袖，外欺於張儀，疏屈平而信上官大夫、令尹子蘭。兵挫地削，亡其六郡，身客死於秦，為天下笑。此不知人之禍也。《易》曰：「井泄不食，為我心惻，可以汲。王明，並受其福。」王之不明，豈足福哉！

令尹子蘭聞之大怒，卒使上官大夫短屈原於頃襄王，頃襄王怒而遷之。

屈原至於江濱，被髮行吟澤畔。顏色憔悴，形容枯槁。漁父見而問之曰：「子非三閭大夫歟？何故而至此？」屈原曰：「舉世混濁而我獨清，眾人皆醉而我獨醒，是以見放。」漁父曰：「夫聖人者，不凝滯於物而能與世推移。舉世混濁，何不隨其流而揚其波？眾人皆醉，何不餔其糟而啜其醨？何故懷瑾握瑜而自令見放為？」屈原曰：「吾聞之，新沐者必彈冠，新浴者必振衣，人又誰能以身之察察，受物之汶汶者乎！寧赴常流而葬乎江魚腹中耳，又安能以晧晧之白而蒙世俗之溫蠖乎！」

乃作〈懷沙〉之賦。其辭曰：

陶陶孟夏兮，草木莽莽。傷懷永哀兮，汩徂南土。眴兮窈窈，孔靜幽默。冤結紆軫兮，離愍之長鞠；撫情效志兮，俛詘以自抑。

刓方以為圜兮，常度未替；易初本由兮，君子所鄙。章畫職墨兮，前度未改；內直質重兮，大人所盛。巧匠不斲兮，孰察其揆正？玄文幽處兮，矇謂之不章；離婁微睇兮，瞽以為無明。變白而為黑兮，倒上以為下。鳳皇在笯兮，雞鶩翔舞。同糅玉石兮，一槩而相量。夫黨人之鄙妒兮，羌不知吾所臧。

任重載盛兮，陷滯而不濟；懷瑾握瑜兮，窮不得余所示。邑犬羣吠兮，吠所怪也；誹俊疑桀兮，固庸態也。文質疏內兮，眾不知吾之異采；材樸委積兮，莫知余之所有。重仁襲義兮，謹厚以為豐；重華不可牾兮，孰知余之從容！古固有不並兮，豈知其故也？湯禹久遠兮，邈不可慕也。懲違改忿兮，抑心而自彊；離湣而不遷兮，願志之有象。進路北次兮，日昧昧其將暮；含憂虞哀兮，限之以大故。

亂曰：浩浩沅、湘兮，分流汩兮。脩路幽拂兮，道遠忽兮。曾唫恆悲兮，永歎慨兮。世既莫吾知兮，人心不可謂兮。懷情抱質兮，獨無匹兮。伯樂既歿兮，驥將焉程兮？人生稟命兮，各有所錯兮。定心廣志，餘（余）何畏懼兮？曾傷爰哀，永歎喟兮。世溷不吾知，心不可謂兮。知死不可讓兮，願勿愛兮。明以告君子兮，吾將以為類兮。

於是懷石遂自（投）【沈】汨羅以死。

屈原既死之後，楚有宋玉、唐勒、景差之徒者，皆好辭而以賦見稱；然皆祖屈原之從容辭令，終莫敢直諫。其後楚日以削，數十年竟為秦所滅。

自屈原沉汨羅後百有餘年，漢有賈生，為長沙王太傅，過湘水，投書以弔屈原。

記載屈原忠愛楚國的一生。

唐人馬戴，（字虞臣，里居不詳。會昌四年進士，《新唐書・藝文志》及《唐才子傳》有傳。）有〈楚江懷古〉詩（《全唐詩》卷五百五十五，頁六四三〇，明倫出版社）云：

又，唐戴叔倫（七三二—七八九）有〈過三閭廟〉（《全唐詩》卷二百七十四）：

露氣寒光集，微陽下楚丘。
猿啼洞庭樹，人在木蘭舟。
廣澤生明月，蒼山夾亂流。
雲中君不見，竟夕自悲秋。

沅湘流不盡，屈子怨何深。
日暮秋風起，蕭蕭楓樹林。

又，元・柳貫〈題離騷九歌圖〉（《古今圖書集成》卷一百八十五）：

紫貝東皇席，青霓北斗旗。
究觀神保意，遑恤放臣悲。
有客傳巴舞，何人執籥吹。
楚巫千載後，憑向畫中窺。

南宋詞人汪莘，〈賀新郎〉（《古今圖書集成》卷一百八十五）：

去郢頻回首，正橫江，蓀橈客與，蘭旌悠久，悵望龍門都不見，似把長楸孤負。念往昔，佳人為偶。獨向芳洲相思處、采蘋花，杜若空盈手。乘赤豹，誰來後。　雲中眼界窮高厚、覽山川、冀州還在、陶唐何有？木葉紛紛，秋風晚，縹緲瀟湘左右，見帝子，冰魂相守，應祀揮絃相對日，酹一杯，太乙東皇酒，問此意，君知否。

今人蕭繼宗先生有〈五日弔屈原〉（《興懷集》頁十八，台灣學生書局）

沅湘蘭茝吹香風，沅湘詩人離愁窮。
上官媚行深九重，子蘭蜚語螫且工。
欲叩帝閽帝耳聾，九關虎豹無由通。
荷衣躑躅江之東，行唫搔首如飛蓬。
美人香草明孤忠，雲雷回幻奔騷雄。
陳詞二姚兼有娀，靈脩浩蕩不可逢。
〈國殤〉〈山鬼〉紛悲恫，哀絲猶激章華宮。
忠言逆耳誰其同？載拜用先告祖熊。
汨羅湛湛森青楓，涉江去國吾心忡。
蘅皋捐珮示潔躬，馮夷撥棹羌相從。
安歌浩倡為愉容，忠憤上薄成蒼虹。

下垂風雅歸其宗，水仙逝矣靈其憧。
但看艾綠榴花紅，椒漿桂醑陳天中，
尚希靈貺昭愚蒙。

（2）宋玉

《史記・屈原本傳》載：

屈原既死之後，楚有宋玉、唐勒、景差之徒者，皆好辭而以賦見稱。然皆祖屈原之從容辭令，終莫敢直諫。

這是最早提到有關宋玉的資料。其次是《漢書・藝文志》說：

楚人，與唐勒並時，在屈原後也。

由此可知，宋玉也是楚國人，是屈原的後輩。他莫敢直諫，可知他事過楚襄王。

至於宋玉的作品，據《漢書・藝文志》的記載有十六篇。現流傳的有〈九辯〉、〈招魂〉（見《楚辭章句》）。又，據《史記》，〈招魂〉當為屈原所作）。

〈風賦〉、〈高唐賦〉、〈神女賦〉、〈登徒子好色賦〉。（見《文選》）

〈笛賦〉、〈大言賦〉、〈小言賦〉、〈諷賦〉、〈釣賦〉、〈舞賦〉。（見《古文苑》）

〈風賦〉以下的作品，有偽託的嫌疑，所以可靠的作品，只有〈九辯〉一篇。應為宋玉代屈原設言之作，部分文字襲自屈賦。

（3）景差

《史記・屈原本傳》云：

屈原既死之後，楚有宋玉、唐勒、景差之徒者，皆好辭而以賦見稱。

據《史記集解》云：

差，或作慶。

《索隱》云：

按揚子《法言》及《漢書・古今人表》（卷二十），皆作景瑳，今作差，是字省耳。

其生平不詳。

至於景差的作品，《漢書・藝文志》不載，唯《楚辭章句・大招》，王逸云：「屈原或言景差。」

（4）賈誼（西元前二〇一—西元前一六九）

賈誼，洛陽人。以能誦詩屬文名於郡。孝文帝初立（西元前一七九—西元前一五六），召為博士，那時他才二十餘歲。每詔令議下，諸老先生往往不能言，他盡給他們代替回答了。文帝大悅，一歲中，超遷至中大夫。不久，又欲以為公卿，周勃、灌嬰等都反對。因此文帝也就不很信任他，使為長沙王太傅。既至，聞長沙卑濕，恐壽不得長，又因謫貶而來，意不自得；及渡湘水，為賦以弔屈原（可知司馬遷之前已有屈原之說）。他為長沙王傅三年，有鵩鳥入舍，以為不祥，作〈鵩鳥〉。後歲餘，文帝復徵見，而終不能用，旋拜為梁懷王太傅。數年，懷王墮馬死，誼自傷為傅無狀，常哭泣，歲餘亦死，年三十三。（漢高帝七年—文帝一二年）

他的作品，除〈惜誓〉外，有〈弔屈原賦〉、〈鵩賦〉，（並見《史》《漢》本傳。）〈旱雲賦〉（見《古文苑》）〈簴賦〉（不全）（見《藝文類聚》四十四，《初學記》十六，《太平御覽》五百八十二）。四篇。

〈惜誓〉是否賈誼所作，在王逸時代已經不能斷定，後來洪興祖、王船山都以為賈誼所作。〈惜誓〉為賈誼所作的原因，據游國恩說：

> 第一，賈誼的環境很與屈原相似，而又謫居屈原自沈之鄉，至於數年之久，自然不無多少感慨。他剛渡湘水，便為文弔屈原，既至長沙以後，這數年中再作一篇來追悼他，是極可能的事。
>
> 第二，從〈惜誓〉本文看來，極與〈弔屈原賦〉（見本傳）用意一致。他們是哀悼屈原不能高舉遠引，有背全身遠害的道。故傳說把〈惜誓〉歸于賈誼，是極合理的。

第三，篇中詞意明白暢曉，已經是藝術上的進步，而且有些句子如：「黃鵠一舉兮，知山川之紆曲；再舉兮，睹天地之圜方。」「乃至少原之埜兮，赤松王喬皆在旁。」「夫黃鵠神龍猶如此兮，況賢者之逢亂世哉？」可與〈弔屈原賦〉的：「謂隨夷溷兮，為跖蹻廉；莫邪為鈍兮，鉛刀為銛。」及〈鵩賦〉的：「且夫天地為爐兮，造化為工；陰陽為炭兮，萬物為銅。」等句對著。這顯然是把散文的形式融合在騷體裡面，賈誼是從楚辭到漢賦的過渡作品中頭一個作者。（參游國恩《楚辭概論》第五篇〈楚辭的餘響〉）

為什麼叫〈惜誓〉？王逸說：「惜者，哀也；誓者，信也、約也，言哀惜懷王與己信約而復背之也。」王船山說：「惜誓者，惜屈子之誓死而不知變計也。」船山的話是，屈原說：「雖九死其猶未悔」（〈離騷〉），又說：「所作忠而言之兮，指蒼天以為正」（〈惜誦〉）。這是立誓自明，抱定犧牲主義的表現。賈誼以他遭逢亂世，不能隱居深藏，以致傷身無功，這是他所深為惋惜的。

（5）淮南小山（為淮南王賓客，有〈招隱士〉）

淮南小山據王逸說：「惜淮南王安博雅好古，招懷天下俊傑之士：（1）自八公之徒，咸慕其義而歸其仁，各竭其才智，著作篇章，分造辭賦，以類相從，故或稱『小山』，或稱『大山』，其義猶《詩》有《小雅》《大雅》也。」這樣看來，（2）「小山」是文章類別的名稱。但高誘《淮南子・序》又云：「初，安為辨達，善屬文。……於是遂與蘇非、李尚、左吳、田尤、雷被、毛被、伍被、晉昌等八人，及諸儒大山小山之徒，共講論道德，總統仁義。」這樣看來，「小山」似乎又是人名了。

淮南王安有神仙癖，大概當時賓客中有能文者不贊成淮南這種好尚，故此篇勸他勿信方士邪說，妄想離人世而登仙。〈招隱士〉，王逸附會閔傷屈原，王船山以為王逸曲說牽附，不達文旨。

（6）東方朔（西元前一六一—西元前一〇〇，有〈七諫〉。）

東方朔，字曼倩，平原厭次人。好讀書，博覽經傳，有口辯。武帝初即位，徵為公車待詔（掌理宮中司馬門、待詔之警衛），旋拜為常侍郎，建元三年（西元前一三八）起上林苑，朔切諫，乃拜為大中大夫，給事中。至老且死，諫曰：「《詩》云：『愷悌君子，無信讒言。讒言罔極，交亂四國。』願陛下遠巧佞，退讒言。」帝怪其多善言，未幾，果病卒。生平著作甚多，〈答客難〉及〈非有先生論〉二篇最有名。

按《漢書・朔本傳》（〈列傳・第三十五〉），載武帝初即位，他上書自記其時年二十二，照此推算起來，他當生于文帝後三年（西元前一六一）。至少活六十歲，死時大概太初以後。（西元前一〇〇）

〈七諫〉一篇，王逸以為東方朔所作，但《漢書・藝文志第十》獨不載他有賦，而且本傳列載他的作品，也獨無〈七諫〉一篇，然則〈七諫〉是否出於偽託，尚成問題。

王逸說：「諫者，正也；謂陳法度以諫正君也。……東方朔追憫屈原，故作此辭，以述其志。」按這篇全是代屈原為辭。

（7）莊（嚴）忌

莊忌，會稽吳人。時人尊稱為「夫子」。東漢時避明帝諱，改「莊」為「嚴」。《漢書・鄒陽傳》（第二十一）云：「吳王濞招致四方游士，陽與吳嚴忌、枚乘等俱仕吳，皆以文辨著名。久之，吳王以太子事怨望，稱疾不朝，陰有邪謀。……於是鄒陽、枚乘、嚴忌，知吳（吳王劉濞）不可說，皆去，之梁。」〈司馬相如傳〉第二十七云：「是時梁孝王來朝，後游說之士齊人鄒陽、淮陰枚乘，吳嚴忌夫子之徒，相如見而說之。」這是在景帝七年。

〈藝文志〉載莊夫子賦二十四篇，現在所存的只有〈哀時命〉一篇。王逸說：「忌哀屈原受性忠貞，不遭明君而遇暗世，斐然作辭，歎而述之，故曰『哀時命』也。」這篇大半是抄襲陳言，敷衍成篇的。

（8）王褒（〈九懷〉）、劉向（〈九歎〉）、王逸（〈九思〉）

王褒，字子淵，蜀人。宣帝時，為諫議大夫。作〈九懷〉。劉向，字子政，本漢宗室，歷仕宣、元、成三朝。成帝時，外戚王氏專權，向以為必危劉氏，屢上書切諫，帝雖知其忠誠，而卒不能用。哀帝建平元年（西元前六年），年七十二。作〈九歎〉。王逸，字叔師，南郡宜城人。後漢順帝時為侍中，著《楚辭章句》。逸與屈原同土，作〈九思〉以悼之，附於《章句》之末。

〈九懷〉、〈九歎〉及〈九思〉三篇中，〈九歎〉、〈九思〉都是為哀屈原作的，〈九懷〉非哀屈而作，只充滿了遠遊遁世的思想。

（9）屈原的作品：（班固《漢書．藝文志》載為二十五篇）

〈離騷〉、〈九歌〉（十一篇）、〈天問〉、〈九章〉（九篇）、〈遠遊〉、〈卜居〉、〈漁父〉等為二十五篇。

但其中〈漁父〉一篇，司馬遷採入《史記．屈原傳》中，作為一個故事來敘述，並沒有認為是屈原的一篇文章。而〈招魂〉一篇，司馬遷已確定為屈原所作，（王逸以為宋玉），如此則為二十五篇。另，〈遠遊〉篇，有以為是莊子後學或淮南門客所作，郭沫若《屈原研究》，以為是司馬相如〈大人賦〉初稿（參《沫若文集》第十二卷，人民文學出版社，頁三六〇），不知是否屈原所作。

（三）《楚辭》的流傳與注家

楚辭（屈賦）的流傳

紀昀《四庫全書總目提要》（卷一百四十八）云：

裒屈宋諸賦，定名《楚辭》，自劉向始也。後人或謂之「騷」，故劉勰品論《楚辭》以「辨騷」標目。考史遷稱屈原放逐，乃著〈離騷〉，蓋舉其最著一篇。〈九歌〉以下，均襲「騷」名，則非事實矣。《隋．志》集部，以《楚辭》別為一門，歷代因之，蓋漢魏以下賦體既變，無全集皆作此體者。他集不與《楚辭》類，《楚辭》亦不與他集類，體列既異，理不得不分著也。楊穆有〈九悼〉一卷，至宋已佚，晁補之、朱子皆嘗〈續編〉，然補之書，亦不傳，僅朱子書附刻《集註》後。今

> 所傳者，大抵註與音耳。註家由東漢至宋，遞相補苴，無大異詞。迨於近世，始多別解割裂補綴，言人人殊，錯簡說經之術，蔓延及於詞賦矣，今並刊除杜竄亂古書之漸也。

據《提要》所說，則：①楚辭由劉向定名。②「騷」體，取〈離騷〉以代屈賦。③《隋．志》立《楚辭》為一門。④註家由東漢至宋，無大異詞。至清朝，錯簡說經，異辭紛多。

又據姜亮夫說：

> 屈原賦，……結集成為別集，究始何時？已不可知。大概淮南王安與梁園諸賦家，是很可能的人。再早一點，漢武帝建藏書之策，也許已有編排。然而至遲不會在成帝詔劉向校經傳諸子詩賦之後，必已校定專集。所以《七略》裡已明列《屈原賦》二十五篇，及唐勒、宋玉賦各若干篇。西漢一代的文學主流是詩賦，詩賦已為文人進身之階，而《楚辭》更為國家所重視，召淮南王安作〈離騷傳〉不用說，宣帝時還特別徵能為《楚辭》的九江被公。召見誦讀，則不僅文集已定，而音讀也別有方法。到了後漢校書郎王逸，集屈原以下迄於劉向，逸又自為一篇，並敘而注之。這正是今天尚存向最古的本子，也是唯一的本子。
>
> 經過魏晉六朝到唐，雖也有人誦習，但這是一個中衰時期，一直要到晁補之、洪興祖、朱熹諸人，此學又復大興於世。而三家之書，也幸而傳到現在。所以除王本以外，還有晁氏《重編》本、洪興祖《補注》本、朱熹《集註》本；而洪本參照的版本為最多。此外有漢以來文人作品裡、注家注釋裡、類書裡，引用《楚辭》的地方，可真不少。

注家

最早注釋《楚辭》者為漢淮南王劉安的〈離騷傳〉，已失傳。自漢至今，注《楚辭》者不下百餘家，然大別可分為四派：一為訓詁派，王逸為代表；一為義理派，朱子、王夫之為代表；一為考據派，吳仁傑、蔣驥等為代表；一為音韻派，陳第、江有誥等可為代表。

（1）王逸（《楚辭章句》十七卷）

逸，字叔師，南郡（今湖北省）宜城人。博雅多覽。安帝時任校書郎，順帝晉陞侍中。（略據《後漢書．文苑傳》）晁公武《郡齋讀書志》云：「漢武時，淮南王安始作〈離騷傳〉；劉向校典經書，分為十六卷。……至逸自以為南陽人，與原同土，悼傷之，復作十六卷《章句》，又續為〈九思〉，取班固二序附之，為十七篇。」由此可以理解，《楚辭章句》中，前十六卷的篇目，可能是根據劉向舊篇；最後一卷，是增加其自撰的〈九思〉，並以班固二序附刊。但〈九思〉一篇的章句，是否也出於王逸之手？洪興祖在本篇《補注》云：「逸不應自注解，恐其子延壽為之爾。」又據姚振宗〈隋書經籍志考證〉云：「王逸自敘稱臣，則當時嘗進于朝，其本十六卷，自序言之甚明，是為經進本。其十七卷者，蓋私家別行本也。」自從光武中興，明．章繼起，「投戈講藝，息馬論道，東都（洛陽，東漢光武帝都）之業，炳炳麟麟。」（金兆豐《中國通史》東漢事略句）王逸所處的順帝時代，學風之盛，雖不及光武、明、章，而論道解經的習尚，還是繼續流行。《楚辭》首篇〈離騷〉，既被尊稱為「經」，王逸以校書郎的身份，章句《楚辭》告成，進經朝廷，自然是一件可以理解的事。

王逸是東漢頗有名氣的經學家，經學家注釋古書，總是以五經立義，並且特重訓詁。因為王氏太過注重經義與訓詁，並且刻板地講求「比興」，便不免流於拘泥固執，牽強附會的毛病。儘管唐人李善，對他特別崇拜，自己注釋《文選》，在《楚辭》部分，完全採用王注，不敢補充絲毫意見；事實上，王氏《章句》，部分是不能滿足讀者的要求；但從另一角度看來，《楚辭》如果沒有經過他的整理、注釋和刊行，屈、宋輝煌的詩篇，可能會被湮沒。

（2）洪興祖（《楚辭補注》十七卷、《考異》一卷）

洪興祖，字慶善，宋丹陽人，是北宋末期徽宗政和年間的進士；南宋高宗紹興中，除秘書省正字，出知真州、饒州。為人剛正，因為跟秦檜政見不合，被貶官昭州，憂憤而死。這是根據《宋史・儒林傳》的報導。陳振孫《直齋書錄解題》云：「逸之注雖未能盡善，而自淮南王安以下為訓傳者，今不復存，其目僅見於《隋・唐志》，獨逸注幸而尚傳，興祖從而祖之，於是名物訓詁矣。」又云：「興祖少得①東坡手校《楚辭》十卷，凡諸本異同，皆兩出之。後得②洪玉父而下本，十四五家參校，遂為定本，始補王逸《章句》之未備者。書成，又得③姚廷輝（姚舜明，宋、剡人，字廷輝，宋徽宗政和中知華亭，累官徽猷閣待制）本，作《考異》，附古本釋文之後。其末又得④歐陽永叔（脩）、孫莘老（覺）、蘇子容（頌，丹陽人，一〇二〇—一一〇一）本校正，以補《考異》之遺。」洪氏撰《楚辭補注》及《考異》的原委，陳振孫這一段記載，說得相當明白。《楚辭補注》的重點在補義，或引書（可能大部分是歐陽永叔、東坡、莘老諸家的校文）以證其古義，或辨解以明其要旨。各篇都列王注於前，自己補注則附列於後，務使章句明顯，綱舉目張，後來朱熹集注《楚辭》，也多採取其說。《四庫提要》云：「漢人注書，大抵簡質，又往往舉其訓詁，而不備列其大指。興祖是編，列逸《注》於前，而一一疏通證明，《補注》於後，於逸注多所闡發。又皆以『補曰』二字別之，使與原文不亂。明代諸人，妄改古書，恣情損益。此編於《楚辭》諸注之中，特為善本（善本的意義：張之洞以為：（1）足本（無缺卷，未刪削）（2）精本（精校精注）（3）舊本（舊刻舊抄））故陳振孫稱其用力之勤，而朱子作《集注》，亦多取其說云。」

（3）朱熹（《楚辭集注》八卷、附《辯證》二卷、《後語》六卷）

南宋朱熹，字元晦，一字仲晦，晚號晦翁，又號雲谷老人、滄洲遁叟及遯翁。他的父親朱松，原是徽州婺源人，後任閩尤溪縣尉，便移家尤溪，生朱子。朱子曾講學於福建省建陽縣西南的「考亭」，人稱其學為考亭學派。官至寶文閣待制，寧宗慶元六年卒，年七十歲。這是據《宋史・道學傳》的報導。朱氏撰《楚辭集注》的動機及本書內容的要點，《四庫提要》，敘述頗詳，原文節錄如下：「（朱子）以後漢王逸《章句》及洪興祖《補注》二書，詳於訓詁，未得意旨。乃隱括舊編，定為此本。以屈原所著二十五篇為《離騷》，宋玉以下十六篇為《續離騷》，隨文詮釋。每章各繫以興、比、賦、字，如《毛詩傳》例。其訂正舊注之謬誤者，別為《辨證》二卷附焉。自為之序。又刊定晁補之《續楚辭》、《變離騷》二書，錄荀卿至呂大臨凡五十二篇，為《楚辭後語》，亦自為之序。《楚辭》舊本有東方朔〈七諫〉、王褒〈九懷〉、劉向〈九歎〉、王逸〈九思〉。晁本刪〈九思〉一篇；是編並削〈七諫〉、〈九懷〉、〈九歎〉，益以賈誼二賦。」

朱子《集注》前言云：「王逸《章句》與近世洪興祖《補注》並行於世，其於訓詁名物之間，則已詳矣。顧王書之所取舍與其題號離合之間多可議者。而洪皆不能有所是正。……取喻立說旁引曲證，以強附於其事。」而《集注》，確比王、洪二家為進步，其優點有三：（一）揚棄王逸《章句》本所收錄〈七諫〉、〈九懷〉、〈九歎〉、〈九思〉四篇，而增加賈誼代表作〈弔屈原賦〉及〈鵩賦〉。（二）坦白指出王、洪二書「詳於訓詁，未得意旨」，而櫽括舊編，另外新注；《辯騷》二卷，對於錯誤的舊注，尤多能分別加以糾正。（三）晁補之《續楚辭》、《變離騷》各二十卷，被刪，存《後語》二卷，可見其取舍標準，嚴而不濫。朱子《集注》的缺點，如每章都繫興比賦字，未免過於公式化。

（4）吳仁傑（《離騷草木疏》四卷）

本書編末有寧宗慶元三年丁巳（一一九七）的自序，謂補梁劉杳《楚辭草木疏》，蓋其書已亡。杳所疏的是《楚辭》全部，他獨取屈原二十五篇疏之，大旨謂〈離騷〉所稱草木多本《山海經》，故這篇所引每以《山海經》為斷。如考辨「夕攬洲之宿莽」句，引《山海經》「朝歌之山，有莽草焉，可以毒魚」為據，駁王逸舊注之非，其證甚辨。其徵引宏富，考辨典核，實可補王氏訓詁之不及。較之陸璣之疏《毛詩》（《毛詩草木鳥獸蟲魚疏》），可以齊驅並駕，故自來留心博物者，往往多所取資。但《山海經》本為晚出的書，語多不經，前人有謂他原為注《楚辭．天問》而作，極有道理。又這書為劉歆所上，而《大荒西經》稱夏啟為夏后開，這顯是漢人避景帝的諱的；吳疏乃反謂他為〈離騷〉所自出，似乎未可盡信。

（5）楊萬里（《天問天對解》一卷）

本書取屈原〈天問〉及柳宗元〈天對〉二篇比附貫綴，各為解釋，訓詁頗為淺易。其間有所辨證者，如〈天問〉「雄虺九首，儵忽焉在」，引《莊子》「南方之帝曰儵，北方之帝曰忽」，證明王逸註作「電光」之語，特因〈天對〉「儵忽之帝，居南北海」而為之說；又如〈天問〉「鯪魚何所？鬿（魁）鵻（雀也）焉處」，謂「鵻」當作「雀」。鬿雀在北號山，如雉，虎爪，食人，駁王注「奇獸」之誤，亦因〈天對〉「鬿雀在北號，惟人是食」而為之說，並無何種新義。（參游國恩《楚辭概論》商務印書館）

（6）明・屠本畯（《離騷草木疏補》四卷、《楚辭協韻》十卷、《讀騷大旨》一卷）

書以吳氏《離騷草木疏》多有未備，特於草香類加入麻、秬、黍、薇、藻、稻粢、麥、粱八種，於嘉木類加入楓、梧二種，其餘於吳《疏》多所刪汰。又每類冠以〈離騷〉本文及王注，擬於《詩》的「小序」，亦無關宏旨。他又以朱子《集注》韻為未備，復作《楚騷協韻》一書，然所加實不盡當。又謂《楚辭》文字作於小篆未變以前，我們寫他用小篆分楷，今刊本雖用隸書，然當拿「六書」善本正其差偽。故他每好取《說文》字體改易今本《楚辭》的楷法，這真是好奇太過的了。（亦參游氏說，如前）

（7）明・陳第（《屈宋古音義》三卷）

本書於屈、宋作品中，去〈天問〉一篇，而加入〈高唐賦〉、〈神女賦〉、〈風賦〉及〈登徒子好色賦〉四篇，合共三十八篇，各為音義。其體例取屈宋文中韻腳，先直注其音，復旁引他書的古韻以相質證，然後列舉本文中相同的例子來證明他，深斥唐以來合韻叶音之謬。關於文義方面則刪取舊注，間附己意；每篇之末，各繫以「總題」。又從前的《楚辭》注家，或一二句，三四句斷章，雖解其義，而其韻混淆，故他分章全以韻為斷，這書於義無可取；論音雖不及清代學者的精，然實可作研究古韻的津梁。至於他刪去〈天問〉一篇，闕而不論，實在沒有道理。（亦參游氏說，見前）

（8）明．黃文煥（《楚辭聽直》八卷、《合論》一卷）

崇禎中，文煥坐黃道周黨下獄，因在獄中著此書。大概借屈原以寓感。書名即取借誦「皋陶聽直」的話。其例凡評謂之「品」，注謂之「箋」，《九歌》《九章》諸篇標題下又有「總品」。其篇次首〈離騷〉、次〈遠遊〉、次〈天問〉、次〈九歌〉、次〈漁父〉，次〈卜居〉、次〈九章〉。又據王逸〈序〉以〈大招〉或稱屈原所作，及《史記．屈賈傳贊》的話，並以〈大招〉〈招魂〉兩篇附於篇末，這都是與舊本大不相同的地方。《合論》一卷，即以發明「聽直」的意義，有〈合論〉一篇的，如〈聽離騷〉、〈聽遠遊〉、〈聽天問〉、〈聽九歌〉、〈聽卜居、漁父〉、〈聽九章〉、〈聽二招〉七篇便是；有合論全書的，如〈聽忠〉、〈聽孝〉、〈聽年〉、〈聽次〉、〈聽複〉、〈聽芳〉、〈聽玉〉、〈聽路〉、〈聽女〉、〈聽禮〉十篇便是，大抵借以抒牢騷，未必是屈子本意。（亦參游氏說，如前）

(9)明・馮紹祖(《楚辭句解評林》十七卷)

本書注釋及篇次一仍王逸之舊。篇首列載議例五則：一「印古」，二「銓故」，三「遴篇」，四「覈評」，五「譯響」。據他的自述，凡諸家評論，如張氏《楚範》，陳氏《楚辭》，洪氏《隨筆》，楊氏《丹鉛》，王氏《卮言》等書，均一一蒐載；而他的祖父山海公間有手澤，亦隨列入，要以補《章句》及洪朱二氏所不及。雖訓詁義理無所發明，冗碎亦與沈書無異，然而徵引繁博，亦往往可資考證。惟所引都不注明出處，是其闕失。〈七諫〉以下，評語絕少。(亦參游氏說，如前)

(10)明・王夫之(《楚辭通釋》十四卷)

王夫之(一六一九—一六九二)字而農，號薑齋，清衡陽人，明崇禎舉人。原居衡陽的石船山，致力著作，後來因為吳三桂僭號衡陽，便息影深山，卒年七十二歲。

本書刪去王逸《章句》本〈七諫〉以下五篇，加入江文通作品，自己另撰〈九昭〉一篇殿後，合計四十四篇。每篇分段注釋，〈遠遊〉則采方士鉛汞之談。其輯釋大旨，本書序例有詳細說明，摘錄如次：「經解曰：『屬辭比事』，未有不相屬而成辭者。以子屬天，則為元后；以下屬天，則為六寓。引而伸之，觸類而長之，或積崇隆而泰華，或衍浩瀚而為江海；卮出而不窮，必不背其屬，無非是也。王叔師之釋《楚辭》也，異是。俄而可以為此，俄而可以為彼矣。其來無端，其去無止。然則斯製也，其為學孛星之欻見。……」

本書各篇詮釋，詞語簡鍊而富於情感，極有引人入勝的力量。可惜他的思想，還是受到時代與封建社會的侷限，所以在義理部分有些注釋，終未能擺脫傳統的偏見。但〈九歌〉全篇，卻能糾正《章句》、《補注》、《集注》等書的牽強附會，他大膽地指出：「〈九歌〉以娛鬼神，特其悽悱內儲，含悲音於不覺耳。橫摘數語，為刺懷王，鬼神亦厭其瀆矣！」我們該禮讚。在黑霧迷宮中，會湧現這一股強烈的光芒！（亦參游氏說，如前）

（11）蕭雲從（《離騷圖經》、《離騷圖》上下冊）

清蕭雲從撰《離騷圖經》、《離騷圖》三卷。《離騷圖》卷上為〈離騷〉、〈九歌〉；卷中為〈天問〉，卷下為〈九章〉以下諸篇。他把三閭大夫、鄭詹尹、漁父合繪一圖，冠於卷端。〈離騷〉三十二圖，〈九歌〉為九圖，〈天問〉為五十四圖。雖無關義訓，能使讀者觀圖想像。在清高宗乾隆四十七年，始命廷臣參考釐訂，各為補繪。包括〈九章〉為九圖，〈遠遊〉為五圖，〈九辯〉為九圖，〈招魂〉為十三圖，〈大招〉為七圖，〈香草〉為十六圖。

（12）林雲銘（《楚辭燈》四卷）

清林雲銘撰《楚辭燈》四卷。這書只取屈原所作，加〈招魂〉〈大招〉二篇，逐句詮釋。每篇各為「總論」，詞旨淺近。（有些說法根據黃文煥《楚辭聽直》）

（13）毛奇齡《天問補注》一卷

清毛奇齡撰《天問補注》一卷。他以朱子《集注》於〈天問〉一篇多所闕略，故復為之《補注》。前為「總論」，後凡三十四條，皆先列〈天問〉原文，次列《集注》，而以《補注》附後，亦間有所疏證；然語本恍惚，事尤奇詭，極難一一確證，故臆測之詞居多。

（14）錢澄之《楚辭屈詁》

清錢澄之撰《楚辭屈詁》（無卷數。）這書是他的《莊屈合詁》的一部份，因朱子《集注》更加詳釋，並不別立意見。其體例見列《集注》，次列己注，而標「詁曰」二字。統觀所詁，平正通達。

（15）蔣驥《山帶閣注楚辭》六卷、附《卷首》一卷、《餘論》二卷、《說韻》一卷

清蔣驥字涑塍，武進人。本書特色，歸納起來，約有三點：（一）《餘論》部分，考論分析，時有創見。（蔣氏自信他「凡訓詁考證，多前人所未及」—見本書序文。）（二）所標考正地圖，（有〈楚辭地理總圖〉、〈哀郢路圖〉、〈涉江路圖〉、〈漁父懷沙路圖〉等）為各注家所未有。（三）經過六年的悠長時間，獲得參考書六百四十餘種；自言「凡訓詁考證多前人所未及」，由此可以理解作者治學之勤，與蒐羅、考證之豐富。書中雖有若干可議的地方（尤其《說韻》部分），比較各家注本，仍為很好注本。

（16）（清）顧成天（《離騷解》一卷，《九歌解》一卷，《讀騷別論》一卷）

《離騷解》大旨深闢王逸以來求女譬求君的說，持論極正。又併《九歌》〈湘君〉〈湘夫人〉為一篇，〈大司命〉〈少司命〉為一篇，以合九篇的數，說尚可通。至他每篇所解，參林雲銘的《楚辭燈》，往往穿鑿附會。

（17）屈復（《楚辭新注》八卷）

清屈復撰《楚辭新注》八卷。本書採《楚辭》舊注，而以新意疏通，往往能得騷人言外之意。書中將〈天問〉篇移前後位置，以為錯簡；未必如是，但經他一一疏通，覺有條理可讀。

（18）戴震（《屈原賦注》七卷、《通釋》二卷、《音義》三卷）

戴震字東原，清休寧人。乾隆舉人。對禮經制度名物及推步天象，都能洞澈本原，尤精小學訓詁。著作豐富，實事求是，不主一家。曾任四庫館纂修，被賜同進士出身，授庶吉士。卒年五十四歲。本書所注是根據王逸《章句》本〈離騷〉以下《屈賦》二十五篇。《通釋》上卷疏山川地名，下卷疏魚蟲草木。《音義》則定其音讀，並列舉別本異文，博引繁徵，足資考證。據段玉裁所撰《戴先生年譜》的記載，戴氏注《屈原賦》，年齡才三十歲，到了三十八歲，這部書才刊行。又，戴氏是文字學專家江永的高足，學有師承，加以聰明力學，所以在青年時代，便有很高的造詣。他的《屈原賦注》，論字數並不算多，但訓詁方面，實在比較舊注更為精確。（亦參游氏說，如前）

（19）俞樾（《評點楚辭》十七卷）

這書注釋全用王逸《章句》及洪興祖《補注》，不增易一字，而雜引諸家評語，有總評，有眉批，每篇之後又有評語，大抵依據馮紹祖的《楚辭句解評林》，略有增減；徵引繁多，終嫌冗碎，又所引都不注出處，不知俞氏何為編此陋書，疑是坊賈所依託。（亦參游氏說，如前）

（20）另，姜亮夫《屈原賦校注》有文光及世界書局本，考證詳實，內容新穎，亦為注釋《楚辭》佳作。

二、離騷

帝高陽之苗裔兮(1)，朕皇考曰伯庸(2)。攝提貞于孟陬兮(3)，惟庚寅吾以降(4)。

(1)德合天地稱帝。裔，末也。高陽，顓頊有天下之號也。屈原首言顓頊帝後代子孫。游國恩《楚辭論文集》言屈賦四種觀念為：宇宙觀念、神仙觀念、神怪觀念、歷史觀念。此為其歷史觀念。(2)朕，我也。皇，父死稱考。伯庸，字也。〔補注〕：蔡邕云：朕，我也。古者上下共之，自秦獨以為尊稱，漢遂因之。(3)太歲在寅曰攝提格。孟，始也。貞，正也。正月為陬。(4)庚寅，日也。降，下也。〔補注〕：降，乎攻切，下也。見《集韻》。又，據趙翼《陔餘叢考》，甲子紀歲自王莽始。

皇覽揆余初度兮(1)，肇錫余以嘉名(2)。名余曰正則兮(3)，字余曰靈均(4)。

(1)皇，皇考也。覽，觀也。揆，度也。覽，一作鑒。一本「余」下有「于」字。(2)肇，始也。錫，賜也。嘉，善也。(3)正，平也。則，法也。(4)靈，神也。均，調也。言正平可法則者，莫過於天；養物均調者，莫神於地。高平曰原，故父伯庸名我為平以法天，字我為原以法地。

紛吾既有此內美兮(1)，又重之以脩能(2)。扈江離與辟芷兮(3)，紉秋蘭以為佩(4)。

(1)紛，盛貌。五臣曰：內美，指德性，謂忠貞。又，《楚辭》中，置於句首，如紛、汩、忽、羌、蹇、耿……大多屬方言。(2)〔補注〕：能，本獸名，熊屬，故有絕人之才者，謂之能。案：脩能應作脩態，言其脩長體態。「態」

字與「佩」字協。（3）扈，被也。楚人名被為扈。江離、芷，皆香草名。辟，幽也。芷幽而香。此句為一動詞……連詞（與）用法。其他如：「雜申椒與菌桂兮」，「畦留夷與揭車兮」。（4）紉，索也。蘭，香草也，秋而芳。佩，飾也，所以象德。故行清潔者佩芳，德仁明者佩玉，能解結者佩觿，能決疑者佩玦，故孔子無所不佩也。言己脩身清潔，乃取江離、辟芷，以為衣被；紉索秋蘭，以為佩飾；博采眾善，以自約束也。〔補注〕：顏師古云：蘭，即今澤蘭也。《本草注》云：蘭草、澤蘭，二物同名。

汩余若將不及兮（1），恐年歲之不吾與（2）。朝搴阰之木蘭兮（3），夕攬洲之宿莽（4）。

（1）汩，去貌，疾若水流。（2）此言屈子進德脩業，欲及時也。（3）搴，取也。阰，山名。（4）攬，采也。水中可居者曰洲。草冬生不死者，楚人名曰宿莽。木蘭去皮不死。〔補注〕：莽，莫補切。音母。《爾雅》云：卷施草拔心不死，即宿莽也。

日月忽其不淹兮（1），春與秋其代序（2）。惟草木之零落兮（3），恐美人之遲暮（4）。

（1）淹，久也。（2）代，更也。序，次也。春往秋來，以次相代。言天時易過，人年易老也。（3）零、落，皆墮也，草曰零，木曰落。歐陽脩〈秋聲賦〉云：「嗟乎！草木無情，有時飄零。」（4）遲，晚也。美人，謂懷王也。〔補注〕：屈原有以美人喻君者，「恐美人之遲暮」是也；有喻善人者，「滿堂兮美人」是也；有自喻者，「送美人兮南浦」是也。

不撫壯而棄穢兮（1），何不改此度（2）？乘騏驥以馳騁兮（3），來吾道夫先路。

（1）年德盛曰壯。棄，去也。穢，行之惡也，以喻讒邪。〔補注〕：不撫壯而棄穢者，謂其君不肯當年德盛壯之時，棄遠讒佞也。（2）改，更也。（3）騏驥，駿馬也，以喻賢者。言乘駿馬，一日可致千里。以言任賢智，則可成於治也。乘，一作棄。馳，一作駝。〔補注〕：駝即馳字，下同。

昔三后之純粹兮(1)，固眾芳之所在(2)。雜申椒與菌桂兮(3)，豈維紉夫蕙茝(4)？

（1）后，君也。戴震《屈原賦注》云：熊繹、若敖、蚡冒，楚之三先君也。（2）眾芳，喻群賢。（3）申，大也。椒，香木也。椒、菌桂皆香木。桂木有：肉桂、牡桂、菌桂。（4）紉，貫穿。蕙、茝，皆香草，以喻賢者。言楚三先君用人不拘一格，雜用眾賢，以致於治，非獨索蕙茝，任一人也。

彼堯舜之耿介兮(1)，既遵道而得路(2)。何桀紂之猖披兮(3)，夫唯捷徑以窘步(4)。

（1）耿，光也。介，大也。（2）遵，循也。堯、舜所以有光大聖明之稱者，以循用天地之道，舉賢任能，使得萬事之正也。〔補注〕：路，大道也。（3）桀、紂、夏、殷失位之君。猖披，衣不帶之貌。（4）捷，疾也。徑，邪道也。言桀、紂愚惑，違背天道，施行惶遽，衣不及帶，欲涉邪徑，急疾為治，故身觸陷阱，至于滅亡。〔補注〕：桀、紂之亂，若衣披不帶者，以不由正道，而所行蹙迫耳。捷，邪出也。

惟夫黨人之偷樂兮(1)，路幽昧以險隘(2)。豈余身之憚殃兮(3)，恐皇輿之敗績(4)。

（1）黨，朋也。黨人，指上官大夫、子蘭、司馬子椒、鄭袖等。（2）幽昧，不明也。險隘，喻傾危。彼讒人相與朋黨，嫉妒忠直，苟且偷樂，不知君道不明，國將傾危，以及其身也。（3）憚，難也。殃，咎也。（4）皇，君也。輿，君之所乘，以喻國也。〔補注〕：引《左傳》曰：大崩曰敗績。戴震《屈原賦注》以為車覆。

忽奔走以先後兮，及前王之踵武(1)。荃不察余之中情兮(2)，反信讒而齌怒(3)。

（1）及，逮也。踵，繼也。武，跡也。（2）荃，香草，以喻君也。指楚懷王。朱子《楚辭集註》疑當時彼此相謂之通稱。〔補注〕：荃與蓀同。（3）齌，疾也。

余固知謇謇之為患兮(1)，忍而不能舍也(2)。指九天以為正兮(3)，夫唯靈脩之故也(4)。

（1）謇謇，忠貞貌也。或以為諓諓，巧言也。（2）舍，止也。（3）指，語也。〔補注〕：引《淮南子》九天：中央鈞天，東方蒼天，東北變天，北方玄天，西北幽天，西方昊天，西南朱天，南方炎天，東南陽天。此或言九重天。屈子嫉妒多、哭泣多、陳詞訴苦、求神問卜、指天發誓等行為，有類女子性格。（4）靈，神也。脩，遠也。能神明遠見者，君德也，故以喻君。

曰黃昏以為期兮，羌中道而改路(1)。初既與余成言兮(2)，後悔遁而有他(3)。余既不難夫離別兮(4)，傷靈脩之數化。

（1）〔補注〕：一本有此二句，王逸無注，疑此二句後人所增耳。《九章、抽思》：「昔君與我誠言兮，曰黃昏以為期。羌中道而回畔兮，反既有此他志。」（2）〔補注〕：成言，謂誠信之言。（3）遁，隱也。言懷王始信任己，與我平議國政，後用讒言，中道悔恨，隱匿其情，而有他志也。案：此兼言內政、外交。就內政言，懷王使原造憲令，懷王信讒疏原。就外交言，懷王十六年秦欲伐齊，令楚絕齊。二十年齊湣王為從長，懷王去秦合齊。（4）近曰離，遠曰別。一無「夫」字。

余既滋蘭之九畹兮(1)，又樹蕙之百畝(2)。畦留夷與揭車兮(3)，雜杜衡與芳芷(4)。

（1）滋，蒔也。十二畝曰畹。〔補注〕：《說文》：田三十畝曰畹。疑「十二」為「二十」之倒，指二十畝。（2）〔補注〕：秦孝公之制，二百四十步為畝。畹或曰十二畝，或曰三十畝，九畹蓋多於百畝矣。然則種蘭多於蕙也。此古人貴蘭之意。（3）留夷，香草也。即芍藥。揭車，亦芳草，味辛，白花。潘富俊《楚辭植物圖鑑》云：「今名珍珠菜」，「本植物具有香味（或辛辣味），古代用來薰衣除臭並防蠹蟲，也可帶在身上『辟惡氣』。」五十畝為畦也。揭，一作揑。（4）杜衡、芳芷，皆香草也。衡，一作蘅。〔補注〕：引《本草》云：葉似葵，形如馬蹄，故俗云馬蹄香。

冀枝葉之峻茂兮(1)，願竢時乎吾將刈(2)。雖萎絕其亦何傷兮(3)，哀眾芳之蕪穢。

（1）冀，幸也。峻，長也，茂盛貌。（2）刈，穫也。草曰刈，穀曰穫。（3）〔補注〕：萎，草木枯死也，萎絕，槁死。

眾皆競進以貪婪兮(1)，憑不猒乎求索(2)。羌內恕己以量人兮(3)，各興心而嫉妒(4)。

（1）競，並也。愛財曰貪，愛食曰婪。以，一作而。（2）憑，滿也。楚人名滿曰憑。言在位之人，無有清潔之志，皆並進取，貪婪於財利，中心雖滿，猶復求索，不知猒飽也。（3）羌，楚人語詞也。〔補注〕：羌，楚人發語端也。（4）興，生也。害賢為嫉，害色為妒。

忽馳騖以追逐兮(1)，非余心之所急(2)。老冉冉其將至兮(3)，恐脩名之不立(4)。

（1）忽，急也。〔補注〕：騖，亂馳也。（2）眾人急於財利，我獨急於仁義也。（3）七十曰老。五臣云：冉冉，漸漸也。指歲月流移貌。（4）〔補注〕：脩名，脩潔之名也。

朝飲木蘭之墜露兮(1)，夕餐秋菊之落英(2)。苟余情其信姱以練要兮(3)，長顑頷亦何傷(4)？

（1）墜，欲墜也。（2）英，華也。言己旦飲香木之欲墜露，吸正陽之津液；暮食芳菊之欲落之華，吞正陰之精蕊，飲食芳潔，比喻人格高尚。餐，一作飡。〔補注〕：引魏文帝云：芳菊含乾坤之純和，體芬芳之淑氣。故屈原悲冉冉之將老，思飡秋菊之落英，輔體延年，莫斯之貴。（3）苟，誠也。練，簡也。練要，戴震以為「精練要約」。（4）顑頷，不飽貌。〔補注〕：言我中情實美，又擇要道而行，雖顏色憔悴，形容枯槁，亦何傷乎？顑頷，食不飽，面黃貌。頷，一作顉，音同。顑（ㄎㄢˇ）頷（ㄏㄢˋ），《廣韻》作「顑頰」。

擥木根以結茝兮(1)，貫薜荔之落蕊(2)。矯菌桂以紉蕙兮，索胡繩之纚纚(3)。

（1）擥，持也。根以喻本。（2）薜荔，香草也，緣木而生。〔補注〕：花外曰萼，內曰蕊。落蕊，欲落之花蕊。（3）胡繩，香草也。纚纚，索好貌。

謇吾法夫前脩兮，非世俗之所服(1)。雖不周於今之人兮(2)，願依彭咸之遺則(3)。

（1）言我忠信謇謇者，乃上法前世遠賢，固非今時俗人之所服行也。謇，乃也。前脩，謂前賢。服，習也。（2）周，合也。（3）彭咸，殷賢大夫，諫其君不聽，自投水而死。屈子意志堅定，尚友古人。

長太息以掩涕兮，哀民生之多艱(1)。余雖好脩姱以鞿羈兮(2)，謇朝誶而夕替(3)。

（1）艱，難也。五臣云：太息掩涕，哀此萬姓，遭輕薄之俗，而多屯難。民生，指廣大楚國人民遭遇。（2）鞿羈，以馬自喻。韁在口曰鞿，革絡頭曰羈。（3）誶，譖毀也。替，應作譖，《說文》云：讓也。

既替余以蕙纕兮(1)，又申之以攬茝(2)。亦余心之所善兮，雖九死其猶未悔(3)。

（1）纕，佩帶也。（2）又，復也。言君所以廢弃己者，以余帶佩眾香，行以忠正之故也。（3）悔，恨也。言己履行忠信，執守清白，亦我中心之所美善也。雖以見過支解九死，終不悔恨。五臣云：九，數之極也。九死，幾死。

怨靈脩之浩蕩兮(1)，終不察夫民心(2)。眾女嫉余之蛾眉兮(3)，謠諑謂余以善淫(4)。

（1）靈脩，謂懷王也。浩猶浩浩，蕩猶蕩蕩，無思慮貌也。比喻人之茫昧。（2）己所以怨恨於懷王者，以其用心浩蕩，驕傲放恣，無有思慮，終不省察萬民善惡之心，故朱紫相亂，國將傾危也。（3）眾女，謂眾臣。蛾眉，好貌。（4）謠，謂蜚（飛）語（謠言也）。言眾女嫉妒蛾眉美好之人，譖而毀之，謂之美而淫，不可信也；猶眾臣嫉妒忠正，言己淫邪不可任也。

固時俗之工巧兮，偭規矩而改錯(1)。背繩墨以追曲兮(2)，競周容以為度(3)。

（1）偭，背也。圓曰規，方曰矩。改，更也。錯，置也。（2）繩墨：所以正曲直。〔補注〕：背，違也。墨，度名也，五尺曰墨。繩墨，指合法制度。追，古隨字。（3）度，法也。百工不循繩墨之直道，隨從曲木，屋必傾危而不可居也。〔補注〕：偭規矩而改錯者，反常而妄作；背繩墨以追曲者，枉道以從時。

忳鬱邑余侘傺兮（1），吾獨窮困乎此時也（2）。寧溘死以流亡兮（3），余不忍為此態也（4）。

（1）忳，憂貌。侘傺，失志貌。邑，一作悒。〔補注〕：鬱邑，憂貌。（2）言我所以忳忳而憂，中心鬱邑，悵然住立而失志者，以不能隨從世俗，屈求容媚，故獨為時人所窮困。（3）溘，猶奄也。〔補注〕：溘，奄忽也。（4）寧奄然而死，形體流亡，不忍以中正之性，為邪淫之態。

鷙鳥之不群兮（1），自前世而固然（2）。何方圜之能周兮，夫孰異道而相安（3）。

（1）鷙，謂能執伏眾鳥，鷹鸇之類也。（2）言鷙鳥執志剛厲，特處不羣，以言忠正之士，亦執分守節，不隨俗人，自前世固然，非獨於今，比干、伯夷是也。（3）言何所有圜鑿（孔）受方枘（柄）而能合者？誰有異道而相安耶？言忠佞不相為謀也。

屈心而抑志兮，忍尤而攘詬（1）。伏清白以死直兮，固前聖之所厚（2）。

（1）尤，過也。攘，除也。詬，恥也。己所以能屈案心志，含忍罪過而不去者，欲以除去恥辱，誅讒佞之人，如孔子誅少正卯也。攘詬：蔣驥《山帶閣注楚辭》以為包容恥辱。（2）言士有伏清白之志，以死忠直之節者，固乃前世聖王之所稱美也。

悔相道之不察兮（1），延佇乎吾將反（2）。回朕車以復路兮（3），及行迷之未遠（4）。

（1）悔，恨也。相，視也。察，審也。（2）言己自悔恨，相視事君之道不明審，當若比干伏節死義，故長立而望，將欲還反，終己之志也。（3）回，旋也。（4）迷，誤也。言乃旋我之車，以反故道，及己迷誤欲去之路，尚未甚遠也。以車馬迷途比惆悵失志。陶淵明〈歸去來兮辭〉：「實迷途其未遠，覺今是而昨非。」

步余馬於蘭皋兮(1)，馳椒丘且焉止息(2)。進不入以離尤兮，退將復脩吾初服(3)。

（1）步，徐行也。澤曲曰皋。（2）已欲還（隱退），則徐步我之馬於芳澤之中，以觀聽懷王。遂馳高丘而止息，以須（待）君命也。五臣云：椒丘，丘上有椒也。行息依蘭椒，不忘芳香以自潔也。（3）退，去也。初服，蔣驥《山帶閣註楚辭》以為「未仕之服」。

製芰荷以為衣兮(1)，雧芙蓉以為裳(2)。不吾知其亦已兮，苟余情其信芳。

（1）製，裁也。（2）芙蓉，蓮華也。上曰衣，下曰裳。言己進不見納，猶復裁製芰荷，集合芙蓉，以為衣裳，被服愈潔，脩善益明。雧，一作集。〔補注〕：《本草》云：其葉名荷，其華未發為菡萏，已發為芙蓉。芰，荷葉也，故以為衣。芙蓉，華也，故以為裳。

高余冠之岌岌兮(1)，長余佩之陸離(2)。芳與澤其雜糅兮(3)，唯昭質其猶未虧(4)。

（1）岌岌，高貌。（2）〔補注〕：許慎云：陸離，美好貌。顏師古云：陸離，分散也。（3）芳，德之臭也。《易》曰：其臭如蘭。澤，質之潤也。玉堅而有潤澤。糅，雜也。（4）唯，獨也。昭，明也。虧，歇也。言我外有芬芳之德，內有玉澤之質，二美雜會，兼在於己，而不得施用，獨保明其身，無有虧歇而已。

忽反顧以遊目兮(1)，將往觀乎四荒(2)。佩繽紛其繁飾兮(3)，芳菲菲其彌章(4)。

（1）忽，疾貌。遊，一作游。（2）荒，遠也，方也。〔補注〕：《爾雅》：觚竹、北戶、西王母、日下謂之四荒，皆四方昏荒之國。禮失而求諸野，當是時國無人，莫我知者，故欲觀乎四荒，以求同志，此孔子浮海居夷之意。（3）

繽紛，盛貌。（4）菲菲，猶勃勃。芬，香貌也。章，明也。言己雖欲之四方荒遠，猶整飾儀容，佩玉繽紛而眾盛，忠信勃勃而愈明，終不以遠故改其行。

民生各有所樂兮，余獨好脩以為常（1）。雖體解吾猶未變兮，豈余心之可懲（2）。

（1）言萬民稟天命而生，各有所樂，或樂諂佞，或樂貪淫，我獨好脩正直以為常行也。（2）懲，艾也。言己好脩忠信，以為常行，雖獲罪支解，志猶不艾也。好修之志，誓死不變。

女嬃之嬋媛兮（1），申申其詈予（2）。曰鯀婞直以亡身兮（3），終然殀乎羽之野（4）。汝何博謇而好脩兮，紛獨有此姱節（5）。

（1）女嬃，屈原姊也。據張鳳翼《文選纂註》，女嬃為楚婦人通稱。〔補注〕：引賈侍中說：楚人謂女曰嬃，前漢有呂須，取此為名。引《水經》引袁崧云：屈原有賢姊，聞原放逐，亦來歸，喻令自寬全。鄉人冀其見從，因名曰秭歸。（2）〔補注〕：申申，和舒之貌。（3）鯀，堯臣也。〔補注〕：鯀婞直以亡身。則鯀蓋剛而犯上者耳。（4）蚤死曰殀。言堯使鯀治洪水，婞很自用，不順堯命，乃殛之羽山，死於中野。女嬃比屈原於鯀，不順君意，亦將遇害也。〔補注〕：羽山，東裔，在海中。鯀遷羽山，三年然後死，事見《天問》。（5）女嬃數諫屈原，言汝何為獨博采往古，好脩謇謇，有此姱異之節，不與眾同，而見憎惡於世也。節，或作飾。

薋菉葹以盈室兮（1），判獨離而不服（2）。眾不可戶說兮，孰云察余之中情（3）。

（1）薋，資、積也。菉，王芻也。葹，枲耳也。皆惡草。（2）判，別也。女嬃言眾人皆佩菉、枲耳，為讒佞之行，滿于朝廷，而獲富貴，汝獨服蘭蕙，守忠直，判然離別，不與眾同，故斥棄也。（3）屈原外因羣佞，內被姊詈，知世莫識，言己之心志所執，不可戶說人告，誰當察我等之中情之善否也。

世並舉而好朋兮(1)，夫何煢獨而不予聽(2)。依前聖以節中兮(3)，喟憑心而歷茲(4)。

（1）朋，黨也。〔補注〕：引《說文》朋，古鳳字，鳳飛，羣鳥從以萬數，故以為朋黨字。（2）夫，發語詞。煢，孤也。忠直之士，孤煢特獨，何肯聽用我言，而納受之也。（3）節中，林雲銘《楚辭燈》以為折中。（4）喟，歎也。歷，數也。己所言，皆依前世聖人之法，節其中和，喟然舒憤懣之心，歷數前世成敗之道，而為此詞也。言我依前代聖賢節度，而不得用，故歎息憤懣，而行澤畔矣。

濟沅湘以南征兮(1)，就重華而敶詞(2)：啟《九辯》與《九歌》兮(3)，夏康娛以自縱(4)。

（1）濟，渡也。沅、湘，水名。征，行也，往也。〔補注〕：引《山海經》云：湘水出帝舜葬東，入洞庭下。沅水出象郡鐔城西，東往江，合洞庭中。（2）《章句》引《帝繫》曰：瞽叟生重華，是為帝舜，葬於九疑山，在沅、湘之南。言己依聖王法而行，不容於世，故欲渡沅、湘之水南行，就舜敶詞自說，稽疑聖帝，冀聞祕要，以自開悟也。〔補注〕：重華非名也，(舜)號也。（3）啟，禹子也。《九辯》、《九歌》，禹樂也。〔補注〕：引《山海經》云：夏后上三嬪於天，得《九辯》與《九歌》以下。注云：皆天帝樂名，啟登天而竊以下，用之。《天問》亦云：啟棘賓商，《九辯》《九歌》。王逸不見《山海經》，故以為禹樂。（4）夏康娛，言夏王康樂。娛，樂也。縱，放也。

不顧難以圖後兮，五子用失乎家巷（1）。羿淫遊以佚畋兮（2），又好射夫封狐（3）。固亂流其鮮終兮（4），
浞又貪夫厥家（5）。

（1）圖，謀也。言太康不遵禹、啟之樂，而更作淫聲，放縱情慾，以自娛樂，不顧患難，不謀後世，卒以失國，兄弟五人，自相殘殺。家巷，家衖，內鬥也。〔補注〕：《書》云：太康尸位，以逸豫滅厥德，黎民咸貳，乃盤游無度，畋于有洛之表，十旬弗反。有窮后羿，因民弗忍，距于河。厥弟五人，御其母以從，徯于洛之汭。五子咸怨，述大禹之戒以作歌。逸不見全《書》，故以為佚篇，他皆放此。此言太康娛樂放縱，以至失邦耳。（2）〔補注〕：引《說文》云：帝嚳射官也，夏少康滅之。又引賈逵云：羿之先祖也，為先王射官。帝嚳時有羿，堯時亦有羿，羿是善射之號。此羿，商時諸侯，有窮后也。（3）封狐，大狐也。羿為諸侯，荒淫遊戲，以佚畋獵，又射殺大狐，犯天之孽，以亡其國也。（4）鮮，少也。（5）浞，寒浞，羿相也。婦謂之家。羿因夏衰亂，代之為政，娛樂畋獵，不恤民事，信任寒浞，使為國相。浞行媚於內，施賂於外，樹之詐慝而專其權勢。羿畋將歸，使家臣逢蒙射而殺之，貪取其家，以為己妻。羿以亂得政，身即滅亡，故言鮮終。

澆身被服強圉兮（1），縱欲而不忍（2）。日康娛而自忘兮（3），厥首用夫顛隕（4）。

（1）澆，寒浞子也。強圉，多力也。（2）縱，放也。浞取羿妻而生澆，彊梁多力，縱放其情，不忍其慾，以殺夏后相也。〈天問〉：「惟澆在戶，何求于嫂」，澆淫佚其嫂，往其住戶，佯有所求，而淫亂。（3）康娛，康樂也。自忘，忘其身之安危。（4）首，頭也。自上下曰顛。隕，墜也。澆既滅殺夏后相，安居無憂，日作淫樂，忘其過惡，卒為相子少康所誅，其頭顛隕而墜地。羿、澆、寒浞之事，皆見於《左氏傳》。

夏桀之常違兮(1)，乃遂焉而逢殃(2)。后辛之菹醢兮(3)，殷宗用而不長(4)。

（1）桀，夏之亡王也。五臣云：言常背天違道。（2）殃，咎也。夏桀上背於天道，下逆於人理，乃遂以逢殃咎，終為殷湯所誅滅。（3）后，君也。辛，殷之亡王紂名也。藏菜曰菹，肉醬曰醢。（4）言紂為無道，殺比干，醢梅伯。武王杖黃鉞，行天罰，殷宗遂絕，不得長久也。〔補注〕：引《淮南子》云：醢鬼侯之女，葅梅伯之骸。

湯禹儼而祇敬兮(1)，周論道而莫差(2)。舉賢而授能兮，循繩墨而不頗(3)。

（1）儼，畏也。祇，敬也。儼，一作嚴。（2）周，周家也。差，過也。言殷湯、夏禹、周之文王、武王，受命之君，皆畏天敬賢，論議道德，無有過差，故能獲夫神人之助，子孫蒙其福祐也。（3）頗，偏頗。〔補注〕：引《思玄賦》注引《楚辭》：遵繩墨而不頗。遵，亦循也，作脩非是。

皇天無私阿兮(1)，覽民德焉錯輔(2)。夫維聖哲以茂行兮(3)，苟得用此下土(4)。

（1）竊愛為私，所私為阿。（2）錯，置也。輔，佐也。言皇天神明，無所私阿。觀萬民之中有道德者，因置以為君，使賢能輔佐，以成其志。（3）哲，智也。茂，盛也。（4）苟，誠也。下土，謂天下也。言天下之所立者，獨有聖明之智，盛德之行，故得用事天下，而為萬民之主。

瞻前而顧後兮(1)，相觀民之計極(2)。夫孰非義而可用兮，孰非善而可服(3)。

（1）前謂禹、湯，後謂桀、紂。引〔補注〕：《說文》：瞻，臨視也。顧，還視也。（2）相，視也。計，謀也。極，窮也。言前觀湯、武之所以興，顧視桀、紂之所以亡，足以觀察萬民忠佞之謀，窮其真偽。（3）五臣云：服，用也。

阽余身而危死兮(1)，覽余初其猶未悔(2)。不量鑿而正枘兮(3)，固前脩以菹醢(4)。

(1)〔補注〕：阽，音簷，臨危也。危死，幾死。(2)五臣云：今觀我之初志，終竟行猶未為悔。(3)量，度也。正，方也。枘所以充鑿。〔補注〕：鑿，音漕，穿孔也。枘，而銳切，刻木端所以入鑿。(4)言工不量度其鑿，而方正其枘，則物不固而木破矣。臣不度君賢愚，竭其忠信，則被罪過，而身殆也。自前世脩名之人，以獲菹醢，龍逢、梅伯是也。

曾歔欷余鬱邑兮(1)，哀朕時之不當(2)。攬茹蕙以掩涕兮(3)，霑余襟之浪浪(4)。

(1)曾，累也。歔欷，懼貌。或曰：哀泣之聲也。鬱邑，憂也。曾，一作增。邑，一作悒。(2)言我累息而懼、鬱邑而憂者，自哀生不當舉賢之時，而值菹醢之世也，即哀時不遇。(3)五臣云：茹，臭也。蕙，香草。以喻忠正之心。(4)霑，濡也。衣眥謂之襟。浪浪，流貌也。言己自傷放在草澤，心悲泣下，霑濡我衣，浪浪而流，猶引取柔耎香草，以自掩拭，不以悲放失仁義之則也。

跪敷衽以陳辭兮(1)，耿吾既得此中正(2)；駟玉虬以椉鷖兮(3)，溘埃風余上征(4)。

(1)敷，布也。衽，衣前也。陳辭於重華，道羿、澆以下也。(2)耿，明也。己上睹禹、湯、文王脩德以興，下見羿、澆、桀、紂行惡以亡，中知龍逢、比干執履忠直，身以菹醢。乃長跪布衽，俛首自念，仰訴於天，則中心曉明，得此中正之道，精合真人，神與化游。故設乘雲駕龍，周歷天下，以慰己情，緩幽思也。(3)有角曰龍，無角曰虬。鷖，鳳皇別名也。《山海經》云：鷖身有五采，而文如鳳。〔補注〕：言以鷖為車，而駕以玉虬也。(4)〔補

注〕：《遠遊》云：掩浮雲而上征，故逸云：溘，猶掩也，奄忽也。征，行也。言忽然風起，而余上征，猶所謂忽乎吾將行耳。

朝發軔於蒼梧兮（1），夕余至乎縣圃（2）；欲少留此靈瑣兮（3），日忽忽其將暮（4）。

（1）〔補注〕：軔，止車之木，將行則發之。《山海經》云：蒼梧山，舜葬于陽，帝丹朱葬于陰。《禮記》曰：舜葬于蒼梧之野。舜征有苗而死，因葬焉。（2）縣圃，神山，在崑崙之上。〔補注〕：《水經》云：引《崑崙說》曰：崑崙之山三級：下曰樊桐，一名板松；二曰玄圃，一名閬風；上曰層城，一名天庭。層，音增。又引東方朔《十洲記》曰：崑崙山有三角：一角正北，上干北辰星之燿，名閬風巔；其一角正西，名曰玄圃臺；其一角正東，名曰崑崙宮。玄與縣古字通。（3）靈以喻君。瑣，門鏤也，文如連瑣，楚王之省閤也。〔補注〕：上文言夕余至乎縣圃，則靈瑣，神之所在也。神之所在，以喻君也。（4）己誠欲少留於君之省閤，以須政教，日又忽去，時將欲暮，年歲且盡，言己衰老也。

吾令羲和弭節兮（1），望崦嵫而勿迫（2）。路曼曼其脩遠兮（3），吾將上下而求索（4）。

（1）羲和，日御也。弭，按也。按節，徐步也。〔補注〕：引《山海經》：東南海外，有羲和之國，有女子名曰羲和，是生十日，常浴日於甘淵。（2）崦嵫，日所入山也，下有蒙水。水中有虞淵。迫，附也。言我恐日暮年老，道德不施，欲令日御按節徐行，望日所入之山，且勿附近，冀及盛時遇賢君也。（3）脩，長也。（4）言天地廣大，其路曼曼，遠而且長，不可卒至，吾方上下左右，以求索賢人，與己合志者也。

飲余馬於咸池兮（1），總余轡乎扶桑（2）。折若木以拂日兮（3），聊逍遙以相羊（4）。

（1）咸池，日浴處也。下文言扶桑，咸池皆在東。（2）總，結也。扶桑，日所拂木也。〔補注〕：《山海經》云：黑齒之北，曰湯谷，有扶木，九日居下枝，一日居上枝，皆戴烏。郭璞云：扶木，扶桑也。（3）若木在崑崙西極，其華照下地。拂，擊也。〔補注〕：《山海經》：南海之內，黑水之間，有木名曰若木，若水出焉。又曰：灰野之山，有樹青葉赤華，名曰若木，日所入處，生崑崙西，附西極也。（4）聊，且也。〔補注〕：逍遙，猶翺翔也。相羊，猶徘徊也。

前望舒使先驅兮（1），後飛廉使奔屬（2）。鸞皇為余先戒兮（3），雷師告余以未具（4）。

（1）望舒，月御也。（2）飛廉，風伯也。（3）鸞，俊鳥也。皇，雌鳳也。〔補注〕：《山海經》：女牀山有鳥，狀如翟，而五采畢備，聲似雉而尾長，名曰鸞，見則天下安寧。（4）未具，未備。

吾令鳳鳥飛騰兮（1），繼之以日夜。飄風屯其相離兮（2），帥雲霓而來御（3）。

（1）《山海經》云：丹穴之山有鳥焉，其狀如雞，五彩而文，曰鳳鳥。是鳥也，飲食則自歌自舞，見則天下大康寧。（2）回風為飄。飄風，無常之風，以興邪惡之眾。《爾雅》注云：飄風，旋風。（3）雲霓，惡氣，以喻佞人。御，迎也。

紛總總其離合兮（1），斑陸離其上下（2）。吾令帝閽開關兮（3），倚閶闔而望予（4）。

（1）紛，盛多貌。總總，聚貌。（2）斑，亂貌。陸離，分散也。（3）帝，謂天帝。閽，主門者也。（4）閶闔，天門也。言己求賢不得，疾讒惡佞，將上訴天帝，使閽人開關，又倚天門望而距我，使我不得入也。〔補注〕：天門，上帝所居，紫微宮門也。朱熹《楚辭集注》云：令帝閽開門，將入見帝，更陳己志，而閽不肯開，反倚其門，望而拒我，使不得入，蓋求大君而不遇之比也。

時曖曖其將罷兮(1)，結幽蘭而延佇(2)。世溷濁而不分兮(3)，好蔽美而嫉妒(4)。

（1）曖曖，昏昧貌。罷，一作疲。（2）言時世昏昧，無有明君，周行罷極，不遇賢士，故結芳草，長立有還意也。（3）溷，亂也。濁，貪也。（4）君亂臣貪，不別善惡，好蔽美德，而嫉妒忠信也。朱熹《楚辭集注》云：既不得入天門以見帝，於是歎息世之溷濁而嫉妒，蓋其意若曰：不意天門之下，亦復如此，於是去而它適。

朝吾將濟於白水兮(1)，登閬風而緤馬(2)。忽反顧以流涕兮，哀高丘之無女(3)。

（1）濟，渡也。〔補注〕：《河圖》曰：崑山出五色流水，其白水入中國，名為河也。（2）閬風，山名，在崑崙山之中。緤，繫也。言己見楚國溷濁，則欲渡白水，登神山，屯車繫馬，而留止也。白水潔淨，閬風清明，言己脩清白之行，不懈怠也。（3）楚有高丘之山。女以喻臣。己雖去，意不能已，猶復顧念楚國無有賢臣，心為之悲而流涕也。

溘吾遊此春宮兮(1)，折瓊枝以繼佩(2)。及榮華之未落兮(3)，相下女之可詒(4)。

（1）溘，奄也。春宮，東方青帝舍也。溘，一作壒。（2）繼，續也。〔補注〕：瓊，玉之美者。傳曰：南方有鳥，其名為鳳，天為生樹，名曰瓊枝，高百二十仞，大三十圍，以琳琅為實。（3）草曰榮，木曰華。榮華，喻顏色。落，墮也。（4）相，視也。詒，遺也。

吾令豐隆椉雲兮(1)，求宓妃之所在(2)。解佩纕以結言兮(3)，吾令蹇脩以為理(4)。

（1）豐隆，雲師，一曰雷師。椉，一作乘。《九歌・雲中君》注云：雲神豐隆。五臣云：雲神屏翳。按：豐隆或曰雲師，或曰雷師。屏翳或曰雲師，或曰雨師，或曰風師。（2）宓妃，神女，以喻隱士、賢臣、良輔。朱熹以求女喻求賢君。汪瑗《楚辭集解》以求女喻求理想政治。梅曾亮《古文辭略》、梅沖《離騷經解》以為求通君側之人。意見紛紜。〔補注〕：引《漢書・古今人表》有宓羲氏。宓，音伏，字本作虙。〈洛神賦〉注云：宓妃，伏犧氏女，溺洛水而死，遂為河神。（3）纕，佩帶也。（4）蹇脩，伏羲氏之臣也。〔補注〕：宓妃，伏犧氏之女，故使其臣以為理也。

紛總總其離合兮，忽緯繣其難遷(1)。夕歸次於窮石兮(2)，朝濯髮乎洧盤(3)。

（1）緯繣，乖戾也。遷，徙也。言蹇脩既持其佩帶通言，而讒人復相聚毀敗，令其意一合一離，遂以乖戾而見拒絕。言所居深僻，難遷徙也。（2）次，舍也。再宿為信，過信為次。〔補注〕：引《淮南子》注云：窮石，山名，在張掖也。（3）洧盤，水名。《禹大傳》曰：洧盤之水，出崦嵫之山。言宓妃體好清潔，暮即歸舍窮石之室，朝沐洧盤之水，遁世隱居，而不肯仕也。

保厥美以驕傲兮(1)，日康娛以淫遊(2)。雖信美而無禮兮，來違棄而改求(3)。

（1）保，疑為「仗」之誤，依仗，依恃之意。倨簡曰驕，侮慢曰傲。（2）依恃美貌。五臣云：淫，久也。（3）違，去也。改，更也。言宓妃雖信有美德，驕傲無禮，不可與共事君。來復棄去，而更求賢也。

覽相觀於四極兮(1)，周流乎天余乃下(2)。望瑤臺之偃蹇兮(3)，見有娀之佚女(4)。

(1)覽相，一作求覽。二字皆看之意。(2)周流，逍遙。〔補注〕：引《淮南子》云：東方東極之山曰開明之門，南方南極之山曰暑門，西方西極之山曰閶闔之門，北方北極之山曰寒門。(3)偃蹇，高貌。〔補注〕：《說文》云：瑤，玉之美者。(4)有娀，國名。佚，美也。謂帝嚳之妃，契母簡狄也。〔補注〕：娀，音嵩。引《淮南子》曰：有娀在不周之北，長女簡翟，少女建疵。注云：姊妹二人在瑤臺也。

吾令鴆為媒兮(1)，鴆告余以不好(2)。雄鳩之鳴逝兮(3)，余猶惡其佻巧(4)。

(1)鴆，運日也。羽有毒可殺人，以喻讒佞賊害人也。〔補注〕：引《廣志》云：其鳥大如鶚，紫綠色，有毒，食蛇蝮，雄名運日，雌名陰諧，以其毛歷飲卮，則殺人。(2)言我使鴆鳥為媒，以求簡狄，其性讒賊，不可信用，還詐告我言不好也。(3)逝，往也。(4)佻，輕也。巧，利也。言又使雄鳩銜命而往，其性輕佻巧利，多語言而無要實，復不可信用也。

心猶豫而狐疑兮(1)，欲自適而不可(2)。鳳皇既受詒兮(3)，恐高辛之先我(4)。

(1)〔補注〕：引《風俗通》云：里語稱狐欲渡河，無如尾何。且狐性多疑，故俗有狐疑之說，未必一如緣生之言也。又《老子》曰：豫兮若冬涉川，猶兮若畏四鄰。則猶與豫，皆未定之辭。王念孫以為猶豫或作猶與、單言則曰猶、曰豫，轉之曰夷猶、容與。(2)適，往也。(3)詒，遺也。言我得賢人如鳳皇者，受遺玉帛，將行就聘。(4)高辛，帝嚳有天下號也。帝嚳次妃有娀氏女生契。言已既得賢智之士若鳳皇，受禮遺將行，恐帝嚳已先我得娀簡狄也。〔補注〕：高辛都亳，今河南偃師。

欲遠集而無所止兮，聊浮遊以逍遙(1)。及少康之未家兮，留有虞之二姚(2)。

(1)言己既求簡狄，復後高辛，欲遠集它方，又無所之，故且遊戲觀望以忘憂，用以自適也。(2)少康，夏后相之子也。有虞，國名，姚姓，舜後也。昔寒浞使澆殺夏后相，少康逃奔有虞，虞因妻以二女，而邑於綸，有田一成，有眾一旅，能布其德，以收夏眾，遂誅滅澆，復禹之舊績。

理弱而媒拙兮(1)，恐導言之不固(2)。世溷濁而嫉賢兮(3)，好蔽美而稱惡(4)。

(1)弱，劣也。拙，鈍也。(2)導言，引導、媒介之言。(3)世，一作時。(4)稱，舉也。再言世溷濁者，懷、襄二世不明，故羣下好蔽忠正之士，而舉邪惡之人。

閨中既以邃遠兮(1)，哲王又不寤(2)。懷朕情而不發兮，余焉能忍與此終古(3)。

(1)邃，深也。〔補注〕：《爾雅》：宮中之門謂之闈，其小者謂之閨。(2)哲，智也。寤，覺也。〔補注〕：閨中既以邃遠者，言不通羣下之情；哲王又不寤者，言不知忠臣之分。懷王不明而曰哲王者，以明望之也。太史公所謂冀幸君之一悟，俗之一改也。(3)言我懷忠信之情，不得發用，安能久與此闇亂之君，終古而居乎？意欲復去也。終古，猶永古也。《集韻》：古音估者，故也；音故者，始也。

索藑茅以筳篿兮(1)，命靈氛為余占之(2)。曰兩美其必合兮，孰信脩而慕之(3)？思九州之博大兮，豈唯是其有女(4)？

（1）索，取也。藑茅，靈草也。草卜之具。筳，小折竹也。楚人名結草折竹以卜曰篿。《後漢・方術傳》云：挺專折竹。注云：挺，八段竹也。筳篿，竹卜之具。（2）靈氛，古明占吉凶者。言己欲去則無所集，欲止又不見用，憂懣不知所從，乃取神草竹筳，結而折之，以卜去留，使明智靈氛占其吉凶也。（3）慕或作莫。靈氛言以忠臣而就明君，兩美必合，楚國誰能信明善惡，脩行忠直，而不能達到。（4）言我思念天下博大，豈獨楚國有賢臣而可求乎？恖，古文思。唯，一作惟。

曰勉遠逝而無狐疑兮（1），孰求美而釋女（2）？何所獨無芳草兮（3），爾何懷乎故宇（4）？

（1）一無「狐」字。勉，勉力，盡力。（2）五臣云：靈氛曰但勤力遠去，誰有求忠臣而不擇取汝者也。（3）草，一作艸，舊作卉。《文選》注云：卉，百草總名，楚人語也。（4）懷，思也。宇，居也。言何所獨無賢芳之君，何必思故居而不去也。此皆靈氛之詞。

世幽昧以眩曜兮（1），孰云察余之善惡（2）。民好惡其不同兮（3），惟此黨人其獨異（4）。

（1）眩曜，惑亂貌。（2）當世之君，皆闇昧惑亂，不分善惡，誰能察我等之善情而用乎？（3）民，一作人。（4）〔補注〕：黨，朋黨，謂椒、蘭之徒也。

戶服艾以盈要兮（1），謂幽蘭其不可佩（2）。覽察草木其猶未得兮（3），豈珵美之能當（4）？

（1）艾，白蒿也。盈，滿也。或言艾非芳草也，一名冰臺。〔補注〕：要與腰同。《爾雅》：艾，冰臺。注云：今艾蒿。非芳草。（2）言楚國戶服白蒿，滿其要帶，以為芬芳，反謂幽蘭臭惡，為不可佩也。以言君親愛讒佞，憎遠忠直，而不肯近也。（3）察，視也。（4）珵，美玉也。言時人無能知臧否，觀眾草尚不能別其香臭，豈當知玉之美惡乎？以為草木易別於禽獸，禽獸易別於珠玉，珠玉易別於忠佞，知人最為難也。〔補注〕：珵，音呈。一曰：珮珩也。

蘇糞壤以充幃兮[1]，謂申椒其不芳[2]。欲從靈氛之吉占兮，心猶豫而狐疑[3]。

（1）蘇，取也。充，猶滿也。壤，土也。幃謂之幐。幐，香囊也。（2）言蘇糞土以滿香囊，佩而帶之，反謂申椒臭而不香，言近小人遠君子也。（3）言己欲從靈氛勸去之吉占，則心中狐疑，念楚國也。

巫咸將夕降兮[1]，懷椒糈而要之[2]。百神翳其備降兮，九疑繽其並迎[3]。皇剡剡其揚靈兮[4]，告余以吉故[5]。

（1）巫咸，古神巫也，當殷中宗之世。降，下也。〔補注〕：引《山海經》曰：大荒之中，有靈山，巫咸、巫即、巫盼、巫彭、巫姑、巫真、巫孔、巫抵、巫謝、巫羅十巫從此升降。（2）椒，香物，所以降神。糈，精米，所以享神。巫咸將夕從天上來下，願懷椒糈要之，使占茲吉凶也。（3）翳，蔽也。繽，盛也。九疑，舜所葬也。巫咸得己椒糈，則將百神蔽日來下；舜又使九疑之神，紛然來迎己。（從朱熹《集注》說）（4）皇，皇天也。剡剡，光貌。（5）言皇天揚其光靈，使百神告我，當趨就吉善也。

曰勉陞降以上下兮[1]，求榘矱之所同[2]。湯禹嚴而求合兮[3]，摯咎繇而能調[4]。苟中情其好修兮，又何必用夫行媒[5]。

（1）勉，強也。〔補注〕：升降上下，猶所謂經營四荒、周流六漠耳。（2）榘，法也。矱，度也。言當自勉強上求明君，下索賢臣，與己合法度者，因與同志共為治也。榘，一作矩。矱，一作蒦。〔補注〕：引《淮南子》曰：知榘矱之所周。注云：榘，方也。矱，度法也。（3）嚴，敬也。合，匹也。嚴，一作儼。（4）摯，伊尹名，湯臣也。咎繇，禹臣也。調，和也。言湯、禹至聖，猶敬承天道，求其匹合，得伊尹、咎繇，乃能調和陰陽，而安天下也。（5）行媒，喻左右之臣也。言誠能中心常好善，則精感神明，賢君自舉用之，不必須左右薦達也。

說操築於傅巖兮(1)，武丁用而不疑(2)。呂望之鼓刀兮(3)，遭周文而得舉(4)。甯戚之謳歌兮(5)，齊桓聞以該輔(6)。

（1）說，傅說也。傅巖，地名。（2）武丁，殷之高宗也。言傅說抱道懷德，而遭遇刑罰，操築作於傅巖。武丁思想賢者，夢得聖人，以其形像求之，因得傅說，登以為公，道用大興，為殷高宗也。《史記》云：說為胥靡，築於傅險，見於武丁。武丁曰：是也。遂以傅險姓之，號曰傅說。（3）呂，太公之氏姓也。或言呂望太公，姜姓也，未遇之時，鼓刀屠於朝歌也。《史記》云：太公望呂尚者，東海上人，本姓姜氏，從其封姓，故曰呂尚。《戰國策》云：太公望，老婦之逐夫，朝歌之廢屠，文王用之而王。注云：呂尚為老婦之所逐，賣肉於朝歌，肉上生臭不售，故曰廢屠。（4）言太公避紂，居東海之濱，聞文王作興，盍往歸之。至於朝歌，道窮困，自鼓刀而屠，遂西釣於渭濱。文王夢得聖人，於是出獵而遇之，遂載以歸，用以為師，言吾先公望子久矣，因號為太公望。（5）甯戚，衛人。（6）該，備也。甯戚修德不用，退而商賈，宿齊東門外。桓公夜出，甯戚方飯牛，叩角而商歌，桓公聞之，知其賢，舉用為客卿，備輔佐也。〔補注〕：引《三齊記》載其歌曰：南山矸，白石爛，生不遭堯與舜禪，短布單衣適至骭，從昏飯牛薄夜半，長夜漫漫何時旦，桓公召與語，悅之，以為大夫。矸與岸同。屈原舉呂望、傅說、甯戚之事，傷今之不然也。

及年歲之未晏兮(1)，時亦猶其未央(2)。恐鵜鴂之先鳴兮(3)，使夫百草為之不芳(4)。

(1)晏，晚也。(2)央，盡也。言己所以汲汲欲輔佐君者，冀及年未晏晚，以成德化也。然年時亦尚未盡，冀若三賢之遭遇也。(3)鵜鴂，〔補注〕：鵜，音提。鴂，音決。鶗鴂，《爾雅》謂之鵙，《左傳》謂之伯趙。《詩》曰：七月鳴鵙。陸佃《埤雅》云：陰氣至而鵙鳴，故百草為之芳歇。(4)言我恐鵜鴂以先陰氣至而鳴，使百草華英摧落，芬芳不得成也。以喻讒言先至，使忠直之士蒙罪過也。

何瓊佩之偃蹇兮(1)，眾薆然而蔽之(2)。惟此黨人之不諒兮(3)，恐嫉妒而折之(4)。

(1)偃蹇，眾盛貌。佩，一作珮。(2)言我佩瓊玉，懷美德，偃蹇而盛，眾人薆然而蔽之，傷不得施用也。(3)諒，信。一作亮。(4)言楚國之人，不尚忠信之行，共嫉妒我正直，必欲折挫而敗毀之也。

時繽紛其變易兮(1)，又何可以淹留(2)。蘭芷變而不芳兮，荃蕙化而為茅(3)。

(1)繽紛，亂也。(2)言時世溷濁，善惡變易，不可以久留，宜速去也。(3)言蘭芷之草，變易其體，而不復香。荃蕙化而為菅茅，失其本性也。以言君子更為小人，忠信更為佞偽也。五臣云：茅，惡草，以喻讒臣。

何昔日之芳草兮(1)，今直為此蕭艾也(2)。豈其有他故兮，莫好脩之害也(3)。

(1)草，一作艸，一作卉。(2)言往昔芬芳之草，今皆直為蕭艾而已。以言往日明智之士，今皆佯愚，狂惑不顧。一無「蕭」字，一無「也」字。〔補注〕：顏師古云：《齊書》太祖云：詩人采蕭。蕭即艾也。蕭自是香蒿，古祭祀所用，合脂爇之，以享神者。艾即今之灸病者。名既不同，本非一物。《詩》云：彼采蕭兮，彼采艾兮。是也。此處言蕭艾賤草，以喻不肖。（3）言士民所以變曲為直者，以上不好用忠正之人，害其善志之故。一無「也」字。〔補注〕：時人莫有好自脩潔者，故其害至於荃蕙為茅，芳草為艾也。

余以蘭為可恃兮(1)，羌無實而容長(2)。委厥美以從俗兮(3)，苟得列乎眾芳(4)。

（1）蘭，懷王少弟，司馬子蘭也。恃，怙也。《史記》：秦昭王欲與懷王會，屈平曰：「秦，虎狼之國，不可信，不如無行。」懷王稚子子蘭勸王行：「奈何絕秦歡。」懷王卒行，入武關，秦伏兵絕其後，因留懷王。子頃襄王立，以其弟子蘭為令尹。（2）五臣云：無實，無實材。容長，虛有容貌之長。（3）委，弃。（4）子蘭弃其美質正直之性，隨從諂佞，苟欲列於眾賢之位，無進賢之心也。〔補注〕：子蘭有蘭之名，無蘭之實，雖與眾芳同列，而無芬芳也。

椒專佞以慢慆兮(1)，榝又欲充夫佩幃(2)。既干進而務入兮(3)，又何芳之能祗(4)。

（1）椒，楚大夫子椒也。慆，淫也。慢，一作謾。慆，一作諂。〔補注〕：《古今人表》有令尹子椒。（2）榝，茱萸也，似椒而非，以喻子椒似賢而非賢也。幃，盛香之囊，以喻親近。子椒為楚大夫，處蘭芷之位，而行淫慢佞諛之志，又欲援引而從不賢之類，使居親近，無有憂國之心，責之也。（3）干，求。而，一作以。（4）祗，敬也。子椒苟欲自進，求入於君，身得爵祿而已，復何能敬愛賢人，而舉用之也？

固時俗之流從兮(1)，又孰能無變化(2)。覽椒蘭其若茲兮，又況揭車與江離(3)。

（1）一作從流。（2）五臣曰：固此諂佞之俗，流行相從，誰能不變節隨時以容身乎？（3）言觀子椒、子蘭變志若此，況朝廷眾臣，而不為佞媚以容其身邪？揭，一作搞。離，一作蘺。〔補注〕：子椒、子蘭宜有椒蘭之芬芳，而猶若是，況眾臣若揭車、江離者乎？揭車、江離，皆香草，不若椒蘭之盛也。

惟茲佩之可貴兮(1)，委厥美而歷茲(2)。芳菲菲而難虧兮(3)，芬至今猶未沬(4)。

（1）之，一作其。（2）歷，逢也。〔補注〕：上云：委厥美以從俗，言子蘭之自弃也。（3）虧，歇。而，一作其。虧，一作怱（4）沬，已也。言己所行純美，芬芳勃勃，誠難虧歇，久而彌盛，至今尚未已也。

和調度以自娛兮，聊浮游而求女(1)。及余飾之方壯兮，周流觀乎上下(2)。

（1）和調度三字同義。言我雖不見用，猶和調己之態度，以自娛樂，且徐徐浮游，以求同志也。（2）〔補注〕：高余冠之岌岌兮，長余佩之陸離，所謂余飾之方壯也。周流觀乎上下，猶言周流乎天余乃下也。下，音戶。

靈氛既告余以吉占兮(1)，歷吉日乎吾將行(2)。折瓊枝以為羞兮(3)，精瓊爢以為粻(4)。

（1）〔補注〕：靈氛告以吉占，百神告以吉故，而此獨曰靈氛者，初疑靈氛之言，復要巫咸，巫咸與百神無異詞，則靈氛之占誠吉矣。然原固未嘗去也，設詞以自寬耳。（2）五臣曰：歷，選也。言靈氛既告我以吉占，歷善日吾將去君而遠行也。（3）羞，脯。（4）精，鑿也。爢，屑也。粻，糧也。言我將行，乃折取瓊枝，以為脯腊，精鑿玉屑，以為儲糧，飲食香潔，冀以延年也。瓊，玉之華也。《周禮》有食玉。注云：玉，陽精之純者，食之以禦水氣。

為余駕飛龍兮，雜瑤象以為車(1)。何離心之可同兮，吾將遠逝以自疏。

（1）〔補注〕：言以瑤象為車，而駕以飛龍也。

邅吾道夫崑崙兮(1)，路修遠以周流(2)。揚雲霓之晻藹兮(3)，鳴玉鸞之啾啾(4)。

（1）邅，轉也。楚人名轉曰邅。《淮南子》云：崑崙虛中有增城九重，上有木禾，珠樹、玉樹、琁樹、不死樹在其西，沙棠、琅玕在其東，絳樹在其南，碧樹、瑤樹在其北。《神異經》云：崑崙有銅柱焉，其高入天，所謂天柱也。圍三千里，圓周如削，下有回屋，仙人九府所治。（2）言己設去楚國遠行，乃轉至崑崙神明之山，其路遙遠，周流天下，以求同志。（3）揚，披也。雲霓，虹也，畫之於旌旗。晻藹，藹旗蔽日貌。（4）鸞，鸞鳥也。以玉為之，著於衡，和著於軾。啾啾，鳴聲也。

朝發軔於天津兮(1)，夕余至乎西極(2)。鳳皇翼其承旂兮(3)，高翱翔之翼翼(4)。

（1）天津，東極箕、斗之閒，漢津也。〔補注〕：《爾雅》：析木謂之津，箕、斗之閒，漢津也。疏云：天河在箕、斗二星之閒，隔河須津梁以渡，故謂此次為析木之津。（2）言己朝發天之東津，萬物所生，夕至地之西極，萬物所成，動順陰陽之道，且亟疾也。（3）翼，敬也。旂，旗也。畫龍虎為旂也。（4）翼翼，和貌。鳥之高飛，翼一上一下曰翱，直刺不動曰翔。

忽吾行此流沙兮(1)，遵赤水而容與(2)。麾蛟龍使梁津兮(3)，詔西皇使涉予(4)。

（1）流沙，沙流如水也。〔補注〕：《山海經》：流沙出鍾山西行。注云：今西海居延澤。（2）遵，循也。赤水，出崑崙山。容與，游戲貌。（3）舉手曰麾。小曰蛟，大曰龍。麾蛟龍言，以蛟龍為橋，乘之以渡，似周穆王之越海，比黿鼉以為梁也。《廣雅》曰：有鱗曰蛟龍，有翼曰應龍，有角曰虬龍，無角曰螭龍。津，水渡也。（4）詔，告也。西皇，帝少皞也。涉，渡也。

路修遠以多艱兮（1），騰眾車使徑待（2）。路不周以左轉兮（3），指西海以為期（4）。

（1）艱，難也。（2）騰，《說文》云：傳也。即傳告吩咐。言崑崙之路，險阻艱難，非人所能由，故傳令眾車先過，使從捷徑以相待也。（3）不周，山名，在崑崙西北。〔補注〕：《山海經》：西北海之外，大荒之隅，有山而不合，名曰不周。注云：此山形有缺，不周匝，因名之。西北不周，風自此出也。（4）指，語也。期，會也。〔補注〕：《博物志》云：七戎、六蠻、九夷、八狄，謂之四海。言皆近海。漢張騫渡西海，至大秦之西鳥遲國，鳥遲國之西，復言有海。

屯余車其千乘兮（1），齊玉軑而並馳（2）。駕八龍之婉婉兮（3），載雲旗之委蛇（4）。

（1）五臣云：屯，聚也。聚千乘者，言車輛之多，比之諸侯。（2）軑，一云：車轄也。乃屯陳我車，前後千乘，齊以玉為車轄，並馳左右。（3）婉婉，龍貌。（4）言己乘八龍，神智之獸，其狀婉婉，又載雲旗，委蛇而長也。雲旗，指旗上畫有雲形圖案。蛇，一作移。一作逶迤。

抑志而弭節兮，神高馳之邈邈（1）。奏《九歌》而舞《韶》兮（2），聊假日以媮樂（3）。

(1)邈邈，遠貌。言己雖乘雲龍，猶自抑案，弭節徐行，高抗志行，邈邈而遠，莫能追及。(2)《九歌》，《九德》之歌，禹樂也。《韶》，《九韶》，舜樂也。〔補注〕：《周禮》有《九德》之歌，《九磬》之舞。啟樂有《九辯》、《九歌》。又《山海經》：夏后開始歌〈九招〉。開即啟也。《竹書》云：夏后啟舞〈九韶〉。(3)〔補注〕：猶言借日度時。王仲宣〈登樓賦〉云：登茲樓以四望兮，聊假日以銷憂。

陟陞皇之赫戲兮(1)，忽臨睨夫舊鄉(2)。僕夫悲余馬懷兮(3)，蜷局顧而不行(4)。

(1)皇，皇天也。赫戲，光明貌。(2)睨，視也。舊鄉，楚國也。(3)僕，御也。懷，思也。(4)蜷局，詰屈不行貌。

亂曰(1)：已矣哉，國無人莫我知兮(2)，又何懷乎故都(3)？既莫足與為美政兮，吾將從彭咸之所居(4)。

(1)亂，理也。所以發理詞指，總撮其要也。辭賦體，篇末有亂辭。以為總理全賦。〔補注〕：凡作篇章既成，撮其大要以為亂辭也。(2)已矣，絕望之詞。無人，謂無賢人也。屈原言已矣，我獨懷德不見用者，以楚國無有賢人知我忠信之故，自傷之詞。(3)言眾人無有知己，己復何為思故鄉念楚國也。(4)言時世之君無道，不足與共行美德、施善政者，故我將自沈汨淵，從彭咸而居處也。

【評論選輯】

（1）東漢．班固〈離騷贊序〉云：

〈離騷〉者，屈原之所作也。屈原初事懷王，甚見信任。同列上官大夫妒害其寵，讒之王，王怒而疏屈原。屈原以忠信見疑，憂愁幽思而作〈離騷〉。離，猶遭也。騷，憂也。明己遭憂作辭也。……至于襄王，復用讒言，逐屈原。在野又作《九章》賦以風諫，卒不見納。不忍濁世，自投汨羅。原死之後，秦果滅楚。其辭為眾賢所悼悲，故傳於後。

（2）東漢．王逸《楚辭章句》云：

〈離騷經〉者，屈原之所作也。……屈原執履忠貞而被讒邪，憂心煩亂，不知所愬，乃作〈離騷經〉。離，別也。騷，愁也。經，徑也。言已放逐離別，中心愁思，猶依道徑，以風諫君也。……〈離騷〉之文，依《詩》取興，引類譬諭，故善鳥香草，以配忠貞；惡禽臭物，以比讒佞；靈脩美人，以媲於君；宓妃佚女，以譬賢臣；虯龍鸞鳳，以託君子；飄風雲霓，以為小人。其詞溫而雅，其義皎而朗。凡百君子，莫不慕其清高，嘉其文采，哀其不遇，而愍其志焉。

（3）梁．劉勰〈辯騷〉：

〈離騷〉之文，依經立義：駟虬乘鷖，則時乘六龍；崑崙流沙，則《禹貢》敷土。名儒辭賦，莫不擬其儀表，所謂金相玉振，百世無匹者也。及漢宣嗟歎，以為皆合經術。揚雄諷味，亦言體同詩雅。四家舉以方經，而孟堅謂不合傳體，褒貶任聲，抑揚過實，可謂鑒而弗精，翫而未覈者也。將覈其論，必徵言焉。故其陳堯、舜之耿介，稱禹、湯之祇敬，典誥之體也。譏桀、紂之猖狂，傷羿、澆之顛隕，規諷之旨也。虬龍以喻君子，雲霓以譬讒邪，比興之義也。每一顧而掩涕，歎君門之九重，忠怨之辭也。觀茲四事，同於風雅者也。至於託雲龍，說迂怪，豐隆求宓妃，鴆鳥媒娀女，詭異之辭也。

(4) 宋・高似孫《騷略》卷一云：

〈離騷〉不可學，可學者章句也，不可學者志也。楚山川奇、草木奇，原更奇。原，人高志高，文又高，一發乎詞，與《詩三百五》，文同志同。後之人沿規襲武，摹效制作，言卑氣嫚，志鬱弗舒，無復古人萬一。武帝詔漢文章士修《楚辭》，大山小山竟不一企，況《騷》乎？嗚呼！《詩》亡矣，《春秋》不作矣，《騷》亦不可再矣。獨不能忘情與〈騷〉者，非以原可悲也，獨恨夫〈騷〉不及一遇夫子耳。使〈騷〉在刪《詩》時，聖人能遺之乎？……。(引自《楚辭評論資料選》一九八八年長安出版社出版)

(5) 宋・項安世《項氏家說》卷八《說事篇一・離騷》云：

《楚辭》伍舉曰：「德義不行，則邇者騷離，而遠者距違。」韋昭注曰：「騷，愁也，離，畔也。」蓋楚人之語，自古如此。屈原〈離騷〉，必是以離畔為愁而賦之。其後，詞人倣之，作〈畔牢愁〉，蓋如此矣。畔謂散去，非必叛亂也。(引用資料如前引)

（6）明・周用《楚辭注略・自敘》：

屈子〈離騷〉，既放而追敘之辭也。其心忠，故終始以貞信自許，而不敢少忘其君。其情哀，故每作則糾纏鬱塞，往復再四，而不可離。其志窮，故周旋迫切而無所容其身。蓋以義無所逃於天地之間，亦卒命而已矣！又其學本博極，故汗漫橫肆，足以明其心，宣其哀，而遠其志。必如是而後己，非以文辭也。（引用資料如前引）

（7）明・王世貞《藝苑巵言》卷二：

屈氏之〈騷〉，〈騷〉之聖也。長卿之賦，賦之聖也。一以風，一以頌，造體極玄，故自作者，毋輕優劣。（丁仲祜《續歷代詩話》，一九七一年藝文印書館本）

（8）清・劉獻庭《離騷經講錄・離騷總論》：

若屈子者，千秋萬世之下，以屈子為忠者無異辭矣；然而未嘗有知其為孝者也。其〈離騷〉一經，開口曰：「帝高陽之苗裔兮，朕皇考曰伯庸。」則屈子為楚國之宗臣矣。屈子既為楚國之宗臣，則國事即其家事，盡心于君，即是盡心于父。故忠孝本無二致。然在他人，或可分為兩，若屈子者，盡忠即所以盡孝，盡孝亦即所以盡忠。名則二，而實則一也。是故〈離騷〉一經，以忠孝為宗也。（引自《楚辭資料評論選》）

（9）黃子雲《野鴻詩的》：

游仙詩本〈離騷〉，蓋靈均處穢亂之朝，蹈危疑之際，聊為烏有之詞以寄興焉耳。建安以下，竟相祖述；景純、太白，亦恣意抽摹；至義山專求有娀、皇英之喻而推廣之，倡為妖淫靡曼之詞，動以美人香草為護身符帖。末學無知，又因之而變為香匳體。世道人心，欲以復古，難矣！（《清詩話續編》木鐸出版社本）

（10）清．蔣驥《山帶閣注楚辭．離騷》：

按篇中云退修初服，又云往觀四荒，皆見疎時始願如此。既重自念宗國世臣，義不返顧，遂決計為此篇以章志節，定猶豫。其末章大聲疾呼而著之曰，吾將從彭咸之所居。蓋自是終原之世，志不少變矣。……首尾二千四百九十言，大要以好修為根柢，以從彭咸為歸宿。蓋寧死而不改其修，寧忍其修之無所用而不愛其死？皦皦之節，可使頑夫廉；拳拳之忠，可使薄夫敦。信哉百世之師矣。（蔣驥《山帶閣注楚辭》一九七五年洪氏出版社）

建生案：〈離騷〉離騷是中國古今第一長篇，共二千四百九十字，（〈孔雀東南飛〉一千七百八十五字，〈長恨歌〉八百四十字，〈秦婦吟〉一千字。）詩中善用神話人物，如羲和、望舒、飛廉、風伯等。也善用善鳥香草、惡禽臭物，以及靈脩美人比興。

有關〈離騷〉篇名的意義，古今各家說法不同。如司馬遷《史記・屈原本傳》引淮南王劉安〈離騷傳〉云：「離騷者，猶離憂也」。班固在〈離騷贊序〉說：「離，猶遭也。騷，憂也，明己遭憂作辭也。」到了王逸，在《楚辭章句》說：「離，別也。騷，愁也。經，徑也。言己放逐離別，中心愁思，猶依道徑，以風諫君也。把離騷解釋成別愁。項安世《項氏家說》云：「《楚語》伍舉曰：德義不行，則邇者騷離，而遠者距違。韋昭注曰：騷，愁也。離，畔也。蓋楚人之語自古如此。屈原〈離騷〉，必是以離畔為愁而賦之。」他以《國語・楚語》中的騷離，揚雄仿作的〈畔牢愁〉，出自楚國方言。宋代王應麟《困學紀聞》從此說。近人游國恩以為〈離騷〉，從音樂方面說，是楚國當時一種曲名；從意義方面說，有牢騷不平之意。

王逸《楚辭章句》，〈離騷〉題作〈離騷經〉，並言：「經，徑也。……猶依道徑以風諫君也。」有些附會牽強。洪興祖《楚辭補注》云：「古人引〈離騷〉，未有言經者。」可知，「經」字是後世附加。從另一個角度說，把《楚辭》當成「經」，有加強、提升《楚辭》的文學地位。

〈離騷〉創作的時間，姜亮夫《屈原賦校注》以為始於懷王十六年，成於頃襄王初年。游國恩《楚辭概論》以為在頃襄王三年或三年後。郭沫若《屈原研究》則認為自沈之年，即頃襄王二十一年。根據《史記・屈原本傳》、《楚世家》、劉向《新序》載，懷王十六年，齊楚絕交，懷王知受張儀欺騙，興兵伐秦。十七年，楚與秦戰於陝西丹陽、藍田，楚敗，韓魏襲楚；懷王悔，復派屈原使齊。十八年，張儀來楚，懷王聽鄭袖、靳尚讒言，未殺張儀。屈原諫阻釋張儀，不及。二十年，齊楚復交。二十四年，楚背齊合秦；二十五年，秦楚盟於黃棘；二十六年，齊、韓、魏共伐楚；二十七年，楚太子殺秦大夫逃歸，秦楚絕交。三十年，懷王被騙入秦，卒於秦。（參馬茂元主編《楚辭注釋》頁五，文津出版社）十年中，秦楚交往不定，最後，楚懷王客死於秦。〈離騷〉是作者政治上受挫後的作品，比對楚秦二國大事，〈離騷〉創作時間，以姜亮夫《屈原賦校注》所言，始於懷王十六年，成於頃襄王初年，較為適中。

至於本篇分段，說法分歧，有：陸侃如《中國詩史》的二段說、姜亮夫《屈原賦校注》的三段說，劉永濟《屈原音注詳解》的五段說、譚介甫《屈原新編》的六段說、中國科學院《中國文學史》的八段說、胡念貽《楚辭選注及考證》的十三段說等等。依我看來，分成三段容易理解。

首段，從開頭至「豈余心之可懲」。由敘述世系、生辰、名字之後，書寫自己內在、外在美，及好修飾的個性。並言早期教育子弟，如植香花香草，盼能貢獻國家社會。又以堯舜、桀紂對比，盼楚君能重用賢才，遵循法度，引導楚國走向富強之路。可惜，楚君屢次變化主意，培育子弟和小人同流合污，陷廣大的民眾生活多艱。繼言屈原「蕙纕」、「攬茝」好脩潔，卻為讒邪中傷，而楚君卻浩浩蕩蕩，不用思慮，背繩墨、追曲邪，幾次想藉流放而亡，悲不自勝。乃堅持己志、寧死正道不屈，是脩身自潔，以服飾比喻，故言「製芰荷以為衣兮，
集芙蓉以為裳」、「高余冠之岌岌兮，長余佩之陸離」，芳澤相雜，其身昭明。所謂「民生各有所樂兮，余獨好脩以為常。」的個性，即便「體解」而心則「未變」，堅貞的情操。本段寫屈原理想與現實社會的鬥爭。

第二段由「女嬃之嬋媛兮」，至「余焉能忍與此終古」。先寫女嬃勸誡屈原，以屈原「博謇而好修」的個性，有如鮌「婞直」剛愎自用相似，不順君意。何況世俗「好朋」，互相標榜不同。於是屈原帶著委屈，到聖王大舜葬埋之處蒼梧，訴說歷史興衰道理。言夏啟之後，康娛自縱，啟子兄弟內鬥，至於羿淫

游好畋，射殺封狐，寒浞取而代之，浞子澆，縱欲不止，是以為少康所弒。少康中興，至於夏桀而亡，商朝亦傳至紂王，殺比干、醢梅伯，商朝國滅。至於夏禹、商湯、周文武王，舉賢授能，國因以興。乃感慨哀傷自己生不逢時。因懷著堅定信念，「上征」天國。然則，天帝守門者，倚天門而望，天上人間溷濁無有不同。後，求宓妃、求有娀國美女簡狄、求有虞國二姚，皆因「理弱媒拙」，無法獲得美女青睞、賢臣輔佐。

第三段由「索藑茅以筳篿兮」至結束。在現實人生飽受困境情況下，在現實和天上無法容身下，屈原內心無比的矛盾與痛苦。於是向靈氛和巫咸求教。靈氛告訴屈原，「兩美必合」，「勉遠逝而無狐疑」，離開楚國，自有志趣相合者。又請教巫咸，亦勸屈原求理念相合之人。然則，屈原以為賢能之人，無須行媒導引。如傅說受知於殷高宗（武丁）、呂望知遇於周文王、甯戚受知於齊桓公，舉歷史事實以傷今！今之時，「蘭芷變而不芳」，「荃蕙化而為茅」，悲憤時世變易，甚至貴族子孫「無實而容長」，而子椒「專佞以慢慆」，如此世俗，孰無變化。悲苦交極，乃順靈氛之意，選吉日而遠逝，朝從天津箕斗出發，夕至閶闔之門，上天追尋理想，正當神情奮發之際，「忽臨睨夫舊鄉」，人馬皆為之不忍而悲。由失望、而絕望，「國無人莫我知兮，又何懷乎故都」，「既莫足與美政兮，吾將從彭咸之所居」。看來，屈原擇善固擇的心志，抱定「從彭咸之所居」，已有投水自盡的決心。

《離騷》是《楚辭》的代表作，承繼《詩經》韻文的形式，而開創以六七言為主、長短參差句式，通篇隔句句尾用「兮」字，言楚國詩歌的特徵。連綿字如：零落、遲暮、馳騁、純粹、猖披、浩蕩、鬱邑、周流、浮游等等，多為楚國方言。疊字如：謇謇、冉冉、纚纚、菲菲、浪浪、漫漫、啾啾、翼翼等等，作為形容之用。實地如：蘭皐、椒丘、沅、湘、蒼梧等；實物如：江離、木蘭、宿莽、申椒、蘭桂、蕙茝、留夷、揭車等；與神物如：玉虬、鷖、鸞皇、鳳鳥、飛龍；神地如：崦嵫、咸池、扶桑、閶闔、天津、西極等，作一明顯的對照。天神若：羲和、望舒、飛廉、豐隆、西皇等；歷史人物如：堯、舜、鮌、禹、啟、湯、彭咸、宓妃、蹇脩、以及后羿、寒浞、澆、桀、紂等等，善與惡，天與人之間作一強烈對照。是以詩篇中，神話、歷史、現實交錯，天人交合，造成特殊的藝術風格。

至於思想方面，〈離騷〉表達了「存君興國」的信念。正如《史記・本傳》所說的，屈平「正道直行，竭忠盡智以事其君」，「信而見疑，忠而被謗」，甚至被放逐，他仍然「睠顧楚國，繫心懷王，不忘欲反」，「冀幸君之一悟，俗之一改」。對於家國的熱愛，古往今來，堪稱第一。影響後代詩人，如杜甫、陸游等等。

三、九歌

（1）漢．王逸《楚辭章句》第二云：

《九歌》者，屈原之所作也。昔楚國南郢之邑，沅、湘之間，其俗信鬼而好祠。其祠，必作歌樂鼓舞以樂諸神。屈原放逐，竄伏其域，懷憂苦毒，愁思沸鬱。出見俗人祭祀之禮，歌舞之樂，其辭鄙陋。因為作《九歌》之曲。（台北：藝文印書館）

（2）宋．朱熹《楚辭集注》卷二云：

九歌者，屈原之所作也。昔楚南郢之邑，沅湘之間，其俗信鬼而好祀，其祀必使巫覡作樂，歌舞以娛神，蠻荊陋俗，詞既鄙俚，而其陰陽人鬼之間，又或不能無褻慢淫荒之雜，原既放逐，見而感之，故頗更定其詞，去其泰甚。（台北：藝文印書館）

（3）明．陳深（見明．蔣之翹《七十二家評楚辭》卷二《九歌》）云：

沅、湘之間，其俗尚鬼，祭祀則令巫覡作樂，諧舞歌吹為容，其事陋矣。自原為之緣之以幽渺，涵之以情深，琅然笙匏，遂可登于俎豆。若曰淫于沔嫚而少純白，不備，為屈子病，則是崇岡責其平土，激水使之安流也，固矣。（引自長安出版社《楚辭評論資料選》）

（4）清·毛奇齡《西河文集·九懷詞序》：

昔屈原放於江潭，見南楚之邑，其俗好祠，而善為哀歌。每祠，必師巫男女婆娑，引聲歌神絃諸曲，以悅于神，而其詞鄙俚。原乃作《九歌》十一章，變其詞，大抵皆憂愁幽思，中心靡煩而無所發，不得已托茲神絃哀彈之，以攄其抑紆之情。（引文同右）

（5）清·林雲銘《楚辭燈·九歌·總論》：

余考《九歌》諸神，悉天地雲日山川正神、國家之所常祀。且河非屬江南境，必無越千餘里外往祭河伯之人，則非沅湘間所言之鬼可知。其中有言迎祭者，有不言迎祭者，有言歌舞者，有不言歌舞者，則非更定其詞托於巫之口尤可知矣。按《九章·惜誦》篇有「蒼天為正」、「五帝折中」、「六神嚮服」、「山川備御」等語，總因竭忠被斥，無所控訴，不得已求之於神，冀有以自白其心。……至于《九歌》之數，至〈山鬼〉已滿，〈國殤〉、〈禮魂〉似多二作。……蓋〈山鬼〉與正神不同，〈國殤〉、〈禮魂〉乃人之新死為鬼者，物以類聚，雖三篇，實止一篇。合前共得九，不出深文可也。（引自《楚辭評論資料選》）

（6）清·蔣驥《山帶閣注楚辭·九歌》：

《九歌》本十一章，其言九者，蓋以神之類有九而名。兩司命，類也；湘君與夫人，亦類也。神之同類者，所祭之時與地亦同，故其歌合言之。此家三兄紹孟之說。（洪氏出版社）

（7）清・陳本禮《楚辭精義・九歌・發明》：

《九歌》皆楚俗巫覡歌舞祀神之樂曲。《周禮・春官・司巫》：掌巫之政令，男曰覡，女曰巫。楚以巫祀神，亦從周典。特其詞句鄙俚，故屈子另撰新曲。然義多感諷。……愚按《九歌》之樂，有男巫歌者，有女巫歌者，有巫覡並舞而歌者，有一巫唱而眾巫和者。〈激楚〉、〈揚阿〉，聲音淒楚，所以能動人而感神也。鄭康成曰：有歌者，有哭者，冀以悲哀感神靈也。讀《九歌》者不可以不辨。（引自《楚辭評論資料選》）

（8）民國・胡適《胡適文存》二集，〈讀楚辭〉：

以為《九歌》是最古的南方民族文學，是當時湘江民族的宗教歌舞。（遠東圖書公司）

（9）民國・蕭繼宗先生〈湘君湘夫人及大司命少司命四篇結構之研究〉（原刊東海大學《東海學報》第五期，後收入《興懷集》一九九〇年學生書局出版）：

《九歌》是祀神之曲，是毫無疑問的。……文末結語部分如果單就《九歌》全文而言，它有幾個共通的特點：第一，《九歌》是采用民歌的內容，而通過了詩人自己底靈魂與手腕，淨化其情愫，美化其文辭，提高其人生價值，加強其民族精神。這，和以往單純的采集與編次，已經不同；比起後世輕視民間文學，一味陳陳相因地摹擬古人，或脫離群眾走向象牙塔裡的作家，其眼光與抱負更是超出萬萬。第二，《九歌》是配合音樂而作的歌詞。我們從其韻律、句法、字法以及所涉及的樂器，所負擔的使命，可以窺察出它是入樂之詩（近人姜君析論頗詳。案：指姜亮夫《屈原賦校注》）。後代底樂府，雖然也是以詞入樂，可是比起它底文學價值來，便是「小巫見大巫」了。第三，《九歌》是以幾個不同的題材的詩篇，組成一套結構完整的歌辭，以供故事的演唱。這一點，一直到唐宋才有相同的作法，以後才發展為元曲中的套數與戲曲。……末了，關於《九歌》篇數的問題，歷來各家意見不很一致。《九章》、《九辯》，篇數皆九，而《九歌》卻有十一篇。有人主張〈國殤〉和〈禮魂〉是多出來的；有人主張〈東皇太一〉為迎神曲，〈禮魂〉為送神曲，不在九數之內；有人根據「春蘭兮秋菊，長無絕兮終古」，主張〈湘君〉與〈湘夫人〉，〈大司命〉與〈少司命〉，乃春秋二祀分用之詞，一般人則認為《九歌》是襲用舊曲之名，其篇數根本不必與曲名「九」字相應。這個問題，自然不算太重要的問題。真不能解決的時候，采用最後一說，也就不解決而自解決了。不過，如果本文底分析不錯的話，則〈湘君〉、〈湘夫人〉本來是一齣，〈大司命〉和〈少司命〉是一齣兩場。重要的劇中人物，在舞台上都是同時出場對唱的。因此，這四篇，實際上只能算是兩篇。（《山帶閣注楚辭》及他家主張偶有相似，但因為他們沒有瞭解這四篇底結構，總覺得牽強一點。）這問題也就附帶地自然解決了，雖然本文底目的並不是為了要解決它。

案：以上諸家有關《九歌》看法，蔣驥《山帶閣注楚辭》、顧天成《離騷解》（見〈緒論、注家〉）皆以大小〈司命〉〈湘君〉〈湘夫人〉為一類，蕭先生承前人之說，論述最為詳細、可取。九歌九篇之說，迎刃可解。其實，《楚辭・九歌》所祭祀鬼神，與近來在江陵竹簡出土的材料相比，《九歌》所祀的神，數量要少很多。湯漳平《出土文獻與楚辭九歌》云：「從江陵楚墓竹簡記錄中，我們了解到，在屈原時代，楚人祭祀鬼神數量，遠遠超過《九歌》中描寫的那些數目，因此，現有的《九歌》作品，很有可能是屈原在一系列祭祀樂歌中挑選出來的一部份，經過他的改造而寫成的。」（頁一二〇，北京中國社會科學出版社）。中國是一個萬有皆神的民族，文獻紀錄的鬼神，大體上認為與民生關係密切，較為重要罷了。

東皇太一

吉日兮辰良(1)，穆將愉兮上皇(2)。撫長劍兮玉珥(3)，璆鏘鳴兮琳瑯(4)。

(1)日謂甲乙，辰謂寅卯。為押韻良辰作辰良。(2)穆，敬也。愉，樂也。上皇，謂東皇太一也。言己將修祭祀，必擇吉良之日，齋戒恭敬，以宴樂天神。(3)撫，持也。玉珥，謂劍鐔也。〔補注〕：引《博雅》曰：劍珥謂之鐔。鐔，劍鼻。一曰劍口，一曰劍環。珥，耳飾也。鐔所以飾劍，故取以名焉。(4)璆、琳琅，皆美玉名也。〔補注〕：《禮記》曰：古之君子必佩玉，進則揖之，退則揚之，然後玉鏘鳴也。

瑤席兮玉瑱(1)，盍將把兮瓊芳(2)。蕙肴蒸兮蘭藉(3)，奠桂酒兮椒漿(4)。

(1)瑤，江淹〈別賦〉云：「惜瑤草兮徒芳。」李善注云：「蘨與瑤同。」呂向曰：「瑤草，香草。」是瑤席為蘨草之席。《周禮》：玉鎮，大寶器。故書作瑱。依《周禮・春官上・宗伯第三》云：王執鎮圭，公執桓圭，侯執信圭，伯執躬圭，子執穀璧，男執蒲璧。（2）盍，合也。把，持也。瓊，玉枝也。言己修飾清潔，以蓄草為席，美玉為瑱。（3）蕙肴，以蕙草蒸肉也。藉，所以藉飯食也。蒸，進也。（4）桂酒，切桂置酒中也。椒漿，以椒置漿中也。

揚枹兮拊鼓(1)，疏緩節兮安歌(2)，陳竽瑟兮浩倡(3)。

（1）揚，舉也。拊，擊也。枹，一作桴。擊鼓槌也。（2）肴膳酒醴既具，不敢寧處，親舉枹擊鼓，使靈巫緩節而舞，徐歌相和，以樂神也。〔補注〕：疏與踈同。（3）陳，列也。浩，大也。浩倡，合唱。言己又陳列竽瑟，大倡作樂，以自竭盡也。

靈偃蹇兮姣服(1)，芳菲菲兮滿堂(2)。五音紛兮繁會(3)，君欣欣兮樂康(4)。

（1）靈，謂巫也。偃，蹇，舞貌。姣，好也。服，飾也。〔補注〕：古者巫以降神。靈偃蹇兮姣服，言神降而託於巫也。（2）菲菲，芳貌也。（3）五音，宮、商、角、徵、羽也。繁會，合樂也。（4）欣欣，喜貌。康，安也。言己動作眾樂，合會五音，紛然盛美。神以歡欣，猒飽喜樂，則身蒙慶祐，家受多福也。

【評論選輯】

（1）西漢．司馬遷《史記．封禪書》云：

天神，貴者太一，太一佐曰五帝。古者天子以春秋祭太一東南郊，用太牢七日，為壇開八通之鬼道。（藝文印書館）

（2）東漢・班固《漢書・郊祀志第五上》云：

天神，貴者泰一。太一佐曰五帝。古者天子以春秋祭泰一東南郊。（藝文印書館）

（3）宋・朱熹《楚辭集注》卷二《九歌・東皇太一》：

太一，神名，天之尊神，祠在楚東，以配東帝，故云東皇。《漢書》云：天神貴者太一，太一佐曰五帝。中宮天極星，其一明者，太常居也。（藝文印書館）

（4）清・王夫之《楚辭通釋・九歌》：

《九歌》皆楚俗所祠，不合于祀典，未可以禮證之。太一最貴，故但言陳設之盛，以徼神降，而無婉戀頌美之言。且如此篇，王逸寧得以冤結之意附會之邪？則推之他篇，當無異旨，明矣。（宏業書局）

（5）清・戴震《屈原賦注・九歌》：

〈東皇太一〉三章。古未有祀太一者，以太一為神名，殆起於周末。漢武帝因方士之言，立其祠長安東南郊。唐宋祀之尤重。蓋自戰國時奉為祈福神，其祀最隆。（北一書局）

建生案：泰（或作太）一，星名，天之尊神。祠在楚東，以配東帝，故云東皇。〔補注〕：《漢書・郊祀志》云：天神，貴者泰一。泰一佐曰五帝。古者天子以春秋祭泰一東南郊。

太一在先秦典籍，不是天神名稱，而是一個抽象觀念，或指形成天地萬物元氣，或指老莊思想中的道。（參金開誠等《屈原集校注》北京中華書局）。太一以天神面貌出現，並享受人間祭祀，最早見於《九歌》。目前，台灣百姓在農曆正月初九，有所謂「拜天公」，祭祀玉皇大帝的祭祀活動，不知起源何時？據班固及戴震說法，以太一為神名，起於周末，漢武帝立其祠於長安東南郊。

《楚辭》〈東皇太一〉本篇，言陳設之盛，以求神降。而「兮」字介詞，放在句中，與〈離騷〉「兮」字放在句末，為歌之餘聲不同。

雲中君

浴蘭湯兮沐芳(1)，華采衣兮若英(2)。靈連蜷兮既留(3)，爛昭昭兮未央(4)。

（1）浴，浴身。蘭，香草也。沐，洗頭。（2）華采，五色采也。若，杜若也。（3）靈，巫也，神靈。連蜷，巫迎神導引貌也。或曰長曲貌。（4）爛，光貌也。昭昭，明也。央，已也。巫執事肅敬，奉迎導引，形體連蜷，神則歡喜。見神光容爛然昭明，無極已也。

蹇將憺兮壽宮(1)，與日月兮齊光(2)。龍駕兮帝服(3)，聊翱遊兮周章(4)。

(1)蹇，詞也。憺，安也。壽宮，供神之處也。(2)齊，同也。光，明也。言雲中神，爵位尊高，乃與日月同光明也。既與「日」「月」同光，本神不應作月神。(3)龍駕，言雲中神駕龍也。(4)聊，且也。周章，猶周流也。雲中神居無常處，動則翱翔，周流往來迅速。

靈皇皇兮既降(1)，猋遠舉兮雲中(2)。覽冀州兮有餘(3)，橫四海兮焉窮(4)。

(1)靈，謂雲中神也。皇皇，光貌。降，下也。言雲中神來下，其貌皇皇，美而有光明也。(2)猋，去疾貌也。雲中，雲中神所居也。言雲神往來急疾，猋然遠舉，復還其處也。(3)覽，望也。兩河之間曰冀州。餘，猶他也。言神所居高絕，下覽冀州中土，橫望四海，皆有餘而無極。(4)窮，極也。雲中神出入奄忽，須臾之間，橫行四海，安有窮極也。

思夫君兮太息(1)，極勞心兮忡忡(2)。

(1)君謂雲中神。(2)忡忡，憂心貌。《詩》云：憂心忡忡。

【評論選輯】

(1)宋．洪興祖《楚辭補注》卷二《九歌．雲中君》：

雲神豐隆也，一曰屏翳。《漢書．郊祀志》有雲中君。

（2）明．蔣之翹《七十二家評楚辭》卷二《九歌．雲中君》：

屈子作文，不過就題寫去，自覺別有會心。迺洪興祖論此章（按指《雲中君》）以雲神喻君，言君德與日月同明，故能周覽天下，橫行四海，而懷王不能，故憂之。此說大是拘腐。

（3）清．戴震《屈原賦注．九歌》：

〈雲中君〉三章，雲師也。《周官．大宗伯》，以槱燎祀飌師雨師，而不及雲師。殆戰國時有增入祀典者。故屈原得舉其事賦之。漢《郊祀志》，晉巫祠五帝、東君、雲中君之屬。是漢初猶承舊俗。……

建生案：有關〈雲中君〉，所祀是否雲神、雷神、月神、或閃電之神，各有說詞。唯就本文看來，「蹇將憺兮壽宮，與日月兮齊光」，作「月神」似不可通。又「靈皇皇兮既降，猋遠舉兮雲中」，言其行動迅速，以閃電之神較為適宜。至於雲師、雷師，〈離騷〉篇有「豐隆」。就本文言，內容似與雷、雲之動作不切合。

湘君

君不行兮夷猶(1)，蹇誰留兮中洲(2)？美要眇兮宜修(3)，沛吾乘兮桂舟(4)。

（1）君，謂湘君也。夷猶，猶豫也。（2）蹇，詞也。留，待也。中洲，洲中也。水中可居者曰洲。（3）要眇，好貌。修，飾也。要眇而好，又宜修飾也。（4）沛，行貌。舟，船也。

令沅湘兮無波⑴，使江水兮安流⑵！望夫君兮未來⑶，吹參差兮誰思⑷！

（1）沅、湘，水名。（2）願湘君令沅、湘無波涌，使江水順徑徐流，則得安也。（3）夫君，謂湘夫人。湘君（舜）尋覓湘夫人。（4）參差，鳳簫也。〔補注〕：引《風俗通》云：舜作簫，其形參差，象鳳翼。

駕飛龍兮北征⑴，邅吾道兮洞庭⑵。薜荔柏兮蕙綢⑶，蓀橈兮蘭旌⑷。

（1）征，行也。願駕飛龍北行，往湘夫人處。（2）邅，轉也。洞庭地穴，在長沙巴陵也。（3）薜荔，香草。柏，柏壁也。綢，縛束也。（4）蓀，香草也。橈，船小楫也。以薜荔縛飾四壁，蕙草縛屋，乘船則以蓀為楫櫂，蘭為旌旗。

望涔陽兮極浦⑴，橫大江兮揚靈⑵。揚靈兮未極⑶，女嬋媛兮為余太息⑷！

（1）涔陽，在澧州，今澧州有涔陽浦。極，遠也。浦，水涯也。（2）靈，艫，船窗。揚靈，打開船窗。（3）極，已也。（4）女謂侍女。言已打開船窗無所見，湘君旁之侍女感歎湘君之癡情也。

橫流涕兮潺湲⑴，隱思君兮陫側⑵。桂櫂兮蘭枻⑶，斲冰兮積雪⑷。

（1）潺湲，流貌。內自悲傷，涕泣橫流也。（2）君，謂湘夫人。陫側，悱惻。（3）櫂，楫也。枻，船旁板也。（4）王逸云：斲，斫也。言已乘船，遭天盛寒，舉其櫂楫，斲斫冰凍，此為喻詞，非寫實。

采薜荔兮水中⑴，搴芙蓉兮木末⑵。心不同兮媒勞⑶，恩不甚兮輕絕⑷。

（1）此句言入池涉水求薜荔。（2）搴，手取也。芙蓉，荷華也。生水中。登山緣木采芙蓉，固不可得。（3）比喻婚姻，心意不同，則媒人疲勞，而無功也。（4）言人交接初淺，恩不甚篤，則輕相與離絕。

石瀨兮淺淺(1)，飛龍兮翩翩(2)。交不忠兮怨長(3)，期不信兮告余以不閒(4)。

（1）瀨，湍也。淺淺，流疾貌。（2）《說文》云：翩，疾飛也。（3）交，友也。忠，厚也。言朋友相與不厚，則長相怨恨。（4）閒，暇也。

鼂騁騖兮江皋(1)，夕弭節兮北渚(2)。鳥次兮屋上(3)，水周兮堂下(4)。

（1）鼂，一作朝。《說文》曰：騁，直馳也。騖，亂馳也。（2）弭，安也。渚，水涯也。（3）次，舍也。（4）湘君朝騖於江皋，夕則止於北渚，以見夫人非不出行也。湘君既上北渚，見湘夫人所居之地，只剩鳥與水而已，絕望將歸，惟見湘夫人所棲止之所，景象淒寂。周，旋也。

捐余玦兮江中(1)，遺余佩兮醴浦(2)。采芳洲兮杜若(3)，將以遺兮下女(4)。

（1）玦，如環，而有缺。《荀子》曰：絕人以玦。取弃絕之義。《史記・項羽本紀》曰：舉佩玦以示之。皆取決繼之義。（2）佩，一作珮。捐玦遺佩，以詒湘夫人。（3）芳洲，香草藂生水中之處。（4）遺，與也。下女，侍女。

旹不可兮再得(1)，聊逍遙兮容與(2)。

（1）旹，一作時。（2）逍遙，遊戲也。

湘夫人

帝子降兮北渚(1)，目眇眇兮愁予(2)。嫋嫋兮秋風(3)，洞庭波兮木葉下(4)。

(1)帝子，謂堯女也。降，下也。言堯二女娥皇、女英，隨舜不反，沒於湘水之渚，因為湘夫人。(2)予，忬之借，憂也。〔補注〕：眇眇，微貌。言神之降，望而不見，使我愁也。(3)嫋嫋，秋風搖木貌。(4)言秋風疾，則草木搖，湘水波，而樹葉落矣。

(登)白薠兮騁望(1)，與佳期兮夕張(2)。鳥萃兮蘋中(3)，罾何為兮木上(4)。

(1)薠，草，秋生，今南方湖澤皆有之。騁，平也。(2)佳，謂湘夫人也。一本「佳」下有「人」字。佳期，謂湘夫人與己願以此夕設祭祀，張帷帳。(3)萃，集。蘋，水草。(4)罾，漁網也。鳥當集木巔，而言草中，罾當在水中，而言木上，以喻所願不得，失其所也。

沅有茝兮醴有蘭(1)，思公子兮未敢言(2)。荒忽兮遠望，觀流水兮潺湲(3)。麋何食兮庭中(4)？蛟何為兮水裔(5)？

(1)沅水之中有茂盛之茝，澧水之內有芬芳之蘭。(2)謂湘夫人也。或作湘君。(3)遠而望之，但見水流而潺湲也。荒，一作慌。忽，一作惚。(4)麋，獸名，似鹿也。(5)麋當在山林，而在庭中，蛟當在深淵，而在水涯。蛟在水裔，猶所謂神龍失水而陸居也。皆言不得其所。

朝馳余馬兮江皐(1)，夕濟兮西澨(2)。佳人兮召予(3)，將騰駕兮偕逝(4)。

（1）一云：朝馳騁兮江皋。（2）濟，渡也。澨，水涯也。（3）予，湘夫人。（4）偕，俱也。逝，往也。

築室兮水中，葺之兮荷蓋(1)。蓀壁兮紫壇(2)，播芳椒兮成堂(3)。

（1）言湘夫人築室結茨於水底，用荷葉蓋之，務清潔也。（2）以蓀草飾室壁，累紫貝為室壇。蓀，一作荃。紫貝也。（3）布香椒於堂上。

桂棟兮(1)蘭橑(2)，辛夷楣兮(3)葯房(4)。罔薜荔兮為帷(5)，擗蕙櫋兮既張(6)。白玉兮為鎮(7)，疏石蘭兮為芳(8)。

（1）以桂木為屋棟。（2）以木蘭為榱也。（3）辛夷，香草，以作戶楣。《本草》云：辛夷，樹大連合抱，高數仞。此花初發如筆，北人呼為木筆。其花最早，南人呼為迎春。《爾雅》：楣謂之梁。注云：門戶上橫梁。（4）葯，白芷也。房，室也。《本草》：白芷，楚人謂之葯。（5）罔，結也。言結薜荔為帷帳。罔，讀若網。（6）擗，析也。以析蕙覆櫋屋。罔結以為帷帳，擗析以為屋聯，盡張設於中也。（7）以白玉鎮坐席也。鎮，一作瑱。（8）石蘭，香草。疏，布陳也。芳，疑為方，本作匚，即今「匡」字，借為匡牀，則此鋪石蘭於方牀。

芷葺兮荷屋(1)，繚之兮杜衡(2)。合百草兮實庭(3)，建芳馨兮廡門(4)。

（1）葺，蓋屋也。以芷草及荷葉葺以蓋屋也。（2）繚，縛束也。杜衡，香草。謂以荷為屋，以芷覆之，又以杜衡繚之也。（3）合百草之華，以實庭中。（4）馨，香之遠聞者，積之以為門廡也。廡門，謂廡與門也。

九嶷繽兮並迎(1)，靈之來兮如雲(2)。捐余袂兮江中(3)，遺余褋兮醴浦(4)。

（1）九嶷，山名，舜所葬也。（2）舜使九嶷之山神，繽然來迎二女，則百神侍送，眾多如雲也。（3）袂，衣袖也。（4）袂，衣袖。褋，襜襦也，襯衣。〔補注〕：捐袂遺褋與捐玦遺佩同意。玦珮，貴之也。袂褋，親之也。

搴汀洲兮杜若，將以遺兮遠者(1)。時不可兮驟得(2)，聊逍遙兮容與(3)。

（1）汀，水邊平地。湘夫人以袂褋，又遺遠者（湘君），以杜若。（2）驟，數。（3）言富貴有命，天時難值，不可數得，聊且遊戲，以盡年壽也。

建生案：日人・厨川白村說：「詩是個人的夢，神話是民族的夢。」此篇不像一般大團圓，或者「小姐贈金在後花園，相公落難中狀元」的老套，十分可取。

根據《九歌・總論》所述，湘君，應為配偶神，堯之長女娥皇、二女女英，為舜之配偶。舜死蒼梧，九嶷，是湘水發源地，娥皇、女英以洞庭、湘水為背景，死湘水，歷來研究湘君、湘夫人二篇內容，對於二神解釋頗多。據陸侃如《中國詩歌史》（泰順出版社），歸納有九種：

1. 以湘君為舜之二妃，而不提及湘夫人。如《史記・始皇本紀》、劉向《列女傳》卷一。
2. 以湘君為水神，以湘夫人為舜之二妃。如王逸《楚辭章句》。
3. 以湘夫人為舜之二妃而不提及湘君。如《禮記・檀弓》鄭注、張華《博物志》卷八〈史補〉。
4. 以湘夫人為帝之二女，也不提及湘君。如張華《博物志》卷六〈地理考〉。

5.以湘君為娥皇、湘夫人為女英。此說創自韓愈，見《韓昌黎先生集》卷九，〈黃陵廟碑〉（一九九二年廣文書局再版）。
6.以湘君為湘水神，以湘夫人為其配偶。如王夫之《楚辭通釋》、曹同春《楚辭約注》、陳本禮《屈辭精義》。
7.以湘君、湘夫人為湘水神的后與夫人。如顧炎武《日知錄》卷二十五。
8.以湘君、湘夫人為楚俗所祀湘山神夫婦二人。如趙翼《陔餘叢考》卷十九有〈湘君‧湘夫人非堯女〉條。（新文豐出版公司，湛貽堂本）
9.以湘君、湘夫人為天帝之二女。如劉夢鵬《屈子章句》。

又，明代汪瑗《楚辭集解》云：

> 此篇（指〈湘君〉）蓋託為湘君，以思湘夫人之詞……湘君則捐玦遺佩而採杜若以遺夫人，夫人則捐袂遺褋而搴杜若以遺湘君。蓋男女各出其所有，以通殷勤，而交相致其愛慕之意耳。二篇彼此贈答之詞無疑。然湘君者，蓋泛謂湘江之神；湘夫人者，即湘君之夫人。（引自長安出版社《楚辭評論資料選》）

主要意思與前面引述蕭繼宗先生〈湘君湘夫人及大司命少司命四篇結構之研究〉，湘君湘夫人本是一齣劇，分兩場而已！意思相同。本詩又是配偶神，舜撫三苗之說，流傳民間，以湘君為舜，湘夫人為舜之二妃娥皇、女英，應是合宜的。顯示舜與夫人之間愛情不渝。而大舜是古之聖賢，死於蒼梧，葬在九嶷山，在楚國土地上，是值得稱頌的事。楚人最為敬仰。

大司命

廣開兮天門（1），紛吾乘兮玄雲（2）。令飄風兮先驅（3），使涷雨兮灑塵（4）。

（1）《淮南子》注云：天門，上帝所居紫微宮門也。（2）吾，謂大司命也。（3）迴風為飄。（4）暴雨為涷雨。言司命爵位尊高，出則風伯、雨師先驅，為軾路也。

君迴翔兮以下（1），踰空桑兮從女（2）。紛總總兮九州（3），何壽夭兮在予（4）！

（1）迴，一作回。〔補注〕：迴翔，猶翱翔也。（2）空桑，山名。《山海經》云：東曰空桑之山。（3）總總，眾貌。《淮南》曰：天地之間九州：東南神州曰農土，正南次州曰沃土，西南戎州曰滔土，正西弇州曰并土，正中冀州曰中土，西北台州曰肥土，正北濟州曰成土，東北薄州曰隱土，正東陽州曰申土。（4）予，謂大司命。言普天之下，九州之民，誠甚眾多，其壽考夭折，皆自施行所致。天誅加之，不在於我也。

高飛兮安翔（1），乘清氣兮御陰陽（2）。吾與君兮齋速（3），導帝之兮九坑（4）。

（1）徐飛高翔而行。（2）陰主殺，陽主生。言司命常乘天清明之氣，御持萬民死生之命也。（3）吾，少司命，此篇少司命陪大司命。〔補注〕：齋速者，齋戒以自敕也。（4）少司命陪大司命出入九州之山。坑，一作阬。《文苑》作岡。〔補注〕：坑，音岡，山脊也。《周禮‧職方氏》：九州山鎮，曰會稽、衡山、華山、沂山、岱山、嶽山、醫無閭、霍山、恆山也。

靈衣兮被被(1)，玉佩兮陸離(2)。壹陰兮壹陽(3)，眾莫知兮余所為(4)。

(1)被被，長貌，一作披。被，與披同。(2)言大司命被服神衣，被被而長，玉佩眾多，陸離而美也。(3)陰，晦也。陽，明也。(4)一晦一明，眾人無緣知我所為作也。

折疏麻兮瑤華(1)，將以遺兮離居(2)。老冉冉兮既極(3)，不寖近兮愈疏(4)。

(1)疏麻，神麻也。瑤華，玉華也。(2)離居，即將離去之大司命。言少司命折取神麻贈大司命。(3)極，至也。(4)寖，稍也，疏遠也。

乘龍兮轔轔(1)，高駝兮沖天(2)。結桂枝兮延佇(3)，羌愈思兮愁人(4)。

(1)轔轔，車聲。(2)駝，一作馳。此言大司命高馳而去，不復留也。(3)延，長也。竚，立也。(4)言大司命乘龍沖天，猶結桂木為誓，少司命長立而望，愁且思也。

愁人兮柰何，願若今兮無虧(1)。固人命兮有當，孰離合兮可為(2)？

(1)虧，歇也。大司命告訴少司命，願身行善，常若於今，無有虧德也。(2)言人受命而生，有當貴賤貧富者，是天祿也。壽命短長，亦有命，非離或合，可以改變。

少司命

秋蘭兮麋蕪，羅生兮堂下(1)。綠葉兮素枝，芳菲菲兮襲予(2)。夫人自有兮美子(3)，蓀何以兮愁苦(4)！

（1）供神之室，空閑清淨，眾香之草，又環其堂下，羅列而生。秋，一作穐。《爾雅》曰：蘄茝，蘼蕪。郭璞云：香草，葉小如萎狀。叢生草木植物。與秋蘭皆孳生甚繁象徵。（2）襲，及也。予，我也。應指大司命，此篇由大司命陪主角少司命。言芳草茂盛，吐葉垂華，芳香菲菲，上及我也。（3）夫，發語詞。夫人，猶言凡人也。（4）蓀，謂少司命也。言凡人各自有美愛子孫，少司命何為愁苦而司主之。

秋蘭兮青青，綠葉兮紫莖(1)。滿堂兮美人，忽獨與余兮目成(2)。入不言兮出不辭(3)，乘回風兮載雲旗(4)。

（1）青青，茂盛也，音菁。以上二句應為大司命唱詞。（2）以上二句應為少司命唱詞。（3）言少司命往來奄忽，入不語言，出不訣辭，其志難知。（4）言少司命之去，乘風載雲旗（旗上畫有雲霓），形貌不可得見。

悲莫兮生別離(1)，樂莫樂兮新相知(2)。荷衣兮蕙帶，儵而來兮忽而逝(3)。夕宿兮帝郊(4)，君誰須兮雲之際(5)？

（1）悲哀莫痛與妻子生別離。（2）言天下之樂，莫大於男女始相知之時也。以上二句為大司命唱詞。（3）以荷花為上衣，以蕙草為束帶。少司命被服香淨，往來奄忽，終不可逢。以上二句為少司命唱詞。（4）帝，謂天帝。（5）少司命之去，暮宿於天帝之郊，誰待於雲之際乎？須，䇓，待也。

與女遊兮九河，衝風至兮水揚波（1）。與女沐兮咸池（2），晞女髮兮陽之阿（3）。望美人兮未來（4），臨風怳兮浩歌（5）。

（1）王逸無注。古本無此二句。此二句，〈河伯〉章中語也。（2）咸池，日浴處，在東。（3）晞，乾也。《淮南》曰：日出湯谷，浴於咸池，拂於扶桑，是謂晨明；登於扶桑，是謂朏明；至於曲阿，是謂旦明。以上二句為少司命唱詞。（4）美人，謂少司命。（5）怳，失意貌。以喻望少司命未至，臨風怳然而大歌也。浩，大也。以上二句為大司命唱詞。

孔蓋兮翠旍（1），登九天兮撫彗星（2）。竦長劍兮擁幼艾（3），蓀獨宜兮為民正（4）。

（1）孔雀之翅為車蓋，翡翠之羽為旗旍。旍，一作旌。鳥赤羽者曰翡，青羽者曰翠。（2）九天，八方中央也。少司命乃陞九天之上，撫持彗星，欲掃除邪惡，以除穢也。《爾雅》：彗星為欃槍。（3）竦，執也。幼，少也。艾，長也。言少司命執持長劍，以誅絕凶惡，擁護萬民長少，使各得其命也。（4）少司命執心公方，無所阿私，善者佑之，惡者誅之，故宜為萬民之平正也。以上四句眾唸。

建生案：在希臘神話中，司命的神是姊妹三位，最小的叫克洛叔（Clotho），由他紡織生命線；二姊叫拉希息絲（Lachesis），她的工作是把織好的生命線搓揉，時強時弱，大姊叫阿特魯帕絲（Atropos），她拿的大剪刀一剪，地上就死一人。在中國，有關大小司命，宋・洪興祖《楚辭補注》卷二《九歌・大司命》云：

《周禮・大宗伯》：「以槱燎祀司中、司命」。疏引《星傳》云：「三台，上台司命，為太尉。」又，「文昌宮第四曰司命。」……《漢書・郊祀志》：「荊巫有司命。」說者曰：「文昌，第四星也。」五臣云：「司命，星名。主知生死，輔天行化，誅惡護善也。」〈大司命〉云：「乘清氣兮御陰陽。」〈少司命〉云：「登九天兮撫彗星。其非宮中小神明矣。」

清代王夫之《楚辭通釋・九歌》云：

大司命統司人之生死，而少司命則司人子嗣有無。以其所司者嬰稺，故曰少；大則統攝之辭也。古者為君親祈永命，徧禱于群祀，無司命之適主，而弗無子者祀高禖。大司命、少司命，皆楚俗為之名而祀之。

清・陳本禮《屈辭精義・九歌》云：

前〈湘君〉、〈湘夫人〉兩篇章法蟬遞而下，分之為兩篇，合之實一篇也。此篇〈大司命〉與〈少司命〉兩篇並序，則合傳體也。（引自《楚辭評論資料選》）

王夫之以大司命「統司人之生死，而少司命則司人子嗣之有無。以其所司者嬰稺，故曰少；大則統攝之辭也。」言大司命主壽，即主生死；少司命主子嗣較適。

關於二篇祭歌的演唱形式，汪瑗說：「屈子之作，亦託為二司彼此贈答之詞，思慕之意。」（《楚辭集解》）。〈大司命〉篇則以大司命贈少司命者也。凡曰吾、曰予、曰余者，皆大司命自謂也。曰君、曰汝者，皆大司命謂少司命也。認為本篇是大司命贈答少司命之詞。而〈少司命〉篇，二司命主從的關係，反過來。則少司命贈大司命，如此，與蕭繼宗先生之說相符。

東君

暾將出兮東方(1)，照吾檻兮扶桑(2)。撫余馬兮安驅(3)，夜皎皎兮既明(4)。

（1）謂日始出東方，其容暾暾而盛大也。（2）吾，謂日也。檻，楯也。言東方有扶桑之木，其高萬仞，日出，下浴於湯（暘）谷，上拂其扶桑，爰始而登，照曜四方，日以扶桑為舍檻，故曰：照吾檻兮扶桑也。（3）余，謂日也。馬，即六龍。（4）〔補注〕：言日之將出，羲和御之，安驅徐行，使幽昧之夜，皎皎而復明也。

駕龍輈兮乘雷(1)，載雲旗兮委蛇(2)。長太息兮將上，心低佪兮顧懷(3)。羌聲色兮娛人(4)，觀者憺兮忘歸(5)。

（1）輈，車轅也。《淮南子》曰：雷以為車輪。（2）日以龍為車轅，乘雷而行，以雲為旌旗，委蛇而長。（3）言日將去扶桑，上而升天，則俳佪太息，顧念其居也。（4）娛，樂也。（5）言日色光明，旦燿四方，人觀巫之迎太陽神，歌舞歡樂，憺然意安，而忘歸也。

緪瑟兮交鼓(1)，簫鍾兮瑤簴(2)。鳴篪兮吹竽(3)，思靈保兮賢姱(4)。

（1）縆，《說文》云：「大索也」，亦作「絚」，借為「揯」，即急張絃也。交鼓，對擊鼓也。（2）簫，一作蕭。疑作「摝」，擊也。瑤，疑作「搖」。簴，《爾雅》：木謂之虡。縣（懸）鍾磬之木也。瑤簴，疑指擊磬之意。（3）篪、竽，樂器名也。（4）姱，好貌。〔補注〕：靈保，神巫也。沅湘有「靈保大法師印」。保，寶通。

翾飛兮翠曾（1），展詩兮會舞（2）。應律兮合節（3），靈之來兮蔽日（4）。

（1）曾，舉也。巫舞工巧，身體翾然若飛，似翠鳥之舉也。（2）〔補注〕：展詩，猶陳詩也。會舞，猶合舞也。（3）合會六律，以應舞節拍。（4）言日神悅喜，於是來下，從其官屬，蔽日而至也。

青雲衣兮白霓裳（1），舉長矢兮射天狼（2）。操余弧兮反淪降（3），援北斗兮酌桂漿（4）。

（1）言日神來下，青雲為上衣，白蜺為下裳也。（2）天狼，星名，以喻貪殘。日為王者，王者受命，必誅貪殘，故曰舉長矢，射天狼，言君當誅惡也。《晉書・天文志》：狼一星在東井南，為野將，主侵掠。（3）操，持也。弧，《說文》曰：木弓也。淪，沒也。降，下也。（4）以北斗七星：天樞、天璇、天璣、天權、玉衡、開陽、遙光為勺，酌以置桂木之酒漿。以為慶功。

撰余轡兮高駝翔（1），杳冥冥兮以東行（2）。

（1）駝，一作馳，一無此字。（2）杳，深也。冥，幽也。日出東方，出杳杳，入冥冥，直東行而復出。

建生案：中國的太陽神是「東君」，西方稱為Apollo，不論古今中外，都崇拜、敬仰太陽神，因為太陽跟我們的生命、生存關係太大，所謂生命三大要素，就是：太陽、空氣和水。

在宋・洪興祖《楚辭補注》卷二《九歌・東君》云：

《博雅》曰：朱明耀靈。東君，日也。《漢書・郊祀志》有東君。

朱熹《楚辭集注》卷二《九歌・東君》云：

(〈東君〉) 今按：此日神也。《禮》曰：「天子朝日於東門之外。」又曰：「王宮祭日也。」《漢志》亦有東君。

清・戴震《屈原賦注・九歌》云：

〈東君〉四章，日也。《禮記・祭義篇》曰：「祭日於壇。」又曰：「祭日於東。」《祭法篇》曰：「王宮，祭日也。」此歌備陳樂舞之事，蓋舉迎日典禮賦之。

由上面資料、綜合前人說法，本篇是祭祀日神的歌，日神稱東君，在《禮記・祭義》云：「祭日於東，祭月於西。日出於東，月出於西。」因為「祭日於東」，「日出於東」，大概是日神稱為東君的緣故。

王逸的《楚辭章句》，〈東君〉在〈少司命〉篇後。據清・劉夢鵬《屈子章句》，認為本篇與〈東皇太一〉皆天神，同隸一組，所以應放在〈東皇太一〉後，〈雲中君〉之前，列第二。《史記・封禪書》、《漢書・郊祀志》並云：「晉巫祠五帝、東君、雲中君」。《史記索隱》引王逸亦云「東君、雲中君見《歸藏易》」(參金開誠等《屈原集校注》說法)。

至於演唱形式，九歌祭天神的樂歌，代表天神的主巫與代表世人的群巫共同出現在祭祀現場，除〈東皇太一〉外，其餘各篇共同的特點，皆由主巫與群巫輪番作歌。

河伯

與女遊兮九河[1]，衝風起兮橫波[2]。乘水車兮荷蓋，駕兩龍兮驂螭[3]。

(1)女，讀作汝，指河伯。九河：徒駭、太史、馬頰、覆鬴、胡蘇、簡、絜、鉤磐、鬲津也。(2)衝風，暴風也。(3)河伯以水為車，驂駕螭龍，而戲遊也。驂，兩騑也。螭，《說文》云：如龍而黃。北方謂之地螻。一說無角曰螭。

登崑崙兮四望[1]，心飛揚兮浩蕩[2]。日將暮兮悵忘歸[3]，惟極浦兮寤懷[4]。

(1)崑崙山，河源所從出。《山海經》云：崑崙山有青河、白河、赤河、黑河，環其墟。其白水出其東北陬，屈向東南流，為中國河。(2)浩蕩，志放貌。(3)言崑崙之中，多奇怪珠玉之樹，觀而視之，不知日暮。言已心樂志說，惆悵歎息，忽忘還歸也。(4)寤，覺也。懷，思也。

魚鱗屋兮龍堂，紫貝闕兮朱宮[1]。靈何為兮水中[2]，乘白黿兮逐文魚[3]。

(1)河伯所居，以魚鱗蓋屋，堂畫蛟龍之文，紫貝作闕，朱丹其宮，形容異制，甚鮮好也。魚鱗，或說魚鱗般的屋子，所謂櫛次鱗比。朱，或作珠。以珍珠裝飾宮殿。(2)言河伯之屋，殊好如是，何為居水中也。(3)大鼈為黿。逐，從也。河伯遊戲，遠出乘龍，近出乘黿，又從鯉魚也。

與女遊兮河之渚，流澌紛兮將來下（1）。子交手兮東行（2），送美人兮南浦（3）。波滔滔兮來迎，魚隣隣兮媵予（4）。

（1）古成語，猶流水，但見流水紛然而下。巫與河伯遊河之渚，水相隨來下。渚，洲也。澌，音斯。從仌者，流冰也。（2）子，謂河伯也。巫與河伯別，子宜東行，還於九河之居，我亦欲歸也。（3）河伯也。巫送河伯南至江之涯。江淹《別賦》云：送君南浦，傷如之何。蓋用此語。（4）媵，送也。言江神聞己將歸，使波流滔滔來迎，遣魚隣隣侍從。

建生案：〈河伯〉本是祭祀黃河之神的歌。因為河水可以飲用、灌溉，過多的水，氾濫成災，乾旱、缺乏水，百姓無以為生。可知，河神河伯與人民生活息息相關，祭祀河神，應是百姓普遍的想法與做法。

在古代典籍中，如《莊子・大宗師》云：「馮夷得之，以遊大川。」成玄英注疏云：「姓馮，名夷，弘農華陰潼鄉堤首里人也，服八石，得水仙。大川，黃河也。天帝錫馮夷為河伯，故遊處盟津大川之中也。」《抱朴子・釋鬼篇》：「馮夷以八月上庚日渡河溺水，天帝署為河伯。」此外，《山海經》、《淮南子》等書有關河伯的記載。在宋・洪興祖《楚辭補注》卷二《九歌・河伯》有：

《山海經》曰：中極淵，深三百仞，唯冰夷都焉。冰夷，人面而乘龍。《穆天子傳》云：……冰夷、無夷，即馮夷也。

宋・朱熹《楚辭集注》卷二《九歌・河伯》：

舊說以為馮夷，其言荒誕，不可稽考，今闕之。大率黃河之神耳。

又，清・王夫之《九歌通釋・九歌》云：

河伯，河神也。四瀆視諸侯，故稱伯。（哀公六年）楚昭王有疾。卜曰：河為祟。昭王謂非其境內山川，弗祀焉。昭王能以禮正祀典，故已亡。而楚固嘗祀之矣。民間亦相蒙僭祭，遙望而祀之。〈序〉所謂信鬼而好祠也。

楚國祭祀黃河之神，在《春秋左氏傳》魯宣公十二年（即楚莊王十七年，西元前五九七），哀公六年（見前引），皆有記載。劉永濟《屈賦通箋》（洪氏出版社）云：「按《九歌》所祀，本不可以《禮經》繩之，且河伯之說，本遠古相傳神話，奉而祀之者，不必定河水流域之人。況楚地當屈子時，已及河之南境，祀河伯非必不可之事。」

由上面引述，河伯最早文字記錄在於祭黃河之神，後祀神乃百姓共同的願望與做法，是以河伯泛指水神，本篇或可能泛指楚國水域之神。

全篇演唱形式，以飾河伯的男巫獨唱，又間有引導女巫對唱。

山鬼

若有人兮山之阿（1），被薜荔兮帶女羅（2）。既含睇兮又宜笑（3），子慕予兮善窈窕（4）。

（1）若有人，謂山鬼也。（2）女羅，地衣類植物，無刺。兔絲，寄生、旋花科植物，生有刺，刺入其他植物吸收其養分。（3）〔補注〕：睇，音弟，傾視也。《說文》云：南楚謂眄曰睇、。故含睇宜笑，以喻姱美。（4）子，謂山鬼之情人也。窈窕，好貌。

乘赤豹兮從文狸(1)，辛夷車兮結桂旗(2)。被石蘭兮帶杜衡(3)，折芳馨兮遺所思(4)。

（1）〔補注〕：豹有數種，有赤豹，有玄豹，有白豹。毛赤而文黑，謂之赤豹。貍有虎斑文者，有貓斑者。〈河伯〉云：乘白黿兮逐文魚。〈山鬼〉云：乘赤豹兮從文貍。各以其類也。（2）〔補注〕：以辛夷香木為車，結桂枝以為旌旗也。（3）石蘭、杜衡，皆香草。（4）所思，所思之人，情人。

余處幽篁兮終不見天(1)，路險難兮獨後來(2)。表獨立兮山之上(3)，雲容容兮而在下。

（1）言山鬼所處，乃在幽篁之內，終日不見天地。（2）所處既深，其路險阻又難，故來晚暮，後諸神也。（3）表，特也。言山鬼居住，特立於山之上，而自異。

杳冥冥兮羌晝晦(1)，東風飄兮神靈雨(2)。留靈脩兮憺忘歸(3)，歲既晏兮孰華予(4)。

（1）言山鬼所在至高邈，雲出其下，雖白晝猶暝晦也。（2）飄，風貌。言東風飄然而起，則神靈應之而雨。（3）靈脩，謂山鬼所思之人。（4）晏，晚也。孰，誰也。華予，使我年輕榮華。

采三秀兮於山間(1)，石磊磊兮葛蔓蔓(2)。怨公子兮悵忘歸(3)，君思我兮不得閒(4)。

（1）三秀，謂芝草也。（2）見山石磊磊，葛草蔓蔓。（3）公子，山鬼之情人。悵然離去，忘記歸返山鬼懷抱。（4）言山鬼情人思念山鬼，不肯以閒暇之日，去看山鬼。

山中人兮芳杜若（1），飲石泉兮蔭松柏（2）。君思我兮然疑作（3）。

（1）山中人，山鬼也。（2）山鬼在山中，取杜若以為芬芳，飲石泉之水，蔭松柏之木，飲食居處，動以香潔自修飾也。（3）山鬼情人思念山鬼，山鬼或疑或然，主意不定。

靁填填兮雨冥冥（1），猿啾啾兮又夜鳴（2）。風颯颯兮木蕭蕭（3），思公子兮徒離憂（4）。

（1）靁，一作雷。（2）填填，雷聲。冥冥，雨貌。啾啾，猨聲。狖，似猨。（3）風聲颯颯，吹拂樹木蕭蕭。（4）離，罹也。言山鬼非常寂寞，找到對象，心中又沒把握。所以說「思公子兮徒離憂」。

建生案：河水供人飲用，與人生活息息相關，是以祀河神。而山中礦產、動植物多，與人生活密切，是以有「在山靠山」之說。何況山中多深邃難知，魍魎魑魅之傳說，往往流傳。是以祭祀山鬼之事，應多流行於社會民間。

在宋・馬永卿《嬾真子》卷一〈屈莊之言曲盡其妙〉云：

屈、莊之言，曲盡其妙。《楚辭・山鬼》曰：「若有人兮山之阿，被薜荔兮帶女蘿。既含睇兮又宜笑，子慕予兮善窈窕。」僕讀至此，始悟《莊子》之言曰：西施捧心而顰，鄰人效之，人皆棄而走。且美人之容，或笑或顰，無不佳者。如屈子以笑為宜，而莊子以顰為美也。

宋・洪興祖《楚辭補注》卷二《九歌・山鬼》：

《莊子》曰：山有夔。《淮南》山出嘄陽。楚人所祠，豈此類乎？

宋・朱熹《楚辭集注》卷二《九歌・山鬼》云：

《國語》曰：「木石怪夔罔兩」。謂此耶？

明・汪瑗《楚辭集解・九歌》云：

此題曰〈山鬼〉，猶曰山神、山靈云耳，奚必嘄、夔、魍魎魑魅之怪異，而後謂之鬼哉！

〈山鬼〉本是祭祀山神的樂歌。依汪瑗講法，山鬼應指山神、山靈，不必嘄夔、魍魎之怪。至於本篇演唱形式，應為山神女巫的獨唱。刻畫美麗、純潔、堅貞富於情感的女神，在幽暗的山林裡過孤寂的生活，對於思慕的情郎的衷情，總是「然疑作」，半信半疑。尤其雷雨之夜、猿狖悲鳴，風聲蕭瑟，想念情人，不勝煩惱。

國殤

操吳戈兮被犀甲（1），車錯轂兮短兵接（2）。旌蔽日兮敵若雲（3），矢交墜兮士爭先（4）。

（1）戈，戟也。甲，鎧也。國殤始從軍之時，手持吳戟，身被犀鎧而行也。〔補注〕：操，持也。《說文》云：戈，平頭戟也。（2）錯，交也。短兵，刀劍也。言戎車相迫，輪轂交錯，長兵不施，故用刀劍，以相接擊也。（3）兵士競路趣敵，旌旗蔽天，敵多人眾，來若雲也。（4）墜，墮也。言兩軍相射，流矢交墮，壯夫奮怒，爭先在前也。

凌余陣兮躐余行(1)，左驂殪兮右刃傷(2)。霾兩輪兮縶四馬(3)，援玉枹兮擊鳴鼓(4)。

（1）凌，犯也。躐，踐也。言敵家來，侵凌我屯陣，踐躐我行伍也。（2）殪，死也。己所乘左驂馬死，右騑馬被刃創也。（3）縶，絆也。言己馬雖死傷，更霾車兩輪，絆四馬，終不反顧，示必死也。霾，一作埋。（4）枹，一作桴。

天時墜兮威靈怒(1)，嚴殺盡兮棄原壄(2)。出不入兮往不反(3)，平原忽兮路超遠(4)。

（1）墜，落也，不利也。適遭天時不利。死而有靈，怒氣不散。（2）嚴，痛也。殺，死也。痛殺、盡殺。言壯士盡其死命，則骸骨棄於原壄。（3）言壯士出鬪，不復顧入，一往必死，不復還反也。（4）身棄平原山壄之中，去家道甚遠也。

帶長劍兮挾秦弓(1)，首身離兮心不懲(2)。誠既勇兮又以武，終剛強兮不可凌(3)。身既死兮神以靈，子魂魄兮為鬼雄(4)。

（1）言身雖死，猶帶劍持弓，示不舍武也。（2）悔改之意。言己雖死，頭足分離，而心終不懲忞。（3）言國殤之性誠以勇猛，剛強之氣不可凌犯也。（4）國殤既死之後，精神強壯，魂魄武毅，長為百鬼之雄傑也。魂，人陽神。魄，人陰神也。

建生案：國殤是祭祀為國捐軀民族英雄的樂歌。殤有二義，一是男未冠（二十歲），女未笄（十五歲）而死，稱之。其次，在外死國事者。國殤的意義，洪興祖《楚辭補注》說：「謂死於國事者。」清・戴震《屈原賦注》說：「殤之義二：男女未冠笄而死者，謂之殤；在外而死者，謂之殤。殤之言傷也。國殤，死國事，則所以別于二者之殤也。歌此以弔之。通篇直賦其事。」可知洪興祖與戴震，都認為國殤是死於國事者。

至於具體祭祀對象，一般都認為戰士，清・蔣驥《山帶閣注楚辭》「凌余陣兮躐余行……嚴殺盡兮棄原壄」注云：「國殤所祀，蓋指上將言。觀援枹擊鼓之語，非泛言兵死者矣。」清・孫梅《閨話錄》引《四六叢話》卷三云：「《九歌・國殤》，非關雲長輩，不足以當之。所為生為人傑，死為鬼雄也。」皆以為戰場上一位將領，歌頌此將領在危急關頭，仍然指揮若定奮戰的英雄形象。

至於本篇演唱形式，全篇分為兩部分，前一部份是為受祭將領的主巫獨唱，自述戰場上激烈的戰況，後一部份是群巫合唱，歌頌為國犧牲的主將。（參金開誠等《屈原集校注》）。

禮魂

成禮兮會鼓(1)，傳芭兮代舞(2)，姱女倡兮容與(3)。春蘭兮秋菊(4)，長無絕兮終古(5)。

（1）成禮，典禮完成，即禮成。（2）芭，巫所持香草名也。祠祀作樂，而歌巫持芭而舞，訖以復傳與他人更用之。（3）姱，好貌。容與，徐舞。謂好女先倡而舞，則進退容與而有節度也。（4）菊，一作鞠。〔補注〕：古語云：春蘭秋菊，各一時之秀也。（5）春祠以蘭，秋祠以菊，為芬芳長相繼承，無絕於終古之道也。

建生案：〈禮魂〉是《九歌》的最後一篇。禮魂，即禮成。洪興祖《楚辭補注》卷二《九歌・禮魂》云：

禮，一作祀。魂，一作䰟。或曰：禮魂，謂以禮善終者。

明・汪瑗《楚辭集解・九歌》云：

禮，一作祀，或曰：禮魂，謂以禮善終者，俱非是。蓋魂猶神也。禮魂者，謂以禮而祭其神也，即章首成禮之禮字。一作祀者，祀與俗禮字相似而訛也。蓋此篇乃前十篇之亂辭，故總以〈禮魂〉題之。前十篇祭神之時，歌以侑觴，而每篇歌後，當續以此歌也。後世不知此篇為《九歌》之亂辭，故釋題義者多不明也。……或曰，此篇當有「亂曰」二字。而今「禮魂」二字，蓋因此篇首句有「禮」字，前篇之末有「魂」字而傳寫之誤也。

清・王夫之《楚辭通釋・九歌》云：

凡前十章，皆各以所祀之神而歌之。此章乃前十祀之所通用。而言終古無絕，則送神之曲也。舊說謂以禮善終者，非是。

有以〈禮魂〉為前十篇之亂詞，或曰前十篇通用的送神曲，較前人之說合宜。本篇開始即言「成禮」，祭祀典禮結束之意，即「禮成」。前十篇有具體祭祀對象，本篇篇幅短，無具體祭祀對象，說是〈禮魂〉為送神曲，應是接近真實的寫法。

本篇演唱的形式，應是全部祭歌表演完畢，由群巫合唱歌舞〈禮魂〉曲，結束整個儀式。

四、天問

曰：遂古之初，誰傳道之（1）？上下未形，何由考之（2）？冥昭瞢闇，誰能極之（3）？馮翼惟像，何以識之（4）？

（1）遂，通「邃」，深遠之意。遂古，遠古。初，始也。言遠古太始之元，虛廓無形，神物未生，人民口耳相傳，誰傳道此事也。（2）言天地未分，溷沌無垠，誰考定天地之形而知之也？考，一作知。定，一作述。（3）冥，夜晚。昭，白天。瞢，音萌，模糊不清。闇，音暗，暗昧。此言宇宙混沌未開，清濁晦明，誰能窮究，弄清楚？極：窮究。（4）《廣雅・釋訓》：馮馮翼翼，元氣也。謂元氣盛貌。像：景象。此二句言：宇宙充滿著元氣，怎樣分辨，認識這種景象？

明明闇闇，惟時何為（1）？陰陽三合，何本何化（2）？圜則九重，孰營度之（3）？惟茲何功，孰初作之（4）？

（1）言純陰純陽，一晦一明，誰造為之乎？即日月相代，孰主其事？時，是也。（2）王逸謂天地人三合成德，其本始何化所生乎？朱熹《集注》云：「陰也，陽也，天地三者之合，何者為本？何者為化乎？」又，汪瑗《楚辭集解》附引曰：「三與參同，古字通用，謂陰陽二氣參錯會合也。」（見朱碧蓮《楚辭論稿》，上海三聯書店）（3）言天圜而九層，誰營度而成如此？圜，與圓同。（4）言此天有九重（層），誰功力始作之邪？這樣的工程，是誰創建的？

斡維焉繫，天極焉加(1)？八柱何當？東南何虧(2)？九天之際，安放安屬(3)？隅隈多有，誰知其數(4)？

（1）斡，轉也。維，繫轂之綱也。言天晝夜轉旋，寧有維綱繫綴，其際極安所加乎？蓋凡物體運轉，另一頭必有聯結。其轂必有所繫，然後軸有所加，故此問天之斡維，繫於何所？而天極（南北極）之軸，何所繫乎？天既虛空無著，則斡繫於何處？斡，一作筦，音管。（2）言天有八山為柱，在何處當值？東南不足，誰虧缺之也？虧，一作虧。〔補注〕：《河圖》言：崑崙者，地之中也。地下有八柱，柱廣十萬里，有三千六百軸，互相牽制。名山大川，孔穴相通。《神異經》云：崑崙有銅柱焉，其高入天，所謂天柱也。（3）九天，東方皞天，東南方陽天，南方赤天，西南方朱天，西方成天，西北方幽天，北方玄天，東北方變天，中央鈞天。此言九州邊際如何區分，安所繫屬？安放在那裡？如何連接的？（4）言天地廣大，方隅水曲眾多，寧有知其數乎？《爾雅》云：厓內為隩，外為隈。《淮南子・天文訓》曰：天有九野，九千九百九十九隅，去地五億萬里。高誘注云：九野，九天之野。一野，千一百一十一隅。

天何所沓？十二焉分(1)？日月安屬？列星安陳(2)？出自湯谷，次于蒙汜(3)。自明及晦，所行幾里(4)？

（1）沓，合也。言天與地合會何所？十二辰誰分別乎？十二辰者，自子至亥十二辰也。或云：一歲日月十二會，所會為辰。十一月辰在星紀、十二月辰在元枵之類是也。蓋歲星運行，十二歲一周天，一歲一辰，故有十二辰。（2）言日月眾星，安所繫屬（懸掛），陳列在何處？（3）次，舍也。汜，水涯也。言日出東方湯谷之中，暮入西極蒙水之涯也。暘谷，暘通作陽，即湯谷也。《爾雅》云：西至日所入，為太蒙。即蒙汜也，亦即蒙谷。《淮南子・天文訓》

曰：日出于暘谷，浴于咸池，拂于扶桑，是謂晨明。登于扶桑，爰始將行，是謂朏明。至于曲阿，是謂旦明。至于曾泉，是謂早食。至于桑野，是謂晏食。至于衡陽，是謂隅中。至于昆吾，是謂正中。至于鳥次，是謂小還。至于悲谷，是謂餔時。至于女紀，是謂大還。至于淵隅，是謂高舂。至于連石，是謂下舂。至于悲泉，爰止其女，爰息其馬，是謂懸車。薄于虞淵，是謂黃昏。淪于蒙谷，是謂定昏。日入于虞淵之汜，曙於蒙谷之浦，行九州七舍，有五億萬七千三百九里。（4）言日平旦而出，至暮而止，所行凡幾何里乎？

夜光何德，死則又育（1）？厥利維何，而顧菟在腹（2）？女岐無合，夫焉取九子（3）？伯強何處？惠氣安在（4）？

（1）夜光，月也。育，生也。言月何德於天，死而復生也。一云：言月何德，居於天地，死而復生。則，即也。《尚書・顧命》有旁死魄，哉生明，既生魄。死魄，朔也。生魄，望也。則言月魄暫時死滅，旋即復生也。（2）言月中有菟，何所貪利，居月之腹，而顧望乎？菟，一作兔。菟，與兔同。《補注》引《蘇鶚演義》云：兔十二屬，配卯位，處望日，月最圓，而出於卯上。卯，兔也。其形入於月中，遂有是形。《古今注》云：兔口有缺。或云顧兔為月中兔名。月腹之兔，名曰月魄。《博物志》云：兔望月而孕，自吐其子。（3）女岐，清・丁晏《楚辭天問箋》云：女岐，或稱岐母，或稱九子母。王逸以為神女，無夫而生九子也。又，古代未婚生子，如黃帝母附寶，見閃電繞北斗樞星；舜母握登見大虹；禹母女嬉夢流星；契母簡狄，帝嚳妃，水中浴，吞燕卵生契。或因母姓社會，知其母不知其父，故有此神話故事。（4）伯強，大厲，疫鬼也，所至傷人。惠氣，和氣也。言陰陽調和則惠氣行，不和調則厲鬼興，二者當何所在乎？或以伯強為禺強，風神。即箕星。

何闔而晦？何開而明（1）？角宿未旦，曜靈安藏（2）？

（1）言天地間闔閉而晦冥，何所開發而明曉乎？闔，閉戶也。開，闢（開）戶也。（2）角宿（音秀），星座名，二十八宿之一，青龍赤宿第一宿，有兩顆星，出現在東方。曜靈，日也。言東方未明旦之時，日安所藏其精光乎？

不任汩鴻，師何以尚之（1）？僉曰何憂，何不課而行之（2）？鴟龜曳銜，鮌何聽焉（3）？順欲成功，帝何刑焉（4）？

（1）不任，不勝任。汩，治也。汩，音骨。鴻，大水也。言不堪使治洪水。師，眾也。尚，舉也。言鮌才不任治鴻水，眾人何以舉之乎？鴻，即洪水也。師，一作鮌。堯時，洪水滔天，鮌由四岳推舉治水，堯不同意。後由眾人建議，堯才同意，鮌治水九年，治水無功，被殺死在羽山之郊野。（2）僉，眾也。課，試也。言眾人舉鮌治水，堯知其不能，眾人曰：何憂哉？何不先試之也。曰，一作答。（3）言鮌治水，績用不成，堯乃放殺之羽山，鮌違帝命而不聽，何為聽鴟龜之曳銜也？鴟，一名鳶也。曳，牽也，引也。聽，從也。鴟龜，各家以為二物，一說神話中的大龜，狀如鴟。（4）帝，謂堯也。《山海經・海內經》云：鮌竊帝之息壤，以堙洪水，帝令祝融殺鮌于羽郊。此二句言鮌順自己之意而行，依鴟龜築堤障水，逆乎水性，若果成功，帝何必刑罰焉。

永遏在羽山，夫何三年不施（1）？伯禹愎鮌，夫何以變化（2）？纂就前緒，遂成考功（3）。何續初繼業，而厥謀不同（4）？

（1）永，長也。遏，絕也。施，舍也。言堯長放鮌於羽山，絕在不毛之地，三年不舍其罪也。一無「山」字。一說施是壞的意思，鮌壓在羽山，何以三年身體都不壞。《山海經・海內經》郭璞注引《開筮》鮌死三年不腐，剖之以吳刀，化為黃龍。（2）伯禹，即禹。禹稱帝前堯封他作夏伯，故稱。愎鮌：一作腹鮌。《山海經・海內經》「鮌復（腹）

生禹」，禹是從鯀肚子孕育、化生出來。變化，指改變堤障為疏導水流之法。言子承父志，禹何以能改變治水方法。（3）父死稱考。緒，業也。言禹能纂代鯀之遺業，而成考父之功也。鯀不順水性，築堤障水無成，禹順水性，導水成功。（4）言禹何能繼續鯀業，而謀慮不同也。《孟子・滕文公上》：禹疏九河，瀹濟漯而注諸海，決汝漢、排淮泗而注之江，然後中國可得而食也。（書韻樓叢刊）又，《孟子》曰：禹之治水，水之道也。鯀堙洪水，而禹行其所無事，雖承父業，其謀不同也。

洪泉極深，何以寘之（1）？地方九則，何以墳之（2）？河海應龍？何盡何曆（3）？鯀何所營？禹何所成（4）？

（1）洪水淵泉極深大，禹何用寘塞而平之乎？寘與填同。（2）墳，分也。謂九州之地，凡有九品，九則，九州土田上中下九品也。禹何以能分別之乎？（3）有鱗曰蛟龍，有翼曰應龍。歷，過也。言河海所出至遠，應龍過歷遊之，而無所不窮也。曰：禹治洪水時，有神龍以尾畫地，導水所注當決者，因而治之也。實則，禹循水脈，如神龍以尾畫地或川，禹因而疏之，水脈亦謂之龍。（4）言鯀治鴻水九載，何所營度，禹纂前緒，禹何以遂有成就乎？

康回馮怒，墜何故以東南傾（1）？九州安錯？川谷何洿（2）？東流不溢，孰知其故（3）？東西南北，其修孰多（4）？

（1）康回，共工名也。《淮南子・天文訓》言共工與顓頊爭為帝，不得，怒而觸不周之山，天維絕，地柱折。天傾西北，故日月星辰移焉；地不滿東南，故水潦塵埃歸焉。（《列子》亦有此載）此二句言：共工大怒，為何一觸即使地向東南傾陷。墜，一作地。一無「以」字。（2）錯，設置。洿，音烏，深也。言九州如何設置？禹何所分別之？川谷於地，何以獨洿深乎？安，一作何。（3）言百川東流，不知滿溢，誰有知其故也。《莊子．秋水》曰：天下之水，莫大於海，萬川歸之，不知何時止而不盈；尾閭泄之，不知何時已而不虛。（4）修，長也。言天地東西南北，誰為長乎？

南北順墮，其衍幾何（1）？昆侖縣圃，其尻安在（2）？增城九重，其高幾里（3）？四方之門，其誰從焉（4）？西北辟啟，何氣通焉（5）？

（1）橢音妥，狹而長也。衍，廣大也。言南北隳長，其廣差幾何乎？《管子．地員》云：地之東西二萬八千里，南北二萬六千里。《淮南子》云：闔四海之內，東西二萬八千里，南北二萬六千里。注云：子午為經，卯酉為緯，言經短緯長也。（2）崑崙，山名也，在西北，元氣所出。其巔曰縣圃，乃上通於天也。尻，音ㄎㄠ，脊椎末節。此問崑崙山上懸圃，它的地址在那裡？（3）言崑崙山上有增城九層，它的高度幾里？據《淮南子．墬形訓》云：崑崙虛中，有增城九重，其高萬一千里百一十四步二尺六寸。（4）從，指進出。言天四方，各有一門，其誰從之上下？一云：誰其從焉。（5）言天西北之門，每常開啟，開以納不周之風，豈元氣之所通？辟，一作闢，一作開。按：不周山在崑崙西北，不周風自此出也。

日安不到，燭龍何照（1）？羲和之未揚，若華何光（2）？何所冬暖？何所夏寒（3）？焉有石林？何獸能言（4）？

（1）太陽哪裡照不到？哪裡須燭龍照耀？天之西北，有幽冥無日之國，有龍銜燭而照之也。《山海經．大荒北經》云：西北海之外，赤水之北，有章尾山。有神，人面蛇身而赤，直日正乘，其冥瞑乃晦，其視乃明，……是燭九陰，是謂燭龍。（2）羲和，日御也。此指日。日未出之時，若木何能有明赤之光華乎？古代傳說，若木長在西方日入處大樹，太陽落在若木下，若木的花就會放出光芒。和，《釋文》作龢。揚，一作陽。《山海經・海內經》：南海之內，黑水青水之間，有木名若木。（3）暖，溫也。言天地之氣，何所有冬溫而夏寒者乎？蓋中國地處北半球，夏熱而冬寒，是以產生疑慮，是否有冬溫夏寒之地。答案應是南半球。（4）言天下何所有石木之林，與有獸能言語者乎？

焉有虬龍，負熊以遊（1）？雄虺九首，儵忽焉在（2）？何所不死？長人何守（3）？靡蓱九衢，枲華安居（4）？

（1）有角曰龍，無角曰虬。言寧有無角之龍，負熊獸以遊戲者乎？劉盼遂《天問校箋》云：「陶齋吉金錄三，甫人匜蓋博古圖廿，商風匜蓋其十二，商蟠夔壺耳，皆圖有角有翼之龍形，而負一非虎似虎之異獸，即〈天問〉虬龍之事也。」（參馬茂元《楚辭注釋》，文津）（2）虺，蛇別明也。儵忽，電光也。言有雄虺，一身九頭，速及電光，皆何所在乎？一無「速」字。《山海經・海外北經》：「共工之臣曰相柳氏，九首，以食于九山。」「雄虺九首」，或指相柳氏。（3）什麼地方的人長生不死？長人守衛在哪裡？《山海經・海外南經》：不死民在交脛國東，其人黑色，壽不死。注云：圓丘上有不死樹，食之乃壽，有赤水，飲之不老。又大荒之山，日月所入，有人三面，一臂奇右，其人不死。《國語・魯語下》：仲尼曰：昔禹致羣神於會稽之山，防風氏後至，禹殺而戮之，其骨節專車。又曰：山川之守，足以綱紀天下者，其守為神。客曰：「防風氏何守也？」仲尼曰：「汪芒氏之君，守封嵎之山者也。」傳說禹會諸侯，防風氏後至，使守封嵎之山。長人，王逸引《括地象》曰：長狄，「十之三丈」。（4）靡，蔓也。九交道曰衢。枲，音喜。《爾雅》有枲麻，麻有子曰枲。言寧有分岔蓱草，生於水上無根。這些都生長在哪裡？蓱，一作萍。

一蛇吞象，厥大何如（1）？黑水玄趾，三危安在（2）？延年不死，壽何所止（3）？鯪魚何所？鬿堆焉處（4）？

（1）此言一條蛇有多大？能吞下一隻大象。一或作靈。大或作骨。《山海經・海內南經》云：南方有靈蛇，吞象，三年然後出其骨。又，《海內南經》：南海內有巴蛇，身長百尋，其色青黃赤黑，食象，三歲而出其骨，君子服之，無心腹疾，在犀牛西也。注云：今南方蚺蛇，亦吞鹿，消盡，乃自絞於樹，腹中骨皆穿鱗甲間出，亦此類也。（2）玄趾、三危，皆山名也，在西方。黑水，水名，出崑崙山。趾，一作沚。此言黑水、玄趾、三危，皆在何處？（3）言哪裡人稟命不死，其壽命活到幾時？（4）鯪（音陵）魚，傳說中的怪魚。《山海經・海內北經》：「鯪魚人面，手足，魚身，在海中。」丁晏《楚辭天問箋》（廣文）引楊慎《異魚圖贊》云：吞舟之魚，其名曰鯪，背腹有刺，如三角菱。王逸《章句》一云：鯪魚，鯪鯉也，有四足，出南方。鬿（音祈）堆，奇獸也。鯪，一作陵。所，一作居。鬿，一作魁。《山海經・東山經》云：北號之山……有鳥焉，其狀如雞而白首，鼠足，而虎爪，其名鬿雀，亦食人。二句言：鯪魚在哪裡？鬿雀又在何方？

羿焉彃日？烏焉解羽（1）？禹之力獻功（2），降省下土四方（3）。焉得彼嵞山女，而通之於台桑（4）？

（1）羿，古代傳說中善射箭的神。曾射落九個太陽，為人民除害。《淮南子・本經訓》：「堯之時，十日并出，焦禾稼，殺草木，而民無所食。……堯乃使羿誅鑿齒于疇華之野，殺九嬰于凶水之上，繳大風于青丘之澤，上射十日而下殺猰貐……」有關天上十日的神話，《山海經・海外東經》：「黑齒之北，曰湯谷，居水中，有扶木，九日居下枝，一日居上枝，皆戴烏。」注云：「羿射十日，中其九。」又，《大荒東經》：「一日方至，一日方出，皆戴於烏。」郭璞注云：「日中有三足烏。」《淮南子・精神訓》：日中有踆烏。高誘注曰：「三足烏。」《說文》云：彃，射也，音畢。羿，古之諸侯，此堯時羿，非有窮后羿。（2）禹，夏禹。獻，貢獻。功，指治水功業。（3）言禹以勤力獻進其功，堯因使省迨下土四方也。下土四方，天下之意。即禹到下面去察看各情況。一無「四方」二字。朱熹《集注》此句下云句絕。（4）

言禹治水，道娶塗山氏之女，而通夫婦之道於台桑之地。唐・蘇鶚《蘇鶚演義》云：塗山有四：一者會稽（浙江紹興），二者渝州（四川重慶），三者濠州（安徽懷遠），四者《文字音義》云嵞山，古國名。夏禹娶之，今宣州當塗縣也。塗山氏女，即女嬌也。二句言，禹專力治水，何以得到塗山氏女，就同他在台桑結合。台桑，地名，一說桑野之地。

閔妃匹合，厥身是繼(1)。胡維嗜不同味，而快鼂飽(2)？啟代益作後，卒然離蠥(3)。何啟惟憂，而能拘是達(4)？

（1）閔，憂也。禹所以憂無妃匹者，欲為身立繼嗣也。蓋禹三十未娶，恐時暮而失其制度。（2）味，指情欲。禹以辛酉日娶，甲子日去，而有啟。一本「嗜」下有「欲」字。維，一作為。鼂，一作晁，一作朝。〔補注〕：鼂、晁，並音朝莫之朝。此言禹之所嗜，與眾人異味。眾人所嗜，以厭足其情欲；禹所嗜者，拯民之溺爾。或云塗山氏女，非禹同類，另一圖騰，本不通婚，禹何以愛上？（3）益，禹賢臣也。作，為也。后，司也，君也。離，遭也。蠥，憂也。言禹以天下禪與益，益避啟於箕山之陽。天下皆去益而歸啟，以為君。益卒不得立，故曰遭憂也。蠥，一作孽，一作孼，災禍。（4）〔補注〕：惟，思也。拘，執也。禹嘗薦益於天矣，啟賢能敬承繼禹之道，憂思天下，因民心之歸，代益作后（君）；因民心之不予，以伐有扈，是能變通而不拘執也。

皆歸射鞫，而無害厥躬(1)。何后益作革，而禹播降(2)？啟棘賓商，〈九辯〉〈九歌〉(3)。何勤子屠母，而死分竟地(4)？

（1）射，行也。鞫（音菊），窮也。言有扈氏所行，皆歸於窮惡，故啟誅之，長無害於其身也。一說射，當為「眣」形誤軍法以矢貫耳。言有扈氏受到貫耳處分，而啟未受傷害。（2）后，司也，君也。革，更也。播，種也。降，下也。言啟所以能變更益，而代益為君者，以禹平治水土，百姓得下種百穀，然禹之播降，待益作革，然後能成功，故思歸啟也。（3）棘，急也。賓，通嬪。《山海經‧大荒西經》：「（夏后）開上三嬪于天，得〈九辯〉與〈九歌〉以下。」言啟把三位美女獻給天帝，取來〈九歌〉、〈九辯〉。（4）勤，勞也。屠，裂剝也。言禹腷剝母背而生，其母之身，分散棄地。言禹母生禹難產，裂開母背而生，己之身軀分裂，棄置于地。一說指啟死，子太康繼位，因太康五弟爭奪權位，發生內訌。五子家鬨，曰姦子，曰勤子。（聞一多說）。

帝降夷羿，革孽夏民（1）。胡射夫河伯，而妻彼雒嬪（2）？馮珧利決，封豨是䠶（3）。何獻蒸肉之膏，而后帝不若（4）？

（1）帝，天帝也。夷羿，有窮國屬東夷族，故稱夷羿。太康時夏內亂，羿乘機改夏，逐太康，自立為君，後被寒浞殺死。革，更也。孽，憂也。言羿弒夏家，居天子之位，荒淫田獵，變更夏道，為萬民憂患。（2）胡，何也。雒嬪，水神，謂宓妃也。《傳》曰：河伯化為白龍，遊于水旁，羿見䠶之，眇其左目。河伯上訴天帝，曰：為我殺羿。天帝曰：爾何故得見䠶？河伯曰：我時化為白龍出遊。天帝曰：使汝深守神靈，羿何從得犯？汝今為虫獸，當為人所䠶，固其宜也。羿何罪歟？此言射河伯、妻雒嬪者，何人乎？乃堯時羿，非有窮羿也。此二句言：羿何以射瞎河伯，而娶洛水女神為妻。（3）馮，挾也。一說讀為ㄆㄥˊ，強勁的弓。珧，音姚，蚌蛤的甲殼，用以裝飾弓的兩頭，此指弓。決：扳指，射箭時套住右手大拇指的套子。封豨，大野豬。言羿不修道德，而挾弓䠶韝，獵捕大野豬，以快其情也。《淮南子‧本經訓》云：堯之時，封豨、長蛇，皆為民害，堯乃使羿斷修蛇於洞庭，禽封豨於桑林。此言有窮羿封豨是䠶，而反為民害也。（4）蒸，冬祭也。后帝，天帝也。若，順也。二句言羿獵䠶封豨，以其肉膏祭天帝，天帝猶不順羿之所為也。

浞娶純狐，眩妻爰謀(1)。何羿之䠶革，而交吞揆之(2)？阻窮西征，巖何越焉(3)？化為黃熊，巫何活焉(4)？

(1)浞，羿相也。相傳寒浞善於捏造讒言，被伯明氏拋棄後，由羿收養並為相。爰，於也。眩，惑也。言浞娶於純狐氏女，眩惑愛之，遂與浞合謀殺羿也。寒浞為羿相，與羿之惑婦純狐氏私通，因謀殺而娶之。(2)吞，滅也。揆，度也。言羿好射獵，能射透七層皮革的人，竟被寒浞及其眾交合而吞滅之。一無「革」字。(3)阻，險也。窮，窘也。征，行也。越，度也。言堯放鮌羽山，西行度越岑巖之險，是如何越過高峻山嶺？(4)活，生也。言鮌死後化為黃熊，入於羽淵，巫醫又如何使他活？一本「化」下有「而」字。熊，《國語》作黃能。《說文》云：能，熊屬，足似鹿。

咸播秬黍，莆雚是營(1)。何由并投，而鮌疾修盈(2)？白蜺嬰茀，胡為此堂(3)？安得夫良藥，不能固臧(4)？

(1)咸，皆也。秬(音巨)黍，黑黍。雚，音環，草名。嫩為蘆筍。營，耕也。言禹平治水土，盡為良田，萬民皆得耕種黑黍，編織莞席，尋求蘆筍充饑。一作黃雚，一作莆藿。《說文》：黍，禾屬而黏也。莆，疑即蒲字。蒲，水草，可以作席。(2)疾，惡也。脩，長也。盈，滿也。并，並也。放逐。由，用也。禹平水土，民得並種五穀矣，鮌和其他三惡人放逐到荒遠之地，何以鮌惡長滿天下乎？只有他的罪這麼長，這麼多？(3)蜺，副虹。嬰，纏繞。茀，白雲逶移若蛇者也。言雲氣繚繞著白虹的壁畫，為什麼在楚國公卿祠堂裡？(4)臧，善也。《列仙傳》云：「崔文子學仙於王子僑，子僑化為白蜺而嬰茀，持藥與崔文子，崔文子驚怪，引戈擊蜺，中之，因墮其藥，俯而視之，王子僑之尸也。置之室中，覆以敝筐，須臾而化為大鳥，開而視之，翻翻飛鳴而去。」(王叔岷《列仙傳校箋》中研院文哲所專刊。王逸《章句》引文畧有出入。)

天式從橫，陽離爰死(1)。大鳥何鳴，夫焉喪厥體(2)？蓱號起雨，何以興之(3)？撰體協脅，鹿何膺之(4)？

（1）式，法也。天式，自然法則。爰，於也。天法有善惡陽陰從橫之道。人失陽氣則死也。（2）言崔文子取王子僑之尸，置之室中，覆之以弊篚，須臾則化為大鳥而鳴，開而視之，翻飛而去，文子焉能亡子僑之身乎？大鳥為什麼長鳴而去？崔文子如何使王子僑喪亡？（3）蓱，蓱翳，雨師名也。號，呼也。興，起也。言雨師號呼，則雲起而雨下，獨何以興之乎？蓱，一作荓。一作萍。（4）膺，受也。言天撰十二神鹿，一身八足兩頭，獨何膺受此形體乎？一云：撰體脅鹿，兩個上身，何以膺之？膺，當也，受也。

鼇戴山抃，何以安之(1)？釋舟陵行，何之遷之(2)？惟澆在戶，何求于嫂(3)？何少康逐犬，而顛隕厥首(4)？

（1）鼇，大龜也。戴：以頭頂物。拍手曰抃。此指龜四肢舞動。《列仙傳》曰：有巨靈之鼇，背負蓬萊之山而抃舞，戲滄海之中，獨何以安之乎？鼇，音敖。抃，音卞。（2）釋，置也。舟，船也。遷，徙也。舟釋水而陵行，則何能遷徙也？言大龜所以能負山若舟船者，以其在水中也。使龜釋水而陵行，則何以能遷徙山乎？（3）澆，相傳是寒浞和羿妻所生的兒子，多力善走，縱慾殘忍。王逸曰：澆盪舟。言澆無義，淫佚其嫂，往至其戶，佯有所求，因與行淫亂也。（4）言夏少康（相傳夏朝君王夏相兒子）因田獵放犬逐獸，遂襲殺澆而斷其頭。逐讀為「嗾」，使犬殺人。《說文》：嗾，使犬也。（參馬茂元《楚辭注釋》）

女歧縫裳，而館同爰止(1)。何顛易厥首，而親以逢殆(2)？湯謀易旅，何以厚之(3)？覆舟斟尋，何道取之(4)？

（１）女歧，澆嫂也。館，舍也。一說館同即姦同。爰，於也。言女歧與澆淫佚，為之縫裳，於是共舍而宿止（或說私通）也。（２）少康夜襲得女歧頭，以為澆，因斷之，故言易首，遇危殆也。後少康利用打獵機會，才把澆殺死。（３）湯，游國恩《天問纂義》云：古文啺，从口易，與湯字形近。湯、陽同聲，古多通用。（台北洪葉文化事業，一九九三年九月）旅，眾也，師也。易，錫、賜。《天問纂義》又云：湯謀易旅者，謂陽借他故，以治軍旅，圖恢復，欲示人以弗疑也。何以厚之者，言少康逃於有虞，初僅一旅之眾耳，何以處心積慮，卒能增厚其力，封殖其勢，以為報仇光復之資乎？（４）覆，反也。舟，船也。斟尋，國名也。《左傳‧哀公元年》云：有過澆殺斟灌，以伐斟尋，滅夏后相。相后相妻，逃回有仍國，生少康。為有仍牧正，澆追迫，逃回有虞。有虞國之助，集合斟灌、斟尋，攻滅澆，恢復夏。注云：二斟，夏同姓諸侯，相失國，依於二斟，為澆所滅。

桀伐蒙山，何所得焉（1）？妹嬉何肆，湯何殛焉（2）？

（１）桀，夏亡王也。蒙山，國名也。言夏桀征伐蒙山之國，而得妹嬉也。（２）言桀得妹嬉，肆其情意，故湯放之南巢也。妹，一作末。殛，一作極。妹，音末。嬉，音喜。《說文》云：殛，誅也。

舜閔在家，父何以鱞（1）？堯不姚告，二女何親（2）？厥萌在初，何所億焉（3）！璜臺十成，誰所極焉（4）？

（１）舜，舜帝也。堯在位，命其攝行政事，堯去世後繼任。閔，憂也。父，舜父瞽叟。無妻曰鱞。言舜為布衣，憂閔其家。其父頑母嚚，不為娶婦，乃至于鱞（即鰥）也。一說：「舜妻登比」（《山海經‧海內北經》）又說「有虞二妃，帝堯二女也，長娥皇，次女英。」（《列女傳‧有虞二妃》）（２）姚，舜姓也。言堯不告舜父母而將二女嫁給舜。如令告之，則不聽，堯女當何所親附乎？二女，娥皇、女英也。《孟子》曰：舜不告而娶，為無後也。君子以為猶告也。（3）言賢者預見施行萌牙之端，而知其存亡善惡所終，非虛億也。億，一作意，通「臆」，臆度。（4）璜，美玉也。言紂作象箸，而箕子歎，預知象箸必有玉杯，玉杯必盛熊蹯豹胎，如此，必崇廣宮室。紂果作玉臺十重，糟丘酒池，以至于亡也。一說璜臺，即鹿台、廩台、南單（音亶）之台，商紂用以聚藏珠寶伎樂，在朝歌南。

登立為帝，孰道尚之（1）？女媧有體，孰制匠之（2）？舜服厥弟，終然為害（3）。何肆犬體，而厥身不危敗（4）？

（1）言伏羲始畫八卦，脩行道德，萬民登以為帝，誰開導而尊尚之也？（2）傳言女媧人頭蛇身，一日七十化，其體如此，誰所制匠而圖之乎？王孝廉《水與水神》（頁二十一）云：「蟜與媧是相通的，女嬌、女趫、女憍也。就是女媧。《世本》說塗山氏女號女媧。」如此說，女媧為禹所娶塗山氏女。一說：此四句應作「女媧有體，孰制匠之？登立為帝，孰道尚之？」上二句先言事迹，後二句說出人名。言登立帝王，根據什麼來推舉？道指原則；尚，推舉之意。媧，古天子，風姓也。《山海經・大荒西經》云：女媧之腸，化為神，處栗廣之野。注云：女媧，古神女帝，人面蛇身，一日中七十變，其腸化為此神。相傳女媧與伏羲由兄妹結成夫妻，繁衍人類。女媧生而神靈，佐太昊，正婚姻，是為神媒。共工作亂，振滔洪水，以禍天下，女媧誅殺之。（3）服，事也。言舜弟象，施行無道，舜猶服而事之，然象終欲害舜也。清・丁晏《楚辭天問箋》言：焚廩浚井事，見《孟子》、《史記》及《宋書・符瑞志》。舜父母使舜塗廩，自下焚之，舜服鳥工衣，飛去。又使浚井，自上填之以石，舜服龍工衣，自旁出。（廣文書局）（4）言象無道，肆其犬豕之心，燒廩窴井，欲以殺舜，然終不能危敗舜身也。〔補注〕：《列女傳》云：瞽叟與象謀殺舜，使塗廩，舜告二女。二女曰：「時唯其戕汝，時唯其焚汝，鵲如汝裳衣，鳥工往。」舜既治廩，戕旋階，瞽叟焚廩，舜往飛。復使浚井，舜告二女。二女曰：「時亦唯其戕汝，時其掩汝。汝去裳衣，龍工往。」舜往浚井，格其入出，從掩，舜潛出。

吳獲迄古，南嶽是止(1)。孰期去斯，得兩男子(2)？緣鵠飾玉，后帝是饗(3)。何承謀夏桀，終以滅喪(4)？

（1）獲，得也。迄，至也。古，謂古公亶父也。言吳國得賢者，至古公亶父之時，而遇太伯，陰讓避王季，辭之南嶽之下，采藥於是，遂止而不還也。又，太伯之犇荊蠻，自號句吳，荊蠻義之，從而歸之千餘家，立為吳太伯。太伯卒，帝仲雍立。仲雍，即虞仲也。（2）期，會也。昔古公有少子，曰王季，而生聖子文王，古公欲立王季，令天命及文王。長子太伯及弟仲雍去而之吳，吳立以為君。誰與期會，而得兩男子，兩男子，謂太伯、仲雍也。去，一作夫。（3）后帝，謂殷湯也。言伊尹始仕，因緣烹鵠鳥之羹，脩玉鼎，以事於湯。湯賢之，遂以為相也。《史記・殷本紀》：阿衡欲干湯而無由，乃為有莘氏媵臣，負鼎俎，以滋味說湯，致於王道。《孟子・萬章上》：萬章問曰：人有信伊尹以割烹要湯，有諸？孟子曰：否。（書韻樓叢刊）。又云：吾聞以堯、舜之道要湯，未聞割烹也。言伊尹負鼎干湯，猶太公屠釣之類，於傳有之。孟子不以為然者，慮後世貪鄙之徒，託此以自進耳。若謂初無負鼎之說，則古書皆不可信乎？（4）言湯遂承用伊尹之謀，而伐夏桀，終以滅亡也。一無「夏」字。

帝乃降觀，下逢伊摯(1)。何條放致罰，而黎服大說(2)？簡狄在臺，嚳何宜？玄鳥致貽，女何喜(3)，該秉季德，厥父是臧(4)。

（1）帝，謂湯也。降觀，下察民情。摯，伊尹名也。言湯出觀民情，乃憂下民，博選於眾，而逢伊尹，舉以為相也。（2）條，鳴條也。黎，眾也。說，喜也。言湯行天之罰，以誅於桀，放之鳴條（地名，在安邑之西）之野，天下眾民大喜悅也。一說湯在鳴條擊敗夏桀，把他放逐到南巢。老百姓很高興。服，一作伏。（3）簡狄，帝嚳之妃也。有娀（音松）國美女。嚳：五帝之一，號高辛氏。《史記・五帝本紀》：帝嚳高辛者，黃帝之曾孫也。玄鳥，燕也。貽，遺也。言簡狄侍帝嚳於臺上，有飛燕墮遺其卵，喜而吞之，因生契也。《毛詩・商頌》云：「天命玄鳥，降而生商。」注云：玄鳥，鳦也。湯之先祖，有娀氏女簡狄，配高辛氏。……天使鳦下而生商者，謂鳦遺卵，簡狄吞之而生契，為堯司徒而有功，封商也。（4）該，通「亥」，即王亥，殷人遠祖，據王國維說，即《山海經・大荒東經》所說「兩手操鳥，方食其頭」得王亥。其父王冥。秉，持也。父，謂冥也。季，王亥父冥。臧，善也。言該能包持其父季之德。拿他父親榜樣，亥在有易（扈）國放牧牛羊，為什麼終于被害？

胡終弊于有扈，牧夫牛羊（1）？干協時舞，何以懷之（2）？平脅曼膚，何以肥之（3）？有扈牧豎，云何而逢（4）？

（1）有扈，澆國名也。當作「有易」。澆滅夏后相，相之遺腹子曰少康，後為有仍牧正，典主牛羊，遂攻殺澆，滅有扈（有易），復禹舊跡，祀夏配天也。此言禹得天下以揖讓，而啟用兵以滅有扈氏（大戰於甘，鄠縣西甘水），有豎遂為牧豎（牧奴）也。（2）干，干羽舞。協，和也。懷，來也。此言象徵和平的干羽舞（執干、盾而舞），為什麼使有苗歸順？（3）言紂為無道，諸侯背叛，天下乖離，當懷憂癯瘦，而反形體曼澤，獨何以能平脅肥盛乎？一本「平」上有「受」字。即殷紂王。（4）言有扈（易）氏本牧豎之人耳，（指王亥），因何逢遇而得為諸侯乎？

擊牀先出，其命何從（1）？恆秉季德，焉得夫朴牛（2）？何往營班祿，不但還來（3）？

（1）言啟攻有扈之時，親於其牀上，擊而殺之。其先人失國之原，何所從出乎？（2）恆，指王恆，與亥皆季子。季，王該父冥也。朴，大也。言王恆常能秉持其父季之德，脩而弘之，王亥在有易（扈）國放牛牧羊，為什麼終于被害？《山海經・大荒東經》郭璞注引《竹書紀年》：殷王子亥賓于有易而淫焉，有易之君緜臣殺而放之。是故殷王甲微服師于河伯以伐有易，滅之，遂殺其君緜臣也。（3）營，得也。班，祿，君王頒佈爵祿。言王恆也秉持父親季之德，怎麼奪回失去的大牛？為什麼王恆求爵祿，卻得不回來？

昏微遵迹，有狄不寧（1）。何繁鳥萃棘，負子肆情（2）？眩弟竝淫，危害厥兄（3）。何變化以作詐，而後嗣逢長（4）？

（1）昏微，即上甲微。上甲微疑為王亥弟王恆之子。遵，循也。迹，道也。言上甲微遵循其父恆之軌跡，向有易（狄）國求索牛羊。遵，一作循。有，一作佚。（2）言解居父聘吳，過陳之墓門，見婦人負其子，欲與之淫泆，肆其情欲。婦人則引《詩》刺之曰：墓門有棘，有鴞萃止。故曰：繁鳥萃棘也。言墓門有棘，雖無人，棘上猶有鴞，汝獨不愧也。《列女傳・陳辯女傳》：陳辯女者，陳國采桑之女也。晉大夫解居甫使於宋，道過陳，遇采桑之女，止而戲之曰：「女為我歌，吾將舍女（汝）。」采桑女乃為歌曰：「墓門有棘，斧以斯之。夫也不良，國人知之。知而不已，誰昔然矣。」大夫又曰：「為我歌其二。」女曰：「墓門有楳，有鴞萃止。夫也不良，歌以訊止。訊予不顧，顛倒思予。」大夫曰：「其棘則是，其鴞安在？」女曰：「陳小國也，攝乎大國之間，因之以饑饉，加之以師旅，其人且亡，而況鴞乎？」大夫乃服而釋之。（3）眩，惑也。眩弟，言舜有惑亂之弟也。厥，其也。言象為舜弟，眩惑其父母，並為淫泆之惡，欲共危害舜也。害，一作虞。（4）言象欲殺舜，變化其態，內作姦詐，使舜治廩，從下焚之；又命穿井，從上窴之，終不能害舜。舜為天子，封象於有庳，而後嗣子孫，長為諸侯也。

成湯東巡，有莘爰極(1)。何乞彼小臣，而吉妃是得(2)？水濱之木，得彼小子。夫何惡之，媵有莘之婦(3)？湯出重泉，夫何辠尤(4)？不勝心伐帝，夫誰使挑之(5)？

（1）有莘，東方古國名。爰，於也。極，至也。言湯東巡狩，至有莘國，以為婚姻也。（2）小臣，謂伊尹也。吉妃，指有莘氏女兒。言湯巡狩，從有莘氏乞匄伊尹，因得有莘氏女為妃，十分善良，以為內輔也。《史記·殷本紀》曰：阿衡（伊尹）欲干湯而無由，乃為有莘氏媵臣。負鼎俎以滋味說湯，致于王道。（3）小子，小孩，謂伊尹。媵，送也。言伊尹母妊身，夢神女告之曰：「臼竈生鼃，亟去無顧。」居無幾何，臼竈中生鼃。母去東走，顧視其邑，盡為大水，母因溺死，化為空桑（空心桑樹）之木。水乾之後，有小兒啼水涯，人取養之。既長大，有殊才。有莘惡伊尹從木中出，因以送女（從嫁）也。一無「彼」字。濱，水邊。送女從嫁曰媵。此言伊水邊的空桑樹中，得到小孩，為什麼不喜他，把他作有莘國君女兒的陪嫁？（4）重泉，地名也。疑即夏台（夏代獄名）的地下水牢。言桀拘湯於重泉，而復出之，夫何用罪法之不審也？辠，古罪字。尤，過也。（5）不勝心，湯不能自勝其心也。帝，謂桀也。言湯無罪而桀囚之，是挑其怒而來使伐也。以上四句言湯從湯泉釋放出來，犯了何罪？湯忍無可忍，起兵攻桀，那需要誰來挑釁？

會鼂爭盟，何踐吾期(1)？蒼鳥群飛，孰使萃之(2)？到擊紂躬，叔旦不嘉(3)。何親揆發足，周之命以咨嗟(4)？

（1）會鼂：早晨會合，相傳在甲子日。鼂、晁，通朝（音招）。期，期會日期。言武王將伐紂，膠鬲問曰：「欲以何日至殷？」武王曰：「以甲子日。」膠鬲還報紂。會天大雨，道難行，武王晝夜行。或諫曰：「雨甚，軍士苦之，請且休息。」武王曰：「吾許膠鬲以甲子日至殷，今報紂矣。吾甲子日不到，紂必殺之。吾故不敢休息，欲救賢者之死也。」遂以甲子日朝誅紂，不失期也。一作：會晁請盟。《書·牧誓》曰：時甲子昧爽，武王朝至於商郊牧野，乃誓。

（2）蒼鳥，鷹也。比喻武士勇猛如鷹。萃，集也。言武王伐紂，將帥勇猛如鷹鳥羣飛，誰使武王集聚之者乎？《詩》曰：惟師尚父，時惟鷹揚也。蒼，一作倉。（3）旦，周公名也。武王弟，故曰叔旦。嘉，善也。言武王始至孟津，八百諸侯不期而到，皆曰紂可伐也。白魚入于王舟，羣臣咸曰：休哉。周公曰：雖休勿休。《史記．周本紀》云：「紂走，僅入登于鹿台之上，蒙衣其珠玉，自燔于火而死。武王持大白旗以麾諸侯，……遂入，至紂死所，武王自射之，三發而後下車，以輕劍擊之。以黃鉞斬紂頭，縣大白之旗。」一說：武王擊紂王尸體（射之、擊之、斬之，復折其頸），令人慘不忍睹，周公旦是不贊成的。（4）揆，度也。言周公為武王謀策，於孟津啟行（發足），還師而歸，又何以對周滅殷的功業咨嗟歎而美？一無「何」字，一云：周命咨嗟。

授殷天下，其位安施（1）？反成乃亡，其罪伊何（2）？爭遣伐器，何以行之（3）？竝驅擊翼，何以將之（4）？

（1）授，與。位，王位。言天帝始授殷家以天下，其王位是根據什麼原則給的？位，一作德。（2）丁晏《楚辭天問箋》云：「授殷天下」，言天授周以殷之天下也。「反成乃亡者」，《淮南》言「紂之士億有餘萬，然皆倒戈而射，旁戟而戰。」《史記》言：「紂師雖眾，皆無戰之心，心欲武王亟入。紂師皆倒兵以戰，以開武王，武王馳之，紂兵皆崩叛紂」。言殷民反向周，以成其事。紂果何罪，而臣民叛之如是？乃，一作及。（3）伐器，攻伐之器也。言武王伐紂，發遣干戈攻伐之器，諸侯爭先派遣軍隊在前，他們為什麼這樣做？（4）言武王三軍，人人樂戰，竝載驅載馳，赴敵爭先，奪擊其翼，武王何以將率之也？翼，指兩側的軍隊。

昭后成遊，南土爰底（1）。厥利惟何，逢彼白雉（2）？穆王巧梅，夫何周流（3）？環理天下，夫何索求（4）？

（1）爰，於也。底，至也。言昭王背成王之制而出遊，南至於楚，楚人沈之，而遂不還也。《史記・周本紀》：昭王之時，王道微缺，南巡狩不返，卒於江上。《史記》張守節《正義》引《帝王世紀》云：「昭王德衰，南征，濟于漢，船人惡之，以膠船進王，王御船至中流，膠液船解，王及祭公俱沒于水中而崩。」成遊，謂成南征之遊，猶所謂斯遊遂成也。（2）厥，其也。逢，迎也。言昭王南遊，何以利于楚乎？以為越裳氏獻白雉，昭王德不能致，欲親往逢迎之。清・丁晏《楚辭天問箋》引《竹書紀年》：「昭王之季，荊人卑詞。致王曰：願獻白雉，昭王信之而南巡。遂遇害，是昭（王）之南遊，本利而迎之也。」（3）梅，貪也。言周穆王（名滿，昭王子。）巧於辭令，貪好攻伐，遠征犬戎，得四白狼、四白鹿。自是後夷狄不至，諸侯不朝。穆王乃更巧詞周流，而往說之，欲以懷來也。云周穆王到處遊歷，貪求什麼？梅，一作珻。《方言》云：梅，貪也，其字從手。《集韻》云：挴，貪也。諸本作梅。《國語》、《史記》、《竹書紀年》、《穆天子傳》都記載穆王喜遊歷。（4）環，旋也。言王者當脩道德以來四方，何為乃周旋天下，而求索之也。〔補注〕：穆王事見《竹書・穆天子傳》。後世如秦皇、漢武，託巡狩以求神僊，皆穆王啟之也。

妖夫曳衒，何號于市（1）？周幽誰誅？焉得夫褒姒（2）？天命反側，何罰何佑（3）？齊桓九會，卒然身殺（4）。

（1）妖，怪也。號，呼也。號市，叫賣也。昔周幽王前世有童謠曰：檿弧箕服，實亡周國。後有夫婦賣是器，以為妖怪，執而曳戮之於市也。曳衒，言夫婦相引，行賣於市也。（2）褒姒，周幽王后也。本王宮小宮女，「不夫而育」的棄女，被鄗京市上賣山桑弓和箕革箭袋的夫婦收養。因周幽王要捕他們夫婦，逃至褒國，為褒君奴隸。後幽王伐褒國，褒人獻褒姒給幽王以贖罪。幽王寵之，終以亡國。王逸《章句》云：昔夏后氏之衰也，有二神龍止於夏庭而言曰：余褒之二君也。夏后布幣糈而告之，龍亡而漦在，櫝而藏之。夏亡傳殷，殷亡傳周，比三代莫敢發也。

至厲王之末，發而觀之，漦流于庭，化為玄黿，入王後宮。後宮處妾遇之而孕，無夫而生子，懼而弃之。時被戮夫婦夜亡，道聞後宮處妾所弃女啼聲，哀而收之，遂奔褒。褒人後有罪，幽王欲誅之，褒人乃入此女以贖罪，是為褒姒，立以為后，惑而愛之，遂為犬戎所殺也。（3）言天道神明，降與人之命，反側無常，懲罰什麼？保佑什麼？（4）言齊桓公任管仲，九合諸侯，一匡天下。任豎刁、易牙，造成內亂，飢餓不得食，渴不得飲，故曰身殺。一人之身，一善一惡，天命無常，罰佑之不恆也。會，一作合。

彼王紂之躬，孰使亂惑（1）？何惡輔弼，讒諂是服（2）？比干何逆，而抑沈之（3）？雷開阿順，而賜封之（4）？

（1）王紂，即紂王。此言紂王，誰使他眩惑迷亂。《史記・殷本紀》云：紂嬖於婦人，愛妲己，妲己之言是從。（2）惡，厭惡。服，事也。言紂憎輔弼，不用忠直之言，而事用諂讒之人也。諂，一作調。（3）比干，聖人，紂諸父也。諫紂，紂怒，乃殺之，剖其心也。（4）雷開，佞人也，阿順於紂，乃賜之金玉而封爵也。一云：雷開何順，而賜封金。

何聖人之一德，卒其異方（1）？梅伯受醢，箕子詳狂（2）？稷維元子，帝何竺之（3）？投之於冰上，鳥何燠之（4）？

（1）聖人，謂紂王賢臣。即下文梅伯、箕子等。卒，終也。異方，不同的途徑。此言聖人具有美德，最終卻走上不同途徑。洪興祖《補注》云：文王順紂而不敢逆，武王逆紂而不肯順，故曰異方。或曰：下文云：梅伯受醢，箕子佯狂。此異方也。應作「卒異其方」。（2）梅伯，紂諸侯也。言梅伯忠直，而數諫紂，紂怒，乃殺之，葅醢其身。箕子見之，則被髮詳狂也。詳，一作佯。《史記・宋微子世家》曰：箕子，紂親戚也。紂為淫泆，箕子諫不聽。人或曰：「可以去矣。」箕子曰：「為人臣，諫不聽而去，是彰君之惡，而自說於民，吾不忍為也。」乃被髮詳狂而為奴，遂隱而鼓琴以自悲。故傳之曰〈箕子操〉。詳，詐也，與佯同。（3）元子，嫡妻所生長子。帝，謂帝嚳也。竺，通「毒」，憎惡。言后稷之母姜嫄，出見大人之迹，怪而履之，遂有娠而生后稷（棄）。后稷生而仁賢，帝獨何以憎惡乎？《史記・周本紀》曰：「周后稷，名弃，其母有邰氏女，曰姜嫄，為帝嚳元妃。姜原出野，見巨人迹，心忻然悅，欲踐之，踐之而身動如孕者，居期而生子。以為不祥，棄之隘巷，馬牛過者皆辟不踐；徙置之林中，適會山林多人，遷之。而棄渠中冰上，飛鳥以其翼覆薦之。姜原以為神，遂收養長之。初欲棄之，因名曰棄。」（4）投，弃也。燠，溫也。言姜嫄以后稷無父而生，弃之於冰上，有鳥以翼覆薦溫之，以為神，乃取而養之。「鳥何燠之」？問話。言鳥兒為什麼溫暖它？燠，一作懊。

何馮弓挾矢，殊能將之（1）？既驚帝切激，何逢長之（2）？伯昌号衰，秉鞭作牧（3）。何令徹彼岐社，命有殷國（4）？

（1）馮，大也。挾，持也。言后稷長大，何以持大強弓，挾箭矢，桀然有殊異，具有將相之才？馮，一作憑。（2）帝，謂紂也。言武王能奉承后稷之業，致天罰，加誅於紂，切激而數其過，以臣殺君，何逢後世繼嗣之永長其祚也。（3）伯昌，謂文王也。商時封為雍州伯，亦稱西伯。秉，執也。鞭以喻政。言紂號令既衰，文王執鞭持政，為雍州之牧也。号與號同。（4）徹，壞也。社，土地之主也。言武王既誅紂，令壞邠岐之社，言己受天命而有殷國，因徙以為天下之太社也。岐社在右扶風美陽中水鄉，因岐山以名，太王自豳徙。

遷藏就岐，何能依（1）？殷有惑婦，何所譏（2）？受賜茲醢，西伯上告（3）。何親就上帝罰，殷之命以不救（4）？

（1）言太王始與百姓徙其寶藏，來就岐下，太王舍邠之蓄聚，而遷歧，何所憑依以立國？太王，一作文王。（2）惑婦，謂妲己也。譏，諫也。言妲己惑誤于紂，不可復譏諫也。《史記・殷本紀》云：「帝紂……好酒淫樂，嬖于婦人，愛妲己，妲己之言是從。」（3）受，紂王的字。玆，此也。醢，肉醬。西伯，文王也。言紂醢梅伯，以賜諸侯，文王受之，以祭告控訴於上天也。（4）上帝，謂天也。言天帝親致紂之罪罰，故殷之命不可復救也。一云：上帝之罰。

師望在肆，昌何識（1）？鼓刀揚聲，后何喜（2）？武發殺殷，何所悒（3）？載尸集戰，何所急（4）？

（1）師望，謂太公也。呂望被文王、武王立為師，故稱師望。肆，店鋪。昌，文王名也。言太公在市肆而屠，文王何以識知之乎？（2）后，司也，謂文王也。言呂望鼓刀在列肆，文王何以知其才能，並親往問之，呂望對曰：「下屠屠牛，上屠屠國。」文王何以聽聞此話便喜，而載與俱歸。（3）言武王發欲誅殷紂，何所悁悒而不能久忍也？（4）尸，主也。集，會也。言武王伐紂，載文王木主，稱太子發，急欲奉行天誅，武王斬下紂頭，為的是什麼？《史記・周本紀》：武王東觀兵，至于盟津，為文王木主，載以車，中軍。武王自稱太子發，言奉文王以伐，不敢自專。

伯林雉經，維其何故（1）？何感天抑墜，夫誰畏懼（2）？皇天集命，惟何戒之（3）？受禮天下，又使至代之（4）？

（1）伯，長也。林，君也。雉經，縊死。人自經則項青紫，相間如雉色，故曰雉經。謂晉太子申生為後母驪姬所譖，遂雉經而自殺。一無「何」字。《左傳・僖公四年》：晉獻公伐驪戎，驪戎男女以驪姬，歸，生奚齊。驪姬嬖，欲立其子。使太子居曲沃，姬謂太子曰：「君夢齊姜，必速祭之。」太子祭于曲沃，歸胙於公。姬毒而獻之，泣曰：「賊由太子。」太子奔新城，十二月戊申，縊于新城。（2）言驪姬譖殺申生，其冤感天，又譖逐羣公子，當復誰畏懼也？墜，一作墬。墜，即地字。以上四句馬茂元《楚辭注釋》引郭沫若說。《史記・周本紀》：「紂走反入，登鹿台之上，蒙衣，其珠玉自燔于火，而死。……嬖妾二人皆經自殺。」細讀此文，紂王係自焚其珠玉，蒙衣而死。後人誤讀，故有「紂赴火死」之說。紂之死，當亦如二女之自經，故武王親咋（鍘）紂頭，手污於血。如係焚死，便無從再見血。鹿台所在必為林園，疑「伯林」，本作「柏林」，園中多松柏也。他認為這四句的意思說：紂王和他的妃嬪為何要吊死？以衣蒙面，怕見天地？（文津出版社）（3）言皇天集祿命而與王者，王者何不常畏慎而戒懼也？（4）言王者既已修行禮義，受天命而有天下矣，又為何使異姓取代之？一無「又」字。代，一作伐。

初湯臣摯，後茲承輔（1）。何卒官湯，尊食宗緒（2）？勳闔夢生，少離散亡（3）。何壯武厲，能流厥嚴（4）？

（1）言湯初舉伊尹，以為凡臣耳。後知其賢，乃以備輔翼承疑，為輔佐大臣，用其謀也。承，一作丞。傳說伊尹曾五次在湯當官，五次在桀當官。（2）卒，終也。緒，業也。言伊尹佐湯命，終為天子，商王朝尊其先祖，以王者禮樂祭祀，緒業流於子孫。官湯，猶言相湯也。尊食，廟食也。（3）勳，功也。闔，吳王闔廬也。夢，闔廬祖父壽夢也。壽夢卒，太子諸樊立，諸樊卒，傳弟餘祭。餘祭卒，傳弟夷末。夷末卒，太子王僚立。闔廬，諸樊之長子也。次不得為王，少離散亡放在外，乃使專設誅刺王僚，代為吳王。子孫世盛，以伍子胥為將，大有功勳也。《史記・吳太伯世家》：「吳壽夢卒，有子四人：長諸樊，次餘祭，次餘昧，次季札。公子光者，諸樊之子也。以為吾父兄弟四人，當傳至季子，季子即不受國，光父先立，即不傳季子，光當立。遂弒王僚，代立為王，是為吳王闔廬。」又，闔廬任伍子胥、孫武等人為將，打敗楚國，一度佔領楚都郢。（4）壯，大也。言闔廬少小散亡，長大後，何能壯大厲其勇武，流其威嚴也。

彭鏗斟雉，帝何饗（1）？受壽永多，夫何久長（2）？中央共牧，后何怒（3）？𧕎蛾微命，力何固（4）？

（1）彭鏗，彭祖也。好和滋味，善斟雉羹，能事帝堯，堯美而饗食之。《神仙傳》云：「彭祖姓籛名鏗，帝顓頊之玄孫，善養性，能調鼎，進雉羹於堯，堯封於彭城。歷夏經殷至周，年七百六十七歲而不衰。」（2）而彭祖進雉羹於堯，堯饗食之以壽考。彭祖至八百歲，猶自悔不壽，何以能如此高壽？（3）牧，草名也，有實。后，君也。言中央之州，有歧首之蛇，爭共食牧草之實，自相啄嚙。以喻夷狄相與忿爭，君上何故當怒之乎？（4）言蠭蛾有蠚毒之蟲，受天命，負力堅固。屈原以喻蠻夷自相毒蠚，固其常也。獨當憂秦吳耳。一作蠭蟻。或以為：蜜蜂和螞蟻儘管微妙，力量何以如此頑強？

驚女采薇，鹿何祐（1）？北至回水，萃何喜（2）？兄有噬犬，弟何欲（3）？易之以百兩，卒無祿（4）？

（1）祐，福也。言昔者有女子采薇菜，有所驚而走，因獲得鹿，其家遂昌熾，乃天祐也。祐，一作佑。（2）回水：河水彎曲的地方。萃，止也。言女子驚而北走，至於回水之上，止而得鹿，遂有禧喜也。鹿何以要保祐？二句有說伯夷、叔齊與鹿同居，不食周粟、採薇。（3）兄，謂秦伯也，秦景公。噬犬，齧犬也。弟，秦景公弟鍼也。言秦景公有齧犬，弟鍼欲請之。（4）言秦伯不肯與弟鍼犬，鍼以百兩金（或言百輛車）易之，又不聽，因逐鍼而奪其爵祿也。兩，音亮，車數也。

薄暮雷電，歸何憂（1）？厥嚴不奉，帝何求（2）？伏匿穴處，爰何云（3）？荊動作師，夫何長（4）？

（1）言屈原書壁，所問略訖，日暮欲去，時天大雨雷電，思念復至。自解曰：我對天帝何求？歸何憂乎？（2）言楚王惑信讒佞，其威嚴當日墮，不可復奉成，雖從天帝求福，神無如之何。（3）爰，於也。吾將退於江濱，伏匿山穴耳，當復何言乎？（4）荊，楚也。師，眾也。動，功也。初，楚邊邑之處女，與吳邊邑處女爭采桑於境上，相傷，二家怒而相攻，於是楚為此興師，攻滅吳之邊邑，而怒始有功。時屈原又諫，言我先為不直，恐不可久長也。《史記·吳世家》：「吳王僚九年，公子光伐楚，拔居巢、鍾離。初，楚邊邑卑梁氏之處女，與吳邊邑之女爭桑，二女家怒相滅，兩國邊邑長聞之，怒而相攻，滅吳之邊邑。吳王怒，故遂伐楚，取兩都而去。荊勳作師，夫何長，言楚雖有功，吳復伐楚，非長久之策也。」此楚平王時事，屈原徵往事以諷耳。

悟過改更，我又何言(1)？吳光爭國，久余是勝(2)。何環穿自閭社丘陵，爰出子文(3)？吾告堵敖以不長(4)。何試上自予，忠名彌彰(5)？

（1）欲使楚王覺悟，引過自與，以謝於吳，不從其言，遂相攻伐。言禍起於細微也。悟，一作寤。《史記·屈原本傳》：屈平雖放流，睠顧楚國，繫心懷王，不忘欲反，冀幸君之一悟，俗之一改也。其存君興國而欲反覆之，一篇之中，三致志焉。然終無可奈何，故不可以反，卒以此見懷王之終不悟也。（2）光，闔廬名也。言吳與楚相伐，至於闔廬之時，吳兵入郢都，昭王出奔。故曰：「吳光爭國，久余是勝」，言大勝我也。言吳楚相爭，吳國何以常勝我國？（3）環，環繞。穿，穿過。閭，二十五家為閭，閭社。丘陵，指楚宗室鬥伯比和鄖國之女的私生子。子文，楚令尹也，楚成王賢相。子文之母，鄖公之女，旋穿閭社，通於丘陵以淫，而生子文，弃之夢中，有虎乳之，以為神異，乃取收養焉。楚人謂乳為穀，謂虎為於菟，故名鬬穀於菟，字子文，長而有賢仁之才也。《左傳·宣四年》：「初，若敖娶於邙，生鬬伯比。若敖卒，從其母畜於邙，淫於邙子之女，生子文焉。以其女妻伯比，實為令尹子文。」（4）堵敖，文王子，名熊囏（音艱）。文王死後，堵敖繼任。屈原放時，語堵敖曰：「楚國將衰，不復能久長也。」一本「以」下有「楚」字。《左傳·莊十四年》：楚子滅息，以息媯歸，生堵敖及成王焉。楚子，文王也。莊公十九年，杜敖生。二十三年，成王立。杜敖，即堵敖也。（5）屈原言我何敢嘗試君上，自干忠直之名，以顯彰後世乎？誠以同姓之故，中心懇惻，義不能已也。試，一作誠。予，一作與。彰，一作章。

建生案：〈離騷〉、〈天問〉等，皆集中大篇。前後一千五百四十五言。自《史記‧屈原本傳》云：「余讀〈離騷〉、〈天問〉、〈招魂〉、〈哀郢〉，悲其志。」後人，劉向、揚雄、王逸等人，都無異詞。但由於〈天問〉本文較為奇特，流傳中不免錯簡或訛誤，解讀較為艱難。宋代羅蘋（泌？），在《路史‧夷羿傳》，以〈天問〉非屈原作。清人王邦采《屈子雜文箋略》，以〈天問〉為楚人哀悼屈原作。（參王從仁解題、說明。收在馬茂元《楚辭注釋》文津出版社。）胡適〈讀楚辭〉，亦以〈天問〉文理不通，見解卑陋，全無文學價值。是後人雜湊而成。

有關〈天問〉篇創作，前人看法是：

（1）漢‧王逸《楚辭章句》卷三〈天問序〉：

〈天問〉者，屈原之所作也。何不言問天？天尊不可問，故曰天問也。屈原放逐，憂心愁悴，彷徨山澤，經歷陵陸，嗟號昊旻，仰天嘆息；見楚有先王之廟及公卿祠堂，圖畫天地山川神靈，琦瑋僪佹，及古賢聖怪物行事。周流罷倦，休息其下，仰見圖畫，因書其壁，何（一作呵）以問之，以渫憤懣，舒瀉愁思。楚人哀惜屈原，因共論述，故其文義不次序云爾。

又，王逸敘曰：

昔屈原所作，凡二十五篇，世相教傳，而莫能說〈天問〉，以其文義不次，又多奇怪之事。自太史公口論道之，多所不逮。至於劉向、揚雄，援引傳記以解說之，亦不能詳悉。所闕者眾，日無聞焉。既有解□□□詞，乃復多連蹇其文，濛澒其說，故厥義不昭，微指不晢，自游覽者，靡不苦之，而不能照也。今則稽之舊章，合之經傳，以相發明，為之符驗，章決句斷，事事可曉，俾後學者永無疑焉。

（2）宋・洪興祖《楚辭補注》卷三〈天問〉：

〈天問〉之作，其旨遠矣。蓋曰遂古以來，天地事物之憂，不可勝窮。欲付之無言乎？而耳目所接，有感於吾心者，不可以不發也。欲具道其所以然乎？而天地變化，豈思慮智識之所能究哉？天固不可問，聊以寄吾之意耳。楚之興衰，天邪？人邪？吾之用舍，天邪？人邪？國無人，莫我知也。知我者其天乎？此〈天問〉所為作也。太史公讀〈天問〉，悲其志者以此。柳宗元作〈天對〉，失其旨矣。王逸以為文義不次序，夫天地之間，千變萬化，豈可以次序陳哉。

（3）清・錢澄之《屈詁》：

〈天問〉則楚先王之廟及公卿祠壁上，所圖畫古迹及諸怪異之事，原一一訶而問之，以發攄其胸中所多不可解之憤懣。而必求其義對之，以解其所不解，豈非愚乎？

（4）清・王夫之《楚辭通釋・天問》：

按篇內事雖雜舉，而自天地山川，次及人事，追述往古，終之以楚先。未嘗無次序存焉，固原自所合綴成章者。逸謂書壁而問，非其實矣。……原以造化變遷、人事得失，莫非天理之昭著，故舉天之不測不爽者，以問憯不畏明之庸主具臣，是為天問，而非問天。篇內言雖旁薄，而要歸之旨，則以有道而興，無道則喪。黷武忌諫，耽樂淫色，疑賢信奸，為廢興存亡之本。原諷諫楚王之心，於此而至。……

（5）清・林雲銘《楚辭燈・天問》：

一部《楚辭》最難解者，莫如〈天問〉一篇。……玆細味其立言之意，以三代之興亡作骨，其所以興在賢臣，所以亡在惑婦。惟其有惑婦，所以賢臣被斥，讒佞益張，全為自己抒胸中不平之恨耳。篇中點出妹喜、妲己、褒姒，為鄭袖寫照；點出雷開，為子蘭、上官、靳尚寫照；點出伊尹、太公、梅伯、箕、比，為自己寫照。末段轉入楚事，一字一淚，總以天命作線，見得國家興亡，皆本於天。無論賢臣、即惑婦讒諂，未必不由天降，或陰相而默奪之，或見端於千百年之前，而收效於千百年之後，不可不歷舉而問也。至於引舜、象、王喬、二姚、簡狄、女媧、昭王、穆王、幽王、齊桓、彭鏗、吳光、子文，皆逐段中錯綜襯貼，反擊旁敲，原不分其事跡之先後，點染呼應，步步曲盡其妙。看來只是一氣到底，序次甚明，未嘗重複，亦未嘗倒置，無疑可闕，亦無謬可闢。……

（6）清．戴震《屈原賦注．天問》：

問，難也。天地之大，有非恆情所可測者，設難疑之。而曲學異端，往往騖為閎大不經之語；及夫好詭異而善野言，以鑿空為道古，設難詰之。皆遇事稱文，不以類次，聊舒憤懣也。篇內解其近正，闕所不必知，雖舊書雅記，其事概不取也。

（7）湯炳正〈天問是否呵壁之作〉：

要說〈天問〉僅僅是（王逸）「呵壁之作」，則未免脫離了戰國時代潮流狹隘之見。如果一定要找出屈原當時提問的根據，那就是流行於楚民族的傳說的古老的神話故事與歷史傳說。例如現在仍流行於西南一帶的彝族史詩〈查姆〉對宇宙的形成，認為曾經過「沒有天和地」的時代，「上面沒有天，下面沒有地，中間無雲雨，四周未形成。」，「只有霧露一團團，只有霧露滾滾翻。」這不正像〈天問〉第一段裡所問的「上下未形」、「馮翼惟像」的景象嗎？又如彝族史詩〈勒俄特依〉中的英雄人物支格阿龍，因天空有六個太陽、七個月亮，大地乾旱，他終於「射日剩獨日」，「射月剩獨月」，消除了災害。這不正跟〈天問〉裡所提出的「羿焉彃日，烏焉解羽」相似嗎？所不同的是這些古老的傳說，反映了人類幼年對宇宙萬物的傳說的觀點與已成的結論，而〈天問〉則對這些傳說的觀點與結論提出了懷疑與反詰，企圖對宇宙和歷史進行一番新的探索。這正是〈天問〉在中國歷史上的劃時代的意義。……又中國西南苗族〈古歌〉，唱的是天地開闢、人類起源、民族遷徙的神話和傳說，但跟〈天問〉不同的是，〈古歌〉有問有答，而〈天問〉有問無答。……無答，卻會永遠啟迪人們的思考和探索。（湯炳正《楚辭類稿》頁二七九，台北貫雅文化事業，一九九一年一月）

以上諸說，以戴震「天地之大，有非恆情所可測者，設難疑之」，表示屈原對於天地之間，凡是常情不能預測、理解的，都在所問之列，就是天問。包括天地山川、人事、歷史、楚國先祖等等。

〈天問〉全文，以四字句為主，自有文理，其不次序處，可能錯簡之故，其文體殆出於民間體制，可能受民間歌謠影響（如湯炳正說）。亦受當時齊魯《詩經》影響。蓋屈原兩使於齊，齊人迂怪之說與惠施莊子漫衍之辭，以及民間歌謠，林林總總，所聞必多。其內容依次第包括：

（1）宇宙創始，及諸自然現象之神話。如：天圜九重。共工撞不周山，天柱折，地傾東南。日月眾星，安所繫屬？何所冬暖？何所夏寒？何所不死？大厲鬼伯強何在？雨師萍翳何以興雨？（2）神話人物。如：女媧造人，誰造女媧？女歧，無夫而生九子？彭祖進羹於堯，堯以壽考等。（3）九州崑崙。如東西有多長？南北有多寬？崑崙、懸圃、黑水、玄趾、三危等地何在？（4）靈物。如靈蛇吞象，其大如何？雄虺九首，速如電光，何所在？無角之龍，負熊獸以遊乎？（5）黃帝堯舜遠古之事。（6）鯀禹之事。鯀治水不成，堯乃放殺於羽山；禹治水，道娶塗山之女。（7）啟事。禹以天下禪讓與益，益避居箕山之陽，天下去益而歸啟。及啟益相爭之事。（8）羿事。寒浞私通純狐氏女（羿妻），眩惑純狐，因謀殺羿而娶之。（9）澆、少康事。少康中興。（10）桀與妹嬉事。夏桀征蒙山，而得妹嬉。（11）湯用伊尹事。（12）紂事。（13）伯夷、叔齊事。（參臺靜農《楚辭天問新箋》藝文印書館）。

以上種種。屈原質疑的是「天命反側，何罰何祐？」「齊桓九合，卒然身殺？」「比干何逆，而抑沈之？」「雷開阿順，而賜封之？」對於天道福善禍惡的懷疑。

綜合說，〈天問〉篇的內容，包括：天文、地理、神話傳說、歷史四大項。若以圖表表示：

一、天文

- 天體
  - 天地成形
  - 天圓九重
  - 天體八極
- 天象
  - 日月幽明（含月亮神話）
  - 晝夜陰陽（含女歧生子傳說）
  - 清濁與十二時辰之劃分

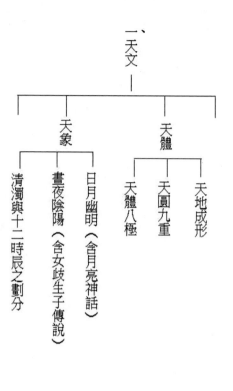

二、地理

- 大地神話傳說
  - 鮌禹治水
  - 共工怒觸不周山
  - 崑崙懸圃
  - 增城九重、其高幾里？四方之門，誰從進出？
- 地形之異
  - 大地長廣度
  - 九州布置
  - 川谷深度

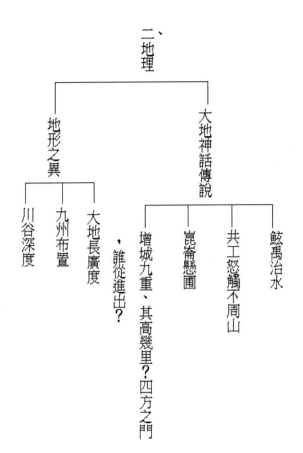

三、神話傳說

- 天地異聞
  - 燭龍之龍，偏照大地
  - 冬暖夏寒之處
  - 神話山川（黑水、玄趾、三危）
  - 后羿射日神話
- 靈物奇談
  - 靈物、靡萍、枲華
  - 吞象巴蛇
  - 人面魚身之鯪魚
  - 白首鼠足之鬿雀

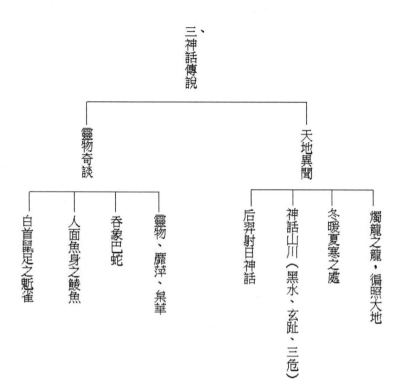

四、歷史

- 遠古
  - 黃帝、堯、舜
  - 夏、商、周等王朝事（鮌、禹、啟、澆、少康、桀、妹嬉、契、湯）
  - 伊尹、殷王季、該、恒、上甲微、紂、夷齊、稷、文武王、昭王、穆王、幽王事
- 近古
  - 吳、楚、秦（包括：闔廬、壽夢、吳光、子文、堵敖、秦伯、秦伯弟鍼）事
  - 史實無徵事

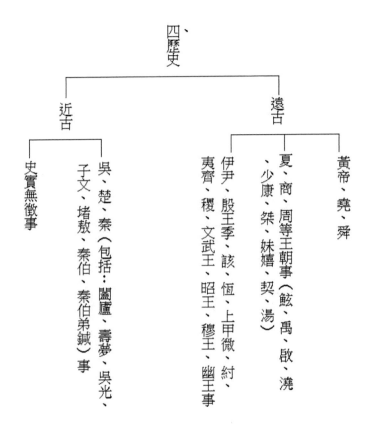

五、九章

有關《九章》的說法，例如：

（1）漢．王逸《楚辭章句．九章序》云：

九章者，屈原之所作也。屈原於江南之壄，思君念國，憂思罔極，故復作《九章》。章者，著也，明也。言已所陳忠信之道甚著明也。卒不見納，委命自沈，楚人惜而哀之，世論其詞，以相傳焉。

（台北：藝文印書館據光緒湖北叢書本影印）

（2）宋．洪興祖《楚辭補注》卷四《九章》：

《史記》云：上官大夫短屈原于頃襄王，王怒而遷之，乃作〈懷沙〉之賦，則《九章》之作，在頃襄時也。

（3）宋．朱熹《楚辭集注》：

《九章》者，屈原之所作也。屈原既放，思君念國，隨事感觸，輙形於聲。後人輯之，得其九章，合為一卷，非必出於一時之言也。今考其詞，大抵多直致無潤色，而〈惜往日〉、〈悲回風〉又其臨絕之音，以故顛倒重複，倔強疏鹵，尤憤懣而極悲哀，讀之使人太息流涕而不能已。

（4）清・屈復《楚辭新注・九章》：

《九章》非一時作也。〈惜誦〉作於懷王既疏、又進言得罪之後。〈思美人〉、〈抽思〉作於懷王置漢北時。篇中「狂顧南行」，是以造都為南行；「覩南人之變態」，是以朝臣為南人；「有鳥自南，來集漢北」，是己身在漢北也。然則懷王見疏，止遷漢北，未嘗放逐，此其證也。餘六篇方是頃襄放江南作也。

（5）清・屈本禮《屈辭精義・略例》：

《九章》之文，應分懷、襄兩世之作。〈惜誦〉、〈抽思〉、〈思美人〉作於懷王時，〈哀郢〉以下則頃襄時作也。〈橘頌〉乃三閭早年咏物之什，以橘自喻。且體涉於頌，與《九章》之文不類，應附於末。舊次未分，且有謂〈橘頌〉乃原放於江南時作，未可為據。

建生案：依前賢之說，《九章》為屈原所作。後人輯屈原作品，得其九章，合為一卷，非必出於一時。《九章》之文，分懷、頃兩世，以〈惜誦〉、〈抽思〉、〈思美人〉為懷王時作，而〈哀郢〉以下則為頃襄王時作。至於〈橘頌〉，讚美橘樹，源自《詩經》，最早的詠物詩，應為屈子早年之作。

輯錄《九章》而名之者，雖不可確考，必後於屈原，而前于王褒、劉向。疑為淮南王幕僚。而《九章》形式，分為（1）無標題、無亂辭者，如〈惜誦〉、〈思美人〉、〈惜往日〉、〈悲回風〉。（2）有標題、有亂辭者，如〈涉江〉、〈哀郢〉、〈抽思〉、〈懷沙〉。（3）〈橘頌〉則有標題，無亂辭。

又，《楚辭》以數目稱名者，除《九歌》、《九章》外，如〈九懷〉（王褒）、〈九思〉（王逸）、〈七諫〉（東方朔）等。

惜誦

惜誦以致愍兮(1)，發憤以杼情(2)。所作忠而言之兮(3)，指蒼天以為正(4)。

（1）〔補注〕：惜誦者，惜其君而誦之也。（2）憤，懣也。杼，渫也。言己身雖疲病，猶發憤懣，作此辭賦，陳列利害，渫己情思，以風諫君也。（3）言己所陳忠信之道，所作亦忠。「之」，亦也。（4）春曰蒼天，正，證也。夫天明察，己之言行，無所阿私，故指之以為誓也。

令五帝以折中兮(1)，戒六神與嚮服(2)。俾山川以備御兮(3)，命咎繇使聽直(4)。

（1）五帝，謂五方神也。一本作折中。（2）六神，謂六宗之神也。嚮，對也。服，事也。嚮服，對其罰之應否。（3）俾，使也。御，侍也。猶如會議之列席。（4）咎繇，聖人也。又使聖人咎繇聽我之言忠直與否也。舜舉咎繇，明於法典。

竭忠誠以事君兮(1)，反離群而贅肬(2)。忘儇媚以背眾兮(3)，待明君其知之(4)。

（1）竭，盡。（2）羣，眾也。贅肬，朱熹《集注》以為「肉外之餘肉」。（3）儇，佞也。媚，愛也。背，違也。言己修行正直，忘為佞媚之行，違背眾人，言見憎惡也。（4）須賢明之君，則知己之忠也。

言與行其可迹兮(1)，情與貌其不變(2)。故相臣莫若君兮(3)，所以證之不遠(4)。

（1）出口為言，所履為迹。（2）情，內情；貌，外貌。情貌相副，內外若一，終不變易也。（3）言相視臣下，忠之與佞，在君知之明也。相，視也。（4）證，驗也。言君相臣動作應對，察言觀行，則知其善惡所證驗之迹，近取諸身而不遠也。

吾誼先君而後身兮(1)，羌眾人之所仇(2)。專惟君而無他兮(3)，又眾兆之所讎(4)。

（1）誼，與義同。人臣之義，當先君而後己。（2）羌，然辭也。怨耦曰仇。言在位之臣，營私為家，己獨先君後身，其義相反，故為眾人所仇怨。（3）惟，一作思，一作為。〈離騷〉有：「惟草木之零落兮，恐美人之遲暮。」（4）兆，眾也。百萬為兆。交怨曰讎。言己專心思欲竭忠情以安於君，無有他志，不與眾同趨，故為眾所怨讎，欲殺己也。

壹心而不豫兮(1)，羌不可保也(2)。疾親君而無他兮(3)，有招禍之道也(4)。

（1）豫，猶豫也。（2）保，自保。（3）疾，力。（4）招，召也。言己疾力親近君側，眾人悉欲來害己，有招禍之道。

思君其莫我忠兮(1)，忽忘身之賤貧(2)。事君而不貳兮(3)，迷不知寵之門(4)。

（1）言眾人思君，皆欲自利，無若己欲盡忠信之節。（2）言己憂國念君，忽忘身之賤貧，猶願自竭。賤貧：言己被讒失職，居於賤貧。（3）貳，二也。（4）迷，惑也。言己事君，竭盡信誠，無有二心，而不見用，心中迷惑，不知得遇寵之門路、根由。

忠何罪以遇罰兮(1)，亦非余心之所志(2)。行不羣以巔越兮(3)，又眾兆之所咍(4)。

(1)罰，刑也。(2)言己履行忠直，無有罪過，而遇疏遠，亦非我本心宿志所望於君也。(3)巔，殞。越，墜。(4)咍，笑也。楚人謂相啁笑曰咍。言己行度不合於俗，身以巔墮，又為人之所笑也。

紛逢尤以離謗兮(1)，謇不可釋(2)。情沈抑而不達兮(3)，又蔽而莫之白(4)。

(1)紛，眾貌。言尤謗之多也。離，遭也。(2)謇，辭也。釋，解也。言己逢遇亂君，而被罪過，心中終不可開釋。(3)沈，沒也。抑，按也。沈抑，沈悶壓抑。(4)情沈抑而不達，人君不知其用心也。又蔽而莫之白，羣臣莫肯明己之冤情。

心鬱邑余侘傺兮(1)，又莫察余之中情(2)。固煩言不可結詒兮(3)，願陳志而無路(4)。

(1)鬱邑，愁貌也。楚人謂失志悵然住立為侘傺也。心，一作忳。(2)言己懷忠不達，心中鬱邑，惆悵住立，失我本志，曾無有察我之中情也。(3)詒，遺也。贈言也。(4)願，思也。路，道也。言己積思累日，其言煩多，不可結續，以遺於君，欲見君陳己志，又無道路也。《思美人》曰：媒絕路阻兮，言不可結而詒。同義。

退靜默而莫余知兮，進號呼又莫吾聞(1)。申侘傺之煩惑兮(2)，中悶瞀之忳忳(3)。

(1)言己靜默不言，眾無知己之情也。號，大呼也。(2)申，重也。言眾人無知己之情，思念惑亂，故重侘傺，悵然失意也。(3)悶，煩也。瞀，亂也。忳忳，憂貌也。言己憂心煩悶，忳忳然無所舒也。

昔余夢登天兮，魂中道而無杭(1)。吾使厲神占之兮(2)，曰有志極而無旁(3)。

(1)杭，度也。杭，一作航。杭與航同。許慎《說文》曰：方，兩小船竝，與共濟為航。無杭(航)：無船可渡。(2)厲神，厲主殺罰。(3)旁，輔也。言厲神為屈原占之曰：人夢登天無船以渡，猶欲事君而無其路也。但有勞極心志，終無輔佐。

終危獨以離異兮(1)，曰君可思而不可恃(2)。故眾口其鑠金兮(3)，初若是而逢殆(4)。

(1)言己行忠直，身終危殆，與眾人異行之故也。(2)恃，怙也。言君誠可思念，為竭忠謀，顧不可怙恃，不可依賴。(3)鑠，銷也。言眾口所論，萬人所言，金性堅剛，尚為銷鑠，以喻讒言多，使君亂惑也。(4)殆，危也。言己志行忠信正直，性若金石，故為讒人所危殆。

懲於羹者而吹韲兮(1)，何不變此志也(2)？欲釋階而登天兮(3)，猶有曩之態也(4)。

(1)懲於熱羹者。一云：懲熱於羹。韲，音賫(ㄐㄧ)。一曰：擣薑蒜辛物為之。冷盤也。(2)有見於古之忠直賢士受到懲罰，何不改忠直之節，有如冷盤而吹虀也。(3)釋，捨也。登，上也。人欲上天，而釋其階，知其無由登也。以言我欲事君，而捨賢士相輔，亦知終無以自通也。(4)曩，曏也。昔也。言己猶曏者欲釋階登天之態也，一意忠直，所不能履行也。

眾駭遽以離心兮，又何以為此伴也(1)？同極而異路兮，又何以為此援也(2)？

（1）伴，侶也。言己見眾人驚駭易移，遂離己心，獨行忠直，身無伴侶，離心而異志也。（2）極，目的。路，道也。要到同一個目的，卻走不同的道路，所謂忠佞之志，不相援引而同也。

晉申生之孝子兮(1)，父信讒而不好(2)。行婞直而不豫兮(3)，鮌功用而不就(4)。

（1）一無「晉」字。（2）好，愛也。申生，晉獻公太子也。體性慈孝。獻公娶後妻孋姬，生子奚齊，立為太子。因誤申生使祭其母於曲沃，歸胙於獻公。孋姬於酒肉置鴆其中，因言曰：「胙從外來，不可信。」乃以酒賜小臣，以肉食犬，皆斃。姬乃泣曰：「賊由太子。」於是申生遂自殺。故曰：父信讒而不愛也。（3）婞直：剛愎自用。豫，猶豫。〈離騷〉：「鮌幸直以亡身兮，終然乎羽之野。」（4）鮌，堯臣也。言鮌行婞很勁直，恣心自用，不知厭足，故殛之羽山。治水之功，以不成也。屈原履行忠直，終不回曲，猶鮌婞很，終獲罪罰。〔補注〕以為：中生之孝，未免陷父於不義。鮌績用不成，殛於羽山。屈原舉以自比者，申生之用心善矣，而不見知於君父，其事有相似者。鮌以婞直忘身，剛愎自用，亦君子之所戒也。

吾聞作忠以造怨兮，忽謂之過言(1)。九折臂而成醫兮，吾至今而知其信然(2)。

（1）始吾聞行為忠心之人，必為羣佞所怨，忽視以為言過其實，今而後信。過言，言過其實。（2）言人九折臂，更歷方藥，則成良醫，乃自知其病。吾被放棄，乃信知讒佞為忠直之害也。《左氏》云：三折肱知為良醫。

矰弋機而在上兮(1)，罻羅張而在下(2)。設張辟以娛君兮(3)，願側身而無所(4)。

（1）矰繳機而在上，罔罟張而在下，雖欲翱翔，其勢焉得。矰弋，射鳥短矢也。機，張機以待發也。（2）罻羅，捕鳥網也。言上有罥繳弋射之機，下有張施罻羅之網，飛鳥走獸，動而遇害。（3）張辟，弧張機辟。娛，樂也。（4）讒人復更弧張機辟，以娛樂君，己欲避身竄首，無所藏匿也。側身，避身。

欲儃佪以干傺兮[1]，恐重患而離尤[2]。欲高飛而遠集兮，君罔謂「汝何之」[3]？

（1）儃佪，猶低佪也。干，求也。傺，住也。干傺，謂求仕而不去也。言己意欲低佪留待於君，恐終不用。（2）尤，過也。言己欲求仕而不去，恐重得患禍，逢罪過也。（3）罔，無也。言己欲遠集它國，君又誣罔我，言汝遠去何之乎？

欲橫奔而失路兮，堅志而不忍[1]。背膺牉以交痛兮[2]，心鬱結而紆軫[3]。

（1）言己意欲變節易操，橫行失道，而從佞偽，心堅於石，而不忍為也。（2）膺，胸也。牉，分也。一云：背膺敷牉其交痛。（3）紆，縈也。軫，痛也。

檮木蘭以矯蕙兮[1]，糳申椒以為糧[2]。播江離與滋菊兮[3]，願春日以為糗芳[4]。

（1）矯，猶糅也。檮，一作擣。矯，一作撟，揉也。（2）申，大也，重也。申椒，大椒木。棄居於山澤，猶重糳蘭蕙，和糅眾芳以為糧。食飲有節，重視修飾，修善不倦也。糳，一作鑿。鑿，精細米。（3）播，種也。《詩．豳．七月》卷八曰：其始播百穀。又《詩．周頌．噫嘻》卷十九曰：播厥百穀。（〈載芟〉亦有此語。）滋，蒔也。（4）糗，糒也。而已乃種江離，蒔香菊，采之為糧，以供春日之食也。

恐情質之不信兮[1]，故重著以自明[2]。矯茲媚以私處兮[3]，願曾思而遠身[4]。

（1）情，志也。質，性也。質，一作志。（2）故復重深陳飲食清潔，以自著明也。（3）矯，舉也。茲，此也。（4）曾，增也，重也。言己舉此眾善，可以事君，則願私居遠處，退將復脩吾初服，唯重思而察之。由末二句看，本文似為屈子被疏之作。

【評論選輯】

（1）宋．洪興祖《楚辭補注》卷四《九章．惜誦》：

此章（指〈惜誦〉）言己以忠信事君，可質於明神，而為讒邪所蔽，進退不可，惟博採眾善以自處而已。

（2）宋．朱熹《楚辭集注》卷四《九章．惜誦》：

此篇全用賦體，無它寄托，其言明切，最為易曉。而其言作忠造怨、遭讒畏罪之意，曲盡彼此之情狀。為君臣者，皆不可以不察。

（3）明．汪瑗《楚辭集解．惜誦》：

大抵此篇作於讒人交構、楚王造怒之際，故多危懼之詞。然尚未放逐也，故末二章又有隱遁遠去之志。然盡忠而不變者，固屈子事君之本心，而亦不使讒人之終害者，又屈子見幾之明決。

（4）明・林雲銘《楚辭燈》：

惜，痛也；即〈惜往日〉之惜，不在位而猶進諫，比之矇誦，故曰誦。言痛己因進諫而遇罰，自致其憂也。

（5）清・戴震《屈原賦注》：

誦者，言前事之稱。惜誦，悼惜而誦言之也。

建生案：綜合前人所述，「惜誦」，應以沈痛的心情，來稱述因直言進諫而遭讒被疏之事。（參馬茂元《楚辭注釋》，台北文津）。文中「所作忠而言之兮，指蒼天以為正」，「誦」，痛惜（心）的事，有具體的內容，也就是進諫楚王的忠言，言與行皆有具體的內容，亦可以由蒼天作證。甚至文末有「故重著以自明」。但不為楚王採信，因遭讒被疏，由文中「忽忘身之賤貧」，文末「矯此媚以私處兮，願曾思而遠身」，屈子被疏作。

至於確定的創作時間，蔣驥以為「初失位」懷王十六年左右，林雲銘則認為懷王十七年。懷王在十六年後，楚國政治走下坡，屈原在政治上遭受打擊而被疏，本篇很有可能在懷王十六七年間作。所以說「願陳志而無路」。

本篇的重點，先從自己不平的遭遇，所以「發憤以杼情」，願對天起誓，「指蒼天以為正」，令「五帝」、「六神」、「山川之神」、「咎繇」等列席聽己陳述之是非曲直，己「竭忠誠」、「情與貌不變」、「吾誼先君而後身」、「專惟君」、「壹心」、「疾親君」、「事君不貳」等等，卻遭到「巔越」而為眾人嘲笑的對象。心中「沈抑」、「鬱邑」、「侘傺」，被疏去職，只得「退靜默」，心中「悶瞀」。雖有祭天占夢的幻境，卻是「有志極而無旁」。一想到讒邪「眾口鑠金」，無人能援。此時相信「作忠造怨」、「折臂成醫」，乃知讒佞為忠直之害。何況讒人，上以張機、下以佈羅，使己無法避身。悲憤至極。以至進欲「干傺」、退欲「高飛」，亦受君王誣陷，也想橫奔失節，卻因堅志不忍，使得自己背胸交痛。最後只得，「擣木蘭」、「播江離」，以飲食之美言其堅貞人格，甚至「自著以自明」，言其一生忠介。激盪悲憤心情。

全篇激盪悲憤忠直心情，有如〈離騷〉。語言精煉，描寫生動樸素，成語如「眾口鑠金」、「懲羹吹虀」、「釋階登天」、「九折臂而成醫」，流傳後代，成為動人的詞彙。

涉江

余幼好此奇服兮(1)，年既老而不衰(2)。帶長鋏之陸離兮(3)，冠切雲之崔嵬(4)。被明月兮珮寶璐(5)。

（1）奇，異也。或曰：奇服，好服也。魯瑞菁《楚辭文心論》（頁二五六）云：「屈原仿傚楚地民間巫者之流，喜用『香草衣飾』裝扮自己，正像遠古部落的酋長大巫般，他手持長杖（劍），頭戴高冠，身佩繁飾。」（2）衰，懈也。（3）長鋏，劍名也。其所握長劍，楚人名曰長鋏也。五臣云：陸離，劍低昂貌。（4）崔嵬，高貌也。切雲，冠名。（5）在背曰被。寶璐，美玉也。明月，珠名。言己背被明月之珠，腰佩美玉，德寶兼備，行度清白也。珮，一作佩。佩玉以言其貞潔。陶淵明〈閑情賦〉云：佩鳴玉以比潔。

世溷濁而莫余知兮（1），吾方高馳而不顧（2）。駕青虬兮驂白螭（3），吾與重華遊兮瑤之圃（4）。

（1）溷，亂也。濁，貪也。（2）言時世貪亂，遭君蔽闇，無有知我之賢，然猶高行抗志，終不回曲也。（3）虬、螭皆龍類。（4）重華，舜號。瑤，玉也。圃，園也。

登崑崙兮食玉英，與天地兮同壽，與日月兮同光（1）。哀南夷之莫吾知兮（2），旦余濟乎江湘（3）。

（1）以上三句文意不相屬，或為想像之詞。（2）楚為荊蠻。屈原以南夷之人，無知我賢。（3）旦，明也。濟，渡也。言己放棄，以明旦之時始去，遂渡江湘之水。

乘鄂渚而反顧兮（1），欸秋冬之緒風（2）。步余馬兮山皋，邸余車兮方林（3）。

（1）乘，登也。鄂州，武昌縣地是也。隋以鄂渚為名。（2）欸，歎也。緒，餘也。言己登鄂渚高岸，還望楚國，嚮秋冬北風，愁而長歎，心中憂思也。（3）邸，舍也。方林，地名，在湖南。言我馬強壯，行於山皋，無所驅馳；我車堅牢，舍於方林，無所載任也。以言己才德方壯，誠可任用，弃在山野，亦無所施也。

乘舲船余上沅兮（1），齊吳榜以擊汰（2）。船容與而不進兮，淹回水而疑滯（3）。

（1）舲船，船有牕（窗）牖者。上，謂遡流而上也。（2）吳榜，船櫂也。汰，水波也。言己始去乘牕舲之船，西上沅、湘之水，士卒舉大櫂而擊水波，自傷去朝堂之上，而入湖澤之中也。（3）淹，留也。疑滯者，戀楚國也。言士眾雖同力引櫂，船猶不進，隨水回流，使己疑惑有還意也。疑，一作凝。〔補注〕：江淹〈別賦〉云：舟凝滯於水濱。杜子美詩云：舊客舟凝滯。皆用此語。其作疑者，傳寫之誤耳。

朝發枉陼兮(1)，夕宿辰陽(2)。苟余心其端直兮(3)，雖僻遠之何傷(4)。

(1)枉陼，地名。今湖南常德。陼，一作渚。(2)辰陽，亦地名也。舊治在辰水之陽，故取名焉。今湖南辰谿。(3)苟，誠也。其，一作之。(4)言我惟行正直之心，雖在遠僻之域，猶有善稱，無害疾也。僻，一作辟。〈離騷〉有：苟余情其信姱以練要兮，長顑頷亦何傷。

入漵浦余儃佪兮(1)，迷不知吾所如(2)。深林杳以冥冥兮(3)，猨狖之所居(4)。

(1)漵浦，水名。儃佪，一作邅迴。(2)迷，惑也。如，之也。言己思念楚國，雖循江水涯，意猶迷惑，不知所之也。(3)山林草木茂盛。冥冥，暗貌。(4)猨狖，輕捷之獸。喻國之昏亂，賢士遠謫。

山峻高以蔽日兮(1)，下幽晦以多雨(2)。霰雪紛其無垠兮(3)，雲霏霏而承宇(4)。

(1)言險阻危傾也。(2)〔補注〕：此言陰氣盛而多雨也。(3)霰，小雪粒。垠，音銀。畔岸也。(4)室屋沈沒，與天連也。或曰：日以喻君，山以喻臣，霰雪以興殘賊，雲以象佞人。山峻高以蔽日者，謂臣蔽君明也。下幽晦以多雨者，羣下專擅施恩惠也。霰雪紛其無垠者，殘賊之政害仁賢也。雲霏霏而承宇者，佞人並進滿朝廷也。

哀吾生之無樂兮(1)，幽獨處乎山中(2)。吾不能變心而從俗兮(3)，固將愁苦而終窮(4)。

(1)遭遇讒佞，失官爵也。(2)遠離親戚，而斥逐也。(3)終不易志，隨枉曲也。(4)愁苦無奈，終身困窮也。

接輿髡首兮，桑扈臝行(1)。忠不必用兮，賢不必以(2)。伍子逢殃兮(3)，比干菹醢(4)。

（1）接輿，楚狂接輿也。髡，剔也。首，頭也。自刑身體，避世不仕也。桑扈，隱士也。去衣裸裎，效夷狄也。言屈原自傷不容於世，引此隱者以自慰也。臝，一作裸。《論語‧微子》曰：楚狂接輿，歌而過孔子之門（上海古籍出版社）。（2）以，亦用也。（3）伍子，伍子胥也。為吳王夫差臣，諫令伐越，夫差不聽，遂賜劍而自殺。後越竟滅吳，故言逢殃。《史記》：越王句踐率其眾以朝吳，吳王喜。惟子胥懼曰：「是棄吳也。」諫不聽，賜子胥屬鏤之劍以死。將死，曰：「抉吾眼，置吳東門之上，以觀越之滅吳也。」（4）比干，紂之諸父也。紂惑妲己，作糟丘酒池，長夜之飲，斷斮朝涉，刳剔孕婦。比干正諫，紂怒曰：「吾聞聖人心有七孔。」於是乃殺比干，剖其心而觀之，故言菹醢也。

與前世而皆然兮(1)，吾又何怨乎今之人(2)！余將董道而不豫兮(3)，固將重昏而終身(4)！

（1）與，舉也。謂行忠直，而遇患害，如比干、子胥者多也。（2）自古有迷亂之君，若紂、夫差，不用忠信，滅國亡身，當何為復怨今之君乎？（3）董，正也。豫，猶豫也。言己雖見先賢執忠被害，猶正身直行，不猶豫而狐疑也。（4）昏，亂也。朱熹《集注》云：重複暗昧，終不復見光明。言己不逢明君，思慮交錯，重複暗昧，不見光明。

亂曰：鸞鳥鳳皇，日以遠兮(1)。燕雀烏鵲，巢堂壇兮(2)。露申辛夷，死林薄兮(3)。腥臊並御，芳不得薄兮(4)。

（1）鸞、鳳，俊鳥也。以喻賢士。有聖君則來，無德則去，以興賢臣難進易退也。（2）燕雀烏鵲，多口妄鳴，以喻讒佞。言楚王愚闇，不親仁賢，而近讒佞也。〔補注〕：壇，音善。（3）露申，木名。草木交錯曰薄。言露申、辛夷死於林薄之中，猶言取賢明君子，弃之山野，使之顛墜也。（4）腥臊，臭惡也。御，用也。薄，附也。言不識味者，並甘臭惡。不知人者，信任讒佞。故忠信之士，不得附近而放逐也。臊，音騷。

陰陽易位，時不當兮(1)。懷信侘傺，忽乎吾將行兮(2)！

（1）陰，臣也。陽，君也。言楚王惑蔽羣佞，權臣將代君，與之易位。自傷不遇明時，而當暗世。（2）言己懷忠信，不合於眾，故悵然住立，忽忘居止，將遂遠行之它方也。

建生案：〈涉江〉因文中敘寫渡江而南，獨處深山，深林幽冥，決定重昏終身，因名涉江。有關〈涉江〉創作時間，林雲銘《楚辭燈》以為頃襄王二年作。蔣驥《山帶閣注楚辭》卷四〈涉江〉云：

〈涉江〉〈哀郢〉，皆頃襄時放於江南所作。然〈哀郢〉發郢而至陵陽，皆自西徂東。〈涉江〉從鄂渚入漵浦，乃自東北往西南，當在既放陵陽之後。其命意浩然一往，與〈哀郢〉之嗚咽徘徊，欲行又止，亦絕不相侔。蓋彼迫於嚴譴而有去國之悲。此激於憤懷而有絕人之志。所由來者異也。抑〈惜往日〉云：「願陳情以白行兮，得罪過之意。」或者九年不復之後，復以陳辭攖怒，而再謫辰陽，故其詞彌激歟。篇中曰「將濟」、曰「將行」，又曰「將愁苦而終窮」，「將重昏而終身」，蓋未行時所作也。

蔣驥以為頃襄王九年以後，先作〈哀郢〉，後作〈涉江〉。郭沫若《屈原研究》以為頃襄王二十一年白起破郢都之後，屈原被趕到江南，而有〈涉江〉、〈懷沙〉、〈惜往日〉諸作。游國恩《楚辭論文集・屈原作品介紹》說：「〈涉江〉是頃襄王二十一年以後，屈原溯江而上，入于湖、湘時作。它是緊接著〈哀郢〉而來。」

從〈涉江〉本文看來，「余幼好此奇服兮，年既老而不衰」，「年既老」三個字，可知是屈子晚年作品。「朝發枉陼兮，夕宿辰陽」，「入漵浦余儃佪兮」，「哀吾生之無樂兮，幽獨處手山中」，知其放逐湘南之作。「吾不能變心而從俗兮，固將愁苦而終窮」，「余將董道而不豫兮，固將重昏而終身」，知屈子對楚君臣上下，已完全失望，「懷信佗傺，忽乎吾將行兮」，已有準備赴死的念頭。此作與〈懷沙〉篇文意較近，與〈離騷〉中年以後所作不同。

依此看，〈涉江〉應作於頃襄王二十一年，屈子溯江而上，入於湖湘。接〈哀郢〉篇而來。〈哀郢〉云：「背夏浦而西思」，〈涉江〉云：「乘鄂渚而反顧」；〈哀郢〉云：「方仲春而東遷」，〈涉江〉云：「欸秋冬之緒風。」

哀郢

皇天之不純命兮(1)，何百姓之震愆(2)？民離散而相失兮，方仲春而東遷(3)。

（1）德美大稱皇天，以興君也。（2）震，動也。愆，過也。言皇天不純一其施，則萬物夭傷；人君不純一其政，則百姓震動以觸罪也。（3）仲春，二月也。

去故鄉而就遠兮，遵江夏以流亡(1)。出國門而軫懷兮(2)，甲之鼂吾以行(3)。

（1）遵，循也。言己東行，循江夏之水而遂流亡，無還鄉之期也。〔補注〕：引鄭玄注《尚書》「滄浪之水」，言今謂之夏水。又引劉澄之著《永初山川記》云：夏水，古文以為滄浪，漁父所歌也。漢水曲入江，即夏口矣。（2）

軫，痛也。懷，思也。（3）甲，日也。武王以甲子誅紂。鼂，旦也。屈原放出郢門，心痛而思，始去，正以甲日之旦而行。鼂、晁，並讀為朝暮之朝。

發郢都而去閭兮，荒忽其焉極（1）？楫齊揚以容與兮（2），哀見君而不再得（3）。

（1）言己始發郢，去我閭里，愁思荒忽，安有窮極之時。一無「都」字。一本「荒」上有「怊」字。其，一作之。〔補注〕：前漢南郡江陵縣，故楚郢都。楚文王自丹陽徙此。後九世平王城之。後十世秦拔我郢，徙東郢。閭，里門也。（2）楫，船櫂也。齊，同也。揚，舉也。楫，音接。（3）言己去乘船，士卒齊舉楫櫂，低徊容與，咸有還意。自傷卒去，而不得再事於君也。

望長楸而太息兮（1），涕淫淫其若霰（2）。過夏首而西浮兮（3），顧龍門而不見（4）。

（1）長楸，大梓。太，一作歎。（2）淫淫，流貌也。言己顧望楚都，見其大道長樹，悲而太息，涕下淫淫，如雨霰也。（3）夏首，夏水口也。船獨流為浮也。（4）龍門，楚東門也。即郢城之東門。言己從西浮而東行，過夏水之口，望楚東門，蔽而不見，自傷日以遠也。

心嬋媛而傷懷兮（1），眇不知其所蹠（2）。順風波以從流兮，焉洋洋而為客（3）。

（1）嬋媛，猶牽引也。（2）眇，猶遠也。蹠，至也，踐也。言己顧視龍門不見，則心中牽引而痛，遠視眇然，足不知當所踐蹠。（3）洋洋，無所歸貌也。言己憂不知所踐，則聽船順風，遂洋洋遠客，而無所歸也。

淩陽侯之氾濫兮（1），忽翺翔之焉薄（2）。心絓結而不解兮（3），思蹇產而不釋（4）。

（1）淩，乘也。陽侯，大波之神。〔補注〕：引應劭曰：陽侯，古之諸侯。有罪自投江，其神為大波。（2）薄，止也。（3）絓，礙也。（4）蹇產，詰屈也。言己乘船蹈波，愁而恐懼，心繫君國，思念詰屈，而不可解釋也。

將運舟而下浮兮(1)，上洞庭而下江(2)。去終古之所居兮(3)，今逍遙而來東(4)。

（1）運，轉也。（2）蔣驥《山帶閣注楚辭》以為上下謂左右，以南為上，洞庭在南，以洞庭為上，而江為下。（3）遠離先祖之宅舍也。（4）逍遙，飄泊也。

羌靈魂之欲歸兮(1)，何須臾而忘反(2)。背夏浦而西思兮(3)，哀故都之日遠(4)。

（1）精神夢遊，還故居也。羌，發聲也。一作嗟。（2）倚住顧望，常欲去也。（3）背水嚮家，念親屬也。背夏浦，則過夏口而東，去郢愈遠。（4）遠離郢都，何遼遼也。

登大墳以遠望兮(1)，聊以舒吾憂心(2)。哀州土之平樂兮(3)，悲江介之遺風(4)。

（1）想見宮闕與廊廟也。水中高者為墳，《詩・國風・汝墳》卷一曰：遵彼汝墳。此所謂「存君興國」，「不忘欲反」。
（2）且展我情，渫憂思也。（3）閔惜鄉邑之和平快樂。即過著靡靡之音生活。（4）介，一作界。遺風，指楚先王樹立樸實、開拓疆土精神。此句言昔王開創基業好風範，今則蕩然無存。

當陵陽之焉至兮(1)，淼南渡之焉如(2)？曾不知夏之為丘兮(3)，孰兩東門之可蕪(4)？

（1）陵陽，在安徽。（2）淼，淏，彌望無際極也。渡，一作度。（3）夏，夏水。丘，墟也。此言不知楚國已是滄海桑田之變化。（4）孰，不知也。蕪，荒蕪也。言郢城兩東門，是否已荒蕪。

心不怡之長久兮(1)，憂與愁其相接(2)。惟郢路之遼遠兮(3)，江與夏之不可涉(4)。

（1）怡，樂貌也。（2）接，續也。憂，未來的憂，愁，已有的愁；言己念楚國將墟，心常含戚，憂愁相續，無有解也。（3）楚道逶迤，山谷隘也。（4）分隔兩水，無以渡也。

忽若去不信兮(1)，至今九年而不復(2)。慘鬱鬱而不通兮(3)，蹇侘傺而含感(4)。

（1）信，信宿，再宿也。（2）放且九歲，君不覺也。（3）中心憂滿，思慮閉塞也。慘，戴震《屈原賦注》作「懆」，愁不安也。（4）悵然佇立，內則毒也。

外承歡之汋約兮(1)，諶荏弱而難持(2)。忠湛湛而願進兮(3)，妒被離而鄣之(4)。

（1）汋約，好貌。（2）言佞人承君歡顏，好其諂言，實則色厲內荏，誠難扶持之也。（3）湛湛，重厚貌。（4）言己體性重厚，而欲願進，讒人妒害，加被離析，鄣而蔽之。

堯舜之抗行兮，瞭杳杳而薄天。眾讒人之嫉妒兮，被以不慈之偽名。

憎慍惀之脩美兮，好夫人之忼慨。眾踥蹀而日進兮，美超遠而逾邁(1)。

（1）以上六句皆《九辯》文。

亂曰：曼余目以流觀兮（1），冀壹反之何時（2）。鳥飛反故鄉兮（3），狐死必首丘（4）。信非吾罪而棄逐兮（5），何日夜而忘之（6）！

（1）曼，猶曼曼，遠貌。曼，引也。（2）言己放遠，日以曼曼，周流觀視，意欲一還，知當何時也。（3）思故巢也。《淮南》云：鳥飛反鄉，狐死首丘，各哀其所生。（4）念舊居也。〔補注〕：引《廣志》曰：狐死首丘，豹死首山。（5）我以忠信而獲過也。（6）晝夜念君，不遠離也。

建生案：有關〈哀郢〉篇，洪興祖《楚辭補注》卷四《九章・哀郢》云：

此章（指〈哀郢〉）言己雖被放，心在楚國，徘徊而不忍去，蔽於讒諂，思再君而不得。故太史公讀〈哀郢〉而其志也。

明・汪瑗《楚辭集解・哀郢》：

（〈哀郢〉）此郢乃指江陵之郢，頃襄王時事也。又按《秦世家》，秦昭王時，比年攻伐列國，赦罪人而遷之。二十七、八年間，連攻三楚，拔黔中，取鄢、鄧，赦楚罪人遷之南陽。二十九年，當頃襄王之二十一年，又攻楚而拔之，遂取郢，更東至竟陵，以為南郡，燒墓夷陵。襄王兵散敗走，遂不復戰，東北退保於陳城。而江陵之郢不復為楚所有矣。……按秦拔郢在頃襄王二十一年，今日九年不復，則見廢當在襄王十三年矣。但無所考其因何事而廢耳。

有關〈哀郢〉創作時間、背景，汪瑗之說大抵可信。頃襄王二十一年（西元前二七八），秦將白起、王翦等攻郢都，頃襄王兵散，退保於陳城。〈哀郢〉篇不但有久放之感，亦有破國之憂。所謂「哀州土之平樂兮，悲江介之遺風」，「曾不知夏之為丘兮，孰兩東門之可蕪」。「冀壹反之何時？」「鳥飛反故鄉兮，狐死必首丘」。憂愁不斷。

抽思

心鬱鬱之憂思兮(1)，獨永歎乎增傷(2)。思蹇產之不釋兮(3)，曼遭夜之方長(4)。

（1）哀憤結縎，慮煩冤死。（2）哀悲太息，損肺肝也。（3）心中詰屈，如連環也。（4）憂不能眠，時難曉也。

悲秋風之動容兮(1)，何回極之浮浮(2)。數惟蓀之多怒兮(3)，傷余心之懮懮(4)。

（1）動，搖也。動容，搖動大地。宋玉〈九辯〉曰：「悲哉秋之為氣也！蕭瑟兮草木搖落而變衰。」（2）回極，回風。浮浮，不定貌。（3）數，紀也。蓀，香草也。以喻君。蓀，一作荃。言計思其君多妄怒，無罪而受罰也。（4）懮，《說文》云：愁也。

願搖起而橫奔兮(1)，覽民尤以自鎮(2)。結微情以陳詞兮(3)，矯以遺夫美人(4)。

（1）言己見君妄怒，無辜而受罰，則欲疾起而奔走。（2）尤，過也。鎮，止也。（3）結續妙思，作辭賦也。（4）舉與懷王，使覽照也。

昔君與我誠言兮(1)，曰黃昏以為期(2)。羌中道而回畔兮(3)，反既有此他志(4)。

(1)始君與己謀政務也。誠言，定言。(2)以婚姻相喻，約定黃昏婚娶。(3)回畔，變卦。言中途變卦。(4)言懷王任用他人，有二心。

憍吾以其美好兮(1)，覽余以其脩姱(2)。與余言而不信兮(3)，蓋為余而造怒(4)。

(1)此言懷王自矜伐也。憍，矜也。(2)陳列美才，以眩耀于我也。(3)信，誠信。(4)造怒，憑空生氣。

願承閒而自察兮(1)，心震悼而不敢(2)；悲夷猶而冀進兮(3)，心怛傷之憺憺(4)。

(1)思待君王清閑，自我省察。(2)心中動悸，心中怛也。不敢，不敢言。(3)意懷猶豫，盼進言。(4)怛，悲慘也。憺，憂也。

茲歷情以陳辭兮(1)，蓀詳聾而不聞(2)。固切人之不媚兮(3)，眾果以我為患(4)。

(1)發此憤思，欲進言君王。(2)君耳不聽，若風過也。蓀，一作荃。(3)切人，言語切直之人。(4)諂諛之徒以己為禍害。

初吾所陳之耿著兮，豈至今其庸亡？何毒藥之謇謇兮(1)？願蓀美之可完(2)。

(1)謇謇，忠信不美，如毒藥也。一說謇謇，讒言。〈離騷〉：「余固知謇謇之為患兮，忍而不能舍也。」(2)想君德化，可興復也。

望三五以為像兮(1)，指彭咸以為儀(2)。夫何極而不至兮(3)，故遠聞而難虧(4)。

（1）三五，三王五伯，蔣驥以為三皇五帝。（2）先賢清白，我式之也。（3）此言以聖賢為法，盡心行之，何遠而不至也？（4）遠聞，指上句「三五」三皇五帝及彭咸。

善不由外來兮(1)，名不可以虛作(2)。孰無施而有報兮(3)，孰不實而有穫(4)？

（1）才德仁義，從己出也。（2）此言有實而後名從之。虛作，捏造。（3）誰不自施德而蒙福。（4）「實」或作「殖」，言孰不耕作而有收穫。穫，一作獲。

少歌曰(1)：與美人抽怨兮(2)，并日夜而無正(3)。憍吾以其美好兮(4)，敖朕辭而不聽(5)。

（1）少歌，小歌也。樂章音節。此章有少歌，有倡，有亂。少歌之不足，則又發其意而為倡。獨倡而無與和也，則總理一賦之終，以為亂辭云爾。（2）抽怨，應與篇目同，朱注本作「抽思」。抽，繹理之也。思，意也。（3）不論日夜為楚王抽繹道理，惜無証人以證實其言。（4）憍，一作驕言。楚王誇耀己之才華。（5）慢我之言，而不采聽也。敖，倨也，與傲同。

倡曰(1)：有鳥自南兮(2)，來集漢北(3)。好姱佳麗兮(4)，牉獨處此異域(5)。

（1）倡，與唱同。（2）屈原自喻生楚國也。孔子曰：鳥則擇木，木豈能擇鳥？（3）漢水，《水經》及《山海經》注云：漢水出隴西坻道縣嶓冢山，初名漾水，東流至武都沮縣，始為漢水。東南至葭萌，與羌水合，至江夏安陸縣，名沔水。故有漢沔之名。又東至竟陵，合滄浪之水，又東過三澨，水觸大別山，南入於江也。（4）容貌說美，有俊德也。（5）背離鄉黨，居他邑也。

既惸獨而不羣兮(1)，又無良媒在其側(2)。道卓遠而日忘兮(3)，願自申而不得。

（1）行與眾異，身孤特也。〈離騷〉有：「鷙鳥之不群兮，自前世而固然。」（2）〈離騷〉：「理弱而媒拙兮，恐導言之不固。」（3）卓，一作逴。遠之意。

望北山而流涕兮(1)，臨流水而太息(2)。望孟夏之短夜兮(3)，何晦明之若歲(4)！

（1）仰望高山，愁悲泣也。北山，郢北十里之紀山。（2）顧念舊故，思親戚也。流水，一作深水。（3）四月之末，陰盡極也。云：望孟夏之短夜者，秋夜方長，而夏夜最短，憂不能寐，冀夜短而易曉也。（4）憂不能寐，常倚立也。是以度日如年。

惟郢路之遼遠兮(1)，魂一夕而九逝(2)。曾不知路之曲直兮(3)，南指月與列星(4)。

（1）思惟郢都之路，一望無際而遼遠，令人興歎。（2）精魂夜歸，幾滿十也。（3）已不知路之曲直走法。（4）南指，以南為指。以月與列星為定南行之指針，使不失往返故道。

願徑逝而未得兮(1)，魂識路之營營(2)。何靈魂之信直兮(3)，人之心不與吾心同(4)！理弱而媒不通兮(5)，尚不知余之從容(6)。

（1）意欲直還。未，一作不。（2）識路，知道路也。營營，往來貌。（3）質性忠正，不枉曲也。（4）我志清白，眾泥濁也。（5）知友劣弱，又鄙朴也。〈離騷〉：「理弱而媒拙兮」。（6）從容，舉止也。

亂曰：長瀨湍流，泝江潭兮(1)。狂顧南行，聊以娛心兮(2)。軫石崴嵬，蹇吾願兮(3)。超回志度，行隱進兮(4)。

（1）湍，亦瀨也。逆流而上曰泝。潭，淵也。楚人名淵曰潭。言己思得君命，緣湍瀨之流，逆泝江淵，而歸郢也。（2）狂，猶遽也。娛，樂也。君不肯還己，則復遽走南行，幽藏山谷，以娛己之本志也。（3）軫石，謂石之方者，如車軫耳。崴嵬，不平也。蹇吾願：言己願往南，不怕不平之路有大石。（4）超，越也。言己動履正直，超越回邪，志其法度，隱行忠信，日以進也。

低佪夷猶，宿北姑兮(1)。煩冤瞀容，實沛徂兮(2)。愁歎苦神，靈遙思兮(3)。路遠處幽，又無行媒兮(4)。

（1）夷猶，猶豫也。北姑，地名。言己所以低佪猶豫，宿北姑者，冀君覺悟而還己也。（2）瞀，亂也。實，是也。徂，去也。言己憂愁思念煩冤，容貌憒亂，誠欲隨水沛然而流去也。（3）愁歎苦神者，思舊鄉而神勞也。靈遙思者，神遠思也。（4）路遠處幽者，道遠處僻也。無行媒者，無媒理之人介紹也。

道思作頌，聊以自救兮(1)。憂心不遂，斯言誰告兮(2)。

（1）一無「以」字。（2）道思者，中道作頌，以舒怫鬱之念，救傷懷之思也。憂心不遂，不達也。誰告者，無所告愬也。

建生案：有關〈抽思〉篇的說法與創作時間，比較適當的，如：

（1）明．汪瑗《楚辭集解．抽思》：

釋「有鳥自南，來集漢北」，句曰：鳥，屈原託以自喻也。南，指郢都也。漢北，指當時所遷之地也。……又曰：北姑，漢北中之地名，屈子當時必遷居於此處也。

（2）清．王夫之《楚辭通釋．抽思》：

〈抽思〉，抽，繹也；思，情也。

（3）清．蔣驥《山帶閣注楚辭．抽思》：

此篇蓋原懷王時斥居漢北所作也。……「南指月與列星」，則漢北為所遷地無疑。「黃昏為期」之語，與〈騷經〉相應，明指左徒時言。其非頃襄時作，又可知矣。原於懷王，受知有素。其來漢北，或亦謫宦於斯，非頃襄棄逐江南比。故前欲陳辭以遺美人，終以無媒而憂誰告。蓋君恩未遠，猶有拳拳自媚之意；而於所陳耿著之詞，不憚亹亹述之，則猶幸其念舊而一悟也。視〈涉江〉、〈哀郢〉、〈惜往日〉、〈悲回風〉諸篇，立言大有逕庭矣。

（4）清·戴震《屈原賦注·九章》：

以是篇考之，蓋在漢北。故以寫自南來集為比。又曰，「望南山而流洋」，其欲反郢也。曰「南指月與列星」，曰「狂顧南行」，篇次列〈涉江〉、〈哀郢〉之後者，《九章》不作於一時。雜得諸篇，合之有九耳。

合九篇為《九章》，不作一時，總論已說及。而「抽思」之意，為楚懷王抽繹道理，表達拳拳之忠也。詩中，「有鳥自南，來集漢北」，「南指月與列星」，宿「北姑」等句，原在懷王時，曾放逐漢北可知。詩中「數惟蓀之多怒兮，傷余心之懮懮」，「昔君與我誠言兮，曰黃昏以為期。羌中道而回畔兮（以上二句曾羼〈離騷〉篇），反既有此他志。」「與余言不信兮，蓋為余而造怒」，「固切人之不媚兮，眾果以我為患」等等，皆與〈離騷〉牢騷不平之意相近，推知此篇乃放逐漢北作也。

懷沙

滔滔孟夏兮（1），草木莽莽（2）。傷懷永哀兮（3），汩徂南土（4）。

（1）滔滔，《史記》作陶陶。《說文》曰：滔，水漫漫大貌。（2）言孟夏四月，草木茂盛。（3）懷，思也。永，長也。（4）汩，行貌。徂，往也。言己見草木盛長，而己獨汩然放流，往居江南之土，僻遠之處，故心傷而長悲思也。土，一作去。

眴兮杳杳(1)，孔靜幽默(2)。鬱結紆軫兮(3)，離慜而長鞠(4)。撫情效志兮(5)，冤屈而自抑(6)。

(1)眴，視貌也。杳杳，深冥貌也。(2)孔，甚也。默默，無聲也。(3)紆，屈也。軫，痛也。(4)慜，痛也。鞠，窮也。言己愁思，心中鬱結紆屈，而痛身遭疾病，長窮困苦，恐不能自全也。(5)撫，循也。効，猶覈也。(6)抑，按也。言己身多病長窮，恐遂顛沛，撫己情意，而考覈心志，無有過失，則屈志自抑，而不懼也。

刓方以為圜兮(1)，常度未替(2)。易初本迪兮(3)，君子所鄙(4)。

(1)刓，削。〈離騷〉有：何方圜之能周兮，夫孰異道而相安。(2)度，法也。替，廢也。言人刓削方木，欲以為圜，其常法度尚未廢也。(3)《史記》迪作由。一無「初」字。言其本初夷猶不決。(4)鄙，恥也。言人遭世遇，變易初行，遠離常道，賢人君子之所恥。

章畫志墨兮(1)，前圖未改(2)。內厚質正兮(3)，大人所盛(4)。巧倕不斲兮(5)，孰察其撥正(6)。

(1)章，明也。志，念也。《史記》志作職。彰明規劃，記載繩墨。(2)圖，法也。改，易也。言彰明於規劃，記於繩墨。以言人遵先聖之法度。(3)《史記》作內直質重兮。(4)言人質性敦厚，心志正直，行無過失，則大人君子所盛美也。(5)倕，堯巧工也。斲，斫也。(6)察，知也。撥，治也。揆度也。言倕不以斤斧斲斫，則曲木不治，誰知其工巧者乎？以言君子不居爵位，眾亦莫知其賢能也。

玄文處幽兮(1)，矇瞍謂之不章(2)；離婁微睇兮(3)，瞽以為無明(4)。

（1）玄，墨也。幽，冥也。《史記》作幽處。（2）矇，盲者也。章，明也。言持玄墨之文，居於幽冥之處，則矇瞍之徒，以為不明也。言持賢知之士，居於山谷，則眾愚以為不賢也。瞍，《史記》無「瞍」字。疑衍文。〔補注〕：有眸子而無見曰矇，無眸子曰瞍。（3）離婁，古明目者也。睇，眄之也，小視之意。南楚謂眄曰睇。（4）瞽，盲者也。言離婁明目無所不見，微有所眄，盲人輕之，以為無明也。言賢者遭困厄，俗人侮之，以為癡也。

變白以為黑兮（1），倒上以為下（2）。鳳皇在笯兮（3），雞鶩翔舞（4）。

（1）世以濁為清也。（2）俗人以愚為賢也。（3）笯，籠落也。（4）言聖人困厄，小人得志也。鶩，鳧屬，野鴨。

同糅玉石兮（1），一槩而相量（2）。夫惟黨人鄙固兮（3），羌不知余之所臧（4）。

（1）賢愚雜廁。糅，雜也。（2）忠佞不異。槩，平斗斛木。（3）鄙固，卑鄙固執。（4）莫知我之善也。

任重載盛兮（1），陷滯而不濟（2）。懷瑾握瑜兮（3），窮不知所示（4）。

（1）言所任者重，所載者多也。（2）陷，沒也。言己才力美盛，可任重載，而身放弃，陷沒沈滯，不得成其本志。（3）在衣為懷，在手為握。瑾、瑜，美玉也。（4）言己懷持美玉之德，遭世闇惑，不別善惡，抱寶窮困，而無所語也。

邑犬之羣吠兮，吠所怪也（1）。非俊疑傑兮（2），固庸態也（3）。

（1）言邑里之犬，羣而吠者，怪非常之人而噪之也。以言俗人群眾毀賢智者，亦以其行度異，故羣而謗之也。一云：邑犬羣兮，吠所怪也。《史記》無「之」字。一本此句與下文無「也」字。（2）千人才為俊，一國高為傑也。《淮南》云：知過萬人謂之英，千人謂之俊，百人謂之豪，十人謂之傑。（3）庸，廝賤之人也。言眾人所謗，非傑異之士，斯庸夫惡態之人也。何者，德高者不合於眾，行異者不合於俗，故為犬之所吠，眾人之所訕也。

文質疏內兮(1)，眾不知余之異采(2)。材朴委積兮(3)，莫知余之所有(4)。

（1）應作文（外表）疏（無繁縟之飾）質（本質）內（木訥）。《史記》疏作疎。（2）采，文采也。言己外表樸質，本質木訥，眾人不知我有特殊之文采也。（3）條直為材，壯大為朴。委積，言其多。（4）言材木委積，非魯班則不能別其好醜。國民眾多，非明君則不知我之能也。

重仁襲義兮(1)，謹厚以為豐(2)。重華不可遻兮(3)，孰知余之從容(4)！

（1）重，累也。襲，及也。（2）謹，善也。豐，大也。言眾人雖不知己，猶復重累仁德，及興禮義，修行謹善，以自廣大也。（3）遻，一作遌，逢。心不欲見而見曰遌。《史記》作悟。（4）從容，舉動也。

古固有不竝兮(1)，豈知其何故(2)？湯禹久遠兮，邈而不可慕(3)。

（1）並，俱。此言聖賢有不並時而生者，故重華不可遇，湯、禹不可慕也。（2）言往古之世，忠佞之臣不可俱並事君，必相剋害。故曰：豈知其何故。（3）慕，思也。言殷湯、夏禹聖德之君，明於知人，然去久遠，不可思慕而得事之也。

懲違改忿兮，抑心而自強(1)。離慜而不遷兮(2)，願志之有像(3)。

（1）抑，按也。二句言己知禹、湯不可得，懲於古之違離常情，遂改其忿恨，按慰己心，以自勉強也。（2）懲，病也，尤也。遷，徙也，改也。（3）像，法也。言己自勉修善，身雖遭病，心終不徙，願志行流於後世，為人法也。

進路北次兮(1)，日昧昧其將暮(2)。舒憂娛哀兮(3)，限之以大故(4)。

（1）路，道也。次，舍也。北次，北向郢都。原二放於江南，故曰北。（2）昧，冥也。言己思念楚國，願得君命，進道北行，以次舍止，冀遂還歸，日又將暮，不可去也。（3）娛，樂也。《史記》云：含憂虞哀。（4）限，度也。大故，死亡也。言己自度死期不遠。

亂曰：浩浩沅湘，分流汩兮(1)。脩路幽蔽，道遠忽兮(2)。

（1）浩浩，廣大貌也。汩，流也。言浩浩廣大乎沅、湘之水，分汩而流，將歸乎海。汩，水聲也。（2）修，長也。言己雖在湖澤之中，幽深蔽闇，道路甚遠，且久長也。《史記》蔽作拂。自道遠忽兮以下，有「曾唫恒悲兮，永歎慨兮，世既莫吾知兮，人心不可謂兮」四句。

懷質抱情(1)，獨無匹兮(2)。伯樂既沒，驥焉程兮(3)？萬民之生，各有所錯兮(4)。定心廣志，余何畏懼兮(5)？

（1）《史記》云：懷情抱質。言懷忠貞之情，而抱信實之質。（2）匹，雙也。言己懷敦篤之質，抱忠信之情，不與眾同，故孤煢獨行，無有雙匹也。（3）伯樂，善相馬也。程，量也。言騏驥不遇伯樂，則無所程量其才力也。以言賢臣不遇明君，則無所施其智能也。《戰國策》云：昔騏驥駕鹽車，上吳坂，遷延負轅而不能進。遭伯樂，仰而鳴之，知伯樂之知己也。（4）錯，安也。言萬民稟受天命，生而各有所錯置，各安其命。（5）己既安於忠信，廣我意志，當復何懼乎？威不能動，法不能恐也。

曾傷爰哀，永歎喟兮(1)。世溷濁莫吾知，人心不可謂兮(2)。知死不可讓，願勿愛兮(3)。明告君子，吾將以為類兮(4)。

（1）曾，音增。爰哀，王引之以為哀而不止。（2）謂，猶說也。言己遭遇亂世，眾人不知我賢，亦不可戶告人說。（3）讓，辭也。言人知命將終，可以建忠仗節死義，願勿辭讓，而自愛惜之也。〔補注〕：屈子以為知死之不可讓，則舍生而取義可也。所惡有甚於死者，豈復愛七尺之軀哉？（4）告，語也。類，同類也。言己將執忠死節，故以此明白告諸君子，與古之執忠而死者同類也。

建生案：「滔滔孟夏兮」，知〈懷沙〉為四月之作，屈原以五月五日投水，離死亡約有一個月，本篇非絕命詞。有關本篇創作時間，有不同看法，如：

（1）明汪瑗《楚辭集解‧懷沙》云：

世傳屈原自投汨羅而死。汨羅在今長沙府。此云〈懷沙〉者，蓋原遷至長沙，因土地之沮洳，草木之幽僻，有感於懷，而作此篇，故題之曰〈懷沙〉。懷者，感也；沙，指長沙。題〈懷沙〉云者，猶〈哀郢〉之類也。……屈子之悲，悲久矣，其為讒人壅君故也。其遷於南土也，而悲愁亦復甚焉，南土之卑濕損壽也久矣。屈子恐人疑己之悲愁不在於君國而在於己身也，故發為此論，以明己之心以曉人，且使壅君讒人倘一聞之而有察於己之忠誠戀戀不忘之心。萬一召而還之，憐而收之，使得以竭智盡忠於君國，而不至於速亡疾敗未可知也。此屈子拳拳之本心也。

（2）清．林雲銘《楚辭燈．懷沙》：

此靈均絕筆之文，最為鬱勃，亦最為哀慘。……其章法句法，承接照應，無不井然。要知此番之死，實因被放九年不復，讒諛用事，楚國日就危亡，以平日從彭咸之意，為尸諫之史魚，冀君一悟，以保其國。非怨君，亦非孤憤也。

（3）清．蔣驥《山帶閣注楚辭》卷四〈懷沙〉：

〈懷沙〉之名，與〈哀郢〉〈涉江〉同義。沙本地名，……即今長沙之地，汨羅所在也。曰〈懷沙〉者，蓋寓懷其地，欲往而就死焉耳。原嘗自陵陽涉江湘，入辰溆，有終焉之志。然卒返而自沈，將悲憤所激，抑亦勢不獲已。……長沙為楚東南之會，去郢未遠，固與荒徼絕異。且熊繹始封，實在於此。原既放逐，不敢北越大江，而歸死先王故居，則亦首邱之意，所以惓惓有懷也。篇中首紀徂南之事，而要歸誓之以死，蓋原自是不復他往，而懷石沈淵之意，於斯而決。故史於原之死特載之，若以〈懷沙〉為懷石，失其旨矣。且辭氣視〈涉江〉〈哀郢〉，雖為近死之音，然紆而未鬱，直而未激，猶當在〈悲回風〉〈惜往日〉之前，豈可遽以為絕筆歟！

大抵以蔣驥之說為長。汪瑗之說亦近。本篇非絕命詞。而熊繹始封于長沙，江南以長沙為據點，江北以丹陽為中心。春秋之後，才定都于郢。屈原放逐，不敢北越大江，歸死先王故居，合乎首邱之意。惓惓有懷，有如〈哀郢〉篇。詩句如「變白以為黑兮，倒上以為下」，「鳳凰在笯兮，雞鶩翔舞」，憤懣之至！「非（誹）俊疑傑兮，固庸態也」，「伯樂既沒，驥焉程兮」悲憤、失望已極，終於宣示「限之以大故」，死期將近。「知死不可讓兮，願勿愛兮」，「明告君子，吾將以為類兮」，決心從容赴義。

思美人

思美人兮(1)，擥涕而竚眙(2)。媒絕路阻兮(3)，言不可結而詒(4)。

（1）言己憂思，念懷王也。（2）竚立悲哀，涕交橫也。（3）媒理隔絕，道路阻礙。一云：媒絕而道路阻。〈離騷〉有：「又無良媒在其側」，「理弱而媒不通兮」。（4）心中之語，難傳達也。一無「而」字。

蹇蹇之煩冤兮(1)，陷滯而不發(2)。申旦以舒中情兮(3)，志沈菀而莫達(4)。

（1）讒言之令人心中煩困。（2）斥居漢北，如遭陷滯。〈懷沙〉云：陷滯而不濟。（3）朱熹《集注》云：承上路阻而言，陷滯不發，亦以陷濘為喻也。申，重也，今日已暮，明日復旦也。（4）菀，音鬱，積也。言心志沈鬱，不得開通。

願寄言於浮雲兮(1)，遇豐隆而不將(2)。因歸鳥而致辭兮(3)，羌宿高而難當(4)。

（1）思託要媒於雲神。（2）雲師徑遊，不我聽也。將，助也。（3）思附借歸郢都之鳥，達中情也。（4）歸鳥高飛而疾，難以當值。當，值也。迅飛高而速。

高辛之靈盛兮（1），遭玄鳥而致詒（2）。欲變節以從俗兮（3），媿易初而屈志（4）。

（1）高辛，帝嚳。帝嚳之德茂神靈也。《史記》：帝嚳高辛者，黃帝之曾孫。盛，一作晟，一作威。（2）嚳妃吞燕卵以生契也。言殷契合神靈之祥知而生，於是性有賢仁，為堯三公。屈原亦得天地正氣而生，自傷不遭聖王，而遇亂世也。（3）念改忠直，與世浮沈。〈惜誦〉有：「欲橫奔而失路兮，堅志而不忍。」〈抽思〉有：「願搖起而橫奔兮，覽民尤而自鎮。」（4）媿，愧。慚恥改變初衷也。

獨歷年而離愍兮（1），羌馮心猶未化（2）。寧隱閔而壽考兮（3），何變易之可為（4）！

（1）脩德累歲，身疲病也。（2）憤懣守節，不易性也。（3）寧隱閔不言，終年命也。（4）何以能隨時變易其心。

知前轍之不遂兮（1），未改此度（2）。車既覆而馬顛兮（3），蹇獨懷此異路（4）。

（1）前轍，指小人所引之路不廣。遂：順，廣。轍，一作道。（2）執心不回，未改法度。（3）君國傾側，任小人也。車以喻君，馬以喻臣。言車覆者，君國危也；馬顛仆者，所任非人。（4）屈子引前賢之路曰異路，不同於小人所引。

勒騏驥而更駕兮（1），造父為我操之（2）。遷逡次而勿驅兮（3），聊假日以須旹（4）。

（1）舉用才德，任俊賢也。（2）造父，《史記》：秦之先造父，以善御幸於周繆王。（3）〔補注〕：遷逡，猶逡巡，行不進貌。再宿為信，過信為次。《說文》曰：次，不前也。（4）假日，假借時日。須，待也。旹，古時字。

指嶓冢之西隈兮[1]，與纁黃以為期[2]。

（1）嶓冢，山名。或曰嶓冢，在梁州。漢水發源。指嶓冢之西隈，言指著漢水發源嶓冢西隅，以為會合之地。（2）纁黃，蓋黃昏時也。纁，淺絳也。其為色黃而兼赤。曛，日入餘光。

開春發歲兮[1]，白日出之悠悠。吾將蕩志而愉樂兮[2]，遵江夏以娛憂[3]。

（1）等第二年春天。（2）滌我憂愁，弘佚豫也。將，一作且。蕩志，猶言放志。（3）循兩水涯，以娛志也。

擥大薄之芳茝兮[1]，搴長洲之宿莽[2]。惜吾不及古人兮[3]，吾誰與玩此芳草[4]？

（1）欲援芳茝，以為佩也。薄，叢薄也。（2）采取香草，用飾己也。楚人名冬生草曰宿莽。（3）生後殷湯、周文王也。（4）誰與竭節，盡忠厚也。玩，賞也。

解萹薄與雜菜兮[1]，備以為交佩[2]。佩繽紛以繚轉兮[3]，遂萎絕而離異[4]。

（1）萹薄，謂萹蓄之成叢者。萹蓄、雜菜，皆非芳艸。此言解去萹菜而備芳茝、宿莽以為交互佩飾也。（2）交，合也。言己解折萹蓄，雜以香菜，合而佩之，言修飾彌盛也。（3）繽，繚，音了，繚繞也。（4）離異，無人喜歡。終以放斥而見疑也。

吾且儃佪以娛憂兮(1)，觀南人之變態(2)。竊快在中心兮(3)，揚厥憑而不竢(4)。

(1)聊且遊戲，樂所志也。儃佪，一作徘徊。(2)痛斥楚俗，化改易也。南人，斥楚人。(3)一云：吾竊快在其中心兮，而無俟人之與玩也。(4)對小人發洩憤懣，無所待也。竢，待也。

芳與澤其雜糅兮(1)，羌芳華自中出(2)。紛郁郁其遠承兮(3)，滿內而外揚(4)。情與質信可保兮(5)，羌居蔽而聞章(6)。

(1)正直溫仁，德茂盛也。〈離騷〉有：芳與澤其雜糅兮，唯昭質其猶未虧。(2)生含天姿，不外受也。自中而外，善不由外來之意。(3)法度文辭，廣被四海也。(4)修善於身，名譽起也。(5)言行相副，無表裡也。(6)雖在山澤，名宣布也。

令薜荔以為理兮，憚舉趾而緣木(1)。因芙蓉而為媒兮(2)，憚褰裳而濡足(3)。

(1)欲以薜荔為媒，則忌於舉趾有緣木登高之艱。憚，難也。誰難抗足，屈蜷跼也。(2)意欲下求，從風俗也。因，一作用。(3)欲以芙蓉為媒理，忌於褰裳而污足之恥。褰，謂摳衣也。

登高吾不說兮(1)，入下吾不能(2)。固朕形之不服兮(3)，然容與而狐疑(4)。

(1)事上得位，我不好也。(2)隨俗顯榮，非所樂也。(3)我性婞直，不曲撓也。(4)徘徊進退，觀眾意也。

廣遂前畫兮(1)，未改此度也(2)。命則處幽，吾將罷兮(3)，願及白日之未暮(4)。獨煢煢而南行兮，思彭咸之故也。

（1）恢廓仁義，弘聖道也。光大前人法度。（2）心終不變，內自守也。（3）受祿當窮，身勞苦也。罷，困也。（4）思得進用，先年老也。

建生案：有關〈思美人〉：

（1）宋．洪興祖《楚辭補注》卷四云：

此章言己思念其君，不能自達，然反觀初志，不可變易，益自修飭，死而後已也。

（2）清．蔣驥《山帶閣注楚辭》卷四：

此篇大旨承〈抽思〉立說。然〈抽思〉始欲陳詞美人，終日斯言誰告。此篇始言舒情莫達，終欲以死諫君。夫乍困者氣雄而漸沮，久淹者心鬱而逾激，勢固然也。兩篇皆作於懷王時，與〈騷經〉皆以彭咸自命，然湘淵之沈，乃在頃襄十數年後。蓋為彭咸、非徒以其死，以其諫耳。誓死以諫君，諫而用，則可以無死，不用而尚可諫，猶弗死也。至於萬不可諫，而後以死為諫，此造思不忘之旨，豈易為俗人道哉。

（3）清．陳本禮《屈辭精義．九章》：

箋注〈思美人〉曰：此因漢北有放回之命，而先言媒絕路阻者，懼到郢無薦達之人，故先欲結言以詒美人也。

按前賢所說，以蔣驥之說為長。蓋〈思美人〉篇中「指嶓冢之西隈兮」，嶓冢，漢水發源，楚極西之地。「吾且儃佪以娛憂兮，觀南人之變態」。屈原貶居漢北，故斥楚國小人「南人之變態」。「獨煢煢而南行兮」，由漢北而思歸楚都郢也。大旨則承〈抽思〉。言「媒絕路阻」，心中「煩冤」「沈菀而莫達」。「命則處幽吾將罷兮」，「獨煢煢而南行」也。

惜往日

惜往日之曾信兮（1），受命詔以昭詩（2）。奉先功以照下兮（3），明法度之嫌疑（4）。

（1）《史記》云：原博聞強志，明於治亂，嫻於辭令。入則與王圖議國事，以出號令；出則接遇賓客，應對諸侯，王甚任之。（2）君告屈原，明典文也。詩，一作時。（3）承宣祖業，以示民也。（4）草創憲度，定眾難也。《史記》云：懷王使屈原造為憲令，屬草稾未定。上官大夫見而欲奪之，屈平不與，因讒之曰：「王使屈平為令，眾莫不知，每一令出，平伐其功，曰：非我莫能為也。」王怒，而疏屈平。

國富強而法立兮（1），屬貞臣而日娭（2）。秘密事之載心兮（3），雖過失猶弗治（4）。

(1)樹立法治，國家富強。(2)委政忠良，而遊息也。娭，音嬉，戲也。(3)秘，守。言負責守國家秘密事，不使外洩。(4)臣有過差，赦貰寬也。

心純庬而不泄兮(1)，遭讒人而嫉之(2)。君含怒而待臣兮(3)，不清澂其然否(4)。

(1)純庬，純正專一。泄沓，敷衍。(2)遭遇靳尚及上官也。(3)上懷忿恚，欲刑殘也。(4)內弗省察，其侵冤也。澂，一作瀓。瀓，音澄。

蔽晦君之聰明兮(1)，虛惑誤又以欺(2)。弗參驗以考實兮(3)，遠遷臣而弗思(4)。

(1)障蔽、晦暗君之聰與明。(2)捏造、欺罔戲弄，若轉丸也。一云：惑虛言又以欺。(3)不審窮覈其端原也。(4)放逐徙我，不肯反省也。

信讒諛之溷濁兮(1)，盛氣志而過之(2)。何貞臣之無辠兮(3)，被離謗而見尤(4)。

(1)聽用邪偽，自亂惑也。溷濁，一作浮說。(2)呵罵遷怒，妄誅戮也。(3)忠正之行，少愆忒。(4)虛蒙誹訕，獲過愆也。

慙光景之誠信兮(1)，身幽隱而備之(2)。臨沅湘之玄淵兮(3)，遂自忍而沈流(4)。

(1)光景：日日夜夜。言日日夜夜都抱持誠信之心，何以身居幽隱，且受責備。(2)雖處草野，而受責備。此言身被放棄，多讒謗也。(3)觀視流水，心悲惻也。(4)遂赴流水，自害生命也。

卒沒身而絕名兮(1)，惜壅君之不昭(2)。君無度而弗察兮(3)，使芳草為藪幽(4)。

(1)姓字斷絕，形體沒也。(2)惜，痛也。懷王壅蔽，不覺悟也。(3)上無撿押，以知下也。(4)賢人放竄，弃草野也。《說文》云：藪，大澤也。

焉舒情而抽信兮(1)，恬死亡而不聊(2)。獨鄣壅而蔽隱兮(3)，使貞臣為無由(4)。

(1)安所展思，拔愁苦也。(2)恬，安也。言安於死亡，不苟生也。(3)遠放隔塞，在裔土也。(4)欲竭忠節，靡其道也。

聞百里之為虜兮(1)，伊尹烹於庖廚。呂望屠於朝歌兮，甯戚歌而飯牛(2)。不逢湯武與桓繆兮(3)，世孰云而知之。

(1)〔補注〕：晉獻公虜虞君與其大夫百里傒，以百里傒為秦繆公夫人媵。百里傒亡秦走宛，楚鄙人執之。繆公聞百里傒賢，以五羖羊皮贖之，釋其囚，與語國事，繆公大說，授之國政，號曰五羖大夫。《莊子》有：秦繆公以五羊之皮籠百里傒。(2)伊尹、呂望、甯戚事見《騷經》、《天問》。(3)湯武之「武」字，似應作「文」，指文王。

吳信讒而弗味兮(1)，子胥死而後憂(2)。介子忠而立枯兮(3)，文君寤而追求(4)。

(1)宰嚭阿諛，甘如蜜也。(2)竟為越國所誅滅也。(3)介子，介子推也。(4)文君，晉文公也。寤，覺也。昔文公被孋姬之譖，出奔齊、楚，介子推從行，道乏糧，割股肉以食文公。文公得國，賞諸從行者，失忘子推。子推遂逃介山隱。文公覺悟，追而求之，子推遂不肯出。文公因燒其山，子推抱樹燒而死，故言立枯也。

封介山而為之禁兮(1)，報大德之優游(2)。思久故之親身兮，因縞素而哭之(3)。

(1)一無「而」字。(2)言文公遂以介山之名封子推，使祭祀之。又封山禁民者，以為介推田，以報其德，優游其靈魂也。《史記》：晉初定，賞從亡，未至隱者介子推，推亦不言祿，祿亦不及。介子推從者，乃懸書宮門。文公出，見其書，曰：「此介子推也。吾方憂王室，未圖其功。」使人召之，則亡。遂求其所在，聞其入緜上山中。於是文公環緜上山中而封之，以為介推田，號曰介山。以記吾過，且旌善人。《莊子》曰：介子推至忠也，自割其股，以食文公。公後背之，子推怒而去，抱木而燔死。(3)言文公思子推親自割其身，恩義尤篤。因為變服，悲而哭之也。

或忠信而死節兮(1)，或訑謾而不疑(2)。弗省察而按實兮(3)，聽讒人之虛辭(4)。芳與澤其雜糅兮(5)，孰申旦而別之(6)？

(1)仇牧、荀息、比干與梅伯也。(2)張儀詐欺，卻不能誅也。(3)君不參錯而思慮也。(4)諂諛毀訾，而加誣也。虛辭：揑造之辭。(5)質性香潤，德之厚也。(6)世無明智，惑賢愚也。

何芳草之早殀兮(1)，微霜降而下戒(2)。諒聰不明而蔽壅兮(3)，使讒諛而日得(4)。

(1)賢臣被讒，命不久也。殀，一作夭。(2)嚴刑卒至，死有時也。下，一作不。微霜降：防微杜漸。(3)君知淺短，無所照也。一云：不聰明。(4)佞人位高，家富饒也。

自前世之嫉賢兮(1)，謂蕙若其不可佩(2)。妒佳冶之芬芳兮(3)，嫫母姣而自好(4)。

（1）憎惡忠直，若仇怨也。前代以來皆如此。（2）賤弃仁智，言難用也。（3）嫉害美善之婉容也。佳，一作娃。吳、楚之閒，謂好曰娃。冶，妖冶，女態。（4）醜嫗自飾以粉黛也。嫫母，都醜也。黃帝妻，貌甚醜。姣，妖媚也。

雖有西施之美容兮(1)，讒妒入以自代(2)。願陳情以白行兮(3)，得罪過之不意(4)。

（1）世有好女之異貌也。（2）嫉妒進讒以替代。（3）表白己忠貞清白之志。（4）不料，譴怒橫異，無宿戒也。

情冤見之日明兮(1)，如列宿之錯置(2)。乘騏驥而馳騁兮(3)，無轡銜而自載(4)。

（1）日明，則真假曲直真相即可分明。（2）皇天羅宿分明。（3）如駕駿馬，而長驅也。騏驥，駿馬也。（4）無轡自載，不能制御，乘車將仆。

乘氾泭以下流兮(1)，無舟楫而自備(2)。背法度而心治兮(3)，辟與此其無異(4)。

（1）乘舟氾船而涉渡也。編竹木曰泭。楚人曰柎，秦人曰撥也。（2）身將沈沒而危殆也。無楫，自備。其譬與背法心治同。（3）背弃聖制，用愚意也。（4）若乘船車無轡櫂也。辟，喻也。與譬同。

寧溘死而流亡兮(1)，恐禍殃之有再(2)。不畢辭而赴淵兮(3)，惜壅君之不識(4)。

（1）意欲淹沒，隨水去也。（2）罪及父母與親屬也。或言楚君將再降罪也。（3）陳言未終，遂自投也。（4）哀上愚蔽，心不照也。壅君，指頃襄王。

建生案：本篇是屈原絕命詞。歷來研究《楚辭》學者，有以〈懷沙〉為絕命詞，如林雲銘《楚辭燈》、劉永濟《屈賦通箋》等。有以〈悲回風〉為絕命詞，如王夫之《楚辭通釋》，王闓運《楚辭釋》。有以本篇為絕筆者，如蔣驥《山帶閣注楚辭》、游國恩《楚辭論文集》等。細讀本文，以本篇為〈懷沙〉（四月作）之後作，為絕命之筆也。如：

（1）清．顧炎武《日知錄》卷九〈楚辭注〉云：

「甘（寧）溘死而流亡兮，恐禍殃之有再。」注謂：「罪及父母與親屬者」，非也。蓋懷王以不聽屈原，而召秦禍。今頃襄王復聽上官大夫之譖，而遷之江南，一身不足惜，其如社稷何！《史記》所云：「楚日以削，數十年竟為秦所滅」，即屈原所謂「禍殃之有再」者也。

（2）清．蔣驥《山帶閣注楚辭．惜往日》：

〈惜往日〉，其靈均絕筆歟？夫欲生悟其君不得，卒以死悟之，此世所謂孤注也。默默而死，不如其已，故大聲疾呼，直指讒臣蔽君之罪，深著背法敗亡之禍，危辭以撼之，庶幾無弗悟也。茍可以悟其主者，死輕於鴻毛。故略子推之死而詳文君之悟，不勝死後餘望焉。《九章》惟此篇詞最淺易，非徒垂死之言，不暇雕飾，亦欲庸君入目而易曉也。

蔣驥以本篇為絕筆之作，蓋垂死之言，不暇雕飾，後於〈懷沙〉，故言「臨沅湘之玄淵兮，遂自忍而沈流。」，「卒沒身而絕名兮，惜壅君之不昭。」，「寧溘死而流亡兮，恐禍殃之有再」，「不畢辭而赴淵兮，惜壅君之不識」。

橘頌

后皇嘉樹，橘徠服兮(1)。受命不遷，生南國兮(2)。深固難徙，更壹志兮(3)。綠葉素榮，紛其可喜兮(4)。

（1）后，后土也。皇，皇天也。服，習也。言皇天后土生美橘樹，異於眾木，來服習南土，便其風氣。屈原自喻才德如橘樹，生於南土。徠與來同。（2）南國，謂江南也。遷，徙也。言橘受天命，生於江南，不可移徙。種於北地，則化而為枳也。屈原自比志節如橘，亦不可移徙。（3）屈原見橘根深堅固，終不可徙，則專一己志，守忠信也。（4）綠，猶青也。素，白也。言橘青葉白華，紛然盛茂，誠可喜也。榮，一作華。《爾雅》：草謂之榮，木謂之華。

曾枝剡棘，圓果摶兮(1)。青黃雜糅(2)，文章爛兮(3)。精色內白，類可任兮(4)。紛緼宜脩(5)，姱而不醜兮(6)。

（1）剡，利也。棘，橘枝，刺若棘也。言橘枝重累，又有利棘，以象武也。其實圓摶，又象文也。（2）一作揉。（3）言橘葉青，其實黃，雜糅俱盛，爛然而明。（4）精，明也。類，猶貌也。言橘實赤黃，其色精明，內懷潔白。以言賢者亦然，外有精明之貌。內有潔白之志，故可任以道，而事用之也。〔補注〕：青黃雜糅，言其外之文；精色內白，言其中之質也。（5）一作修。（6）紛緼，盛貌。醜，惡也。言橘類紛緼而盛，如人宜修飾，形容盡好，無有醜惡也。

嗟爾幼志，有以異兮(1)。獨立不遷，豈不可喜兮(2)？深固難徙，廓其無求兮(3)。蘇世獨立，橫而不流兮(4)。

（1）爾，汝也。幼，小也。橘樹年少，既定下與眾不同之志。亦以喻己。（2）言橘樹，獨立堅固，不可遷徙，誠可喜也。（3）〔補注〕：凡與世遷徙者，皆有求也。吾之志舉世莫得而傾之者，無求於彼故也。（4）蘇，寤也。蘇世獨立，指清醒地獨立在世界上。橫，橫絕。不流：不隨波逐流。猶屈原忠直，橫立自持，不隨俗人也。

閉心自慎，不終失過兮(1)。秉德無私，參天地兮(2)。願歲并謝，與長友兮(3)。淑離不淫，梗其有理兮。

（1）言己閉心捐欲，謹慎自守，終不敢有過失也。（2）秉，執也。言己執履忠正，行無私阿，故參配天地，通之神明，使知之也。（3）謝，去也。己願與橘同心并志，此言己年雖與歲月俱逝，願長與橘為友也。

年歲雖少，可師長兮(1)。行比伯夷，置以為像兮(2)。

（1）年歲雖少，指橘樹初生，亦言己年雖幼少，誠可師用長輩而事之。（2）像，法也，榜樣。伯夷，孤竹君之子也。父欲立伯夷，伯夷讓弟叔齊，叔齊不肯受，兄弟弃國，俱去之首陽山下。周武王伐紂，伯夷、叔齊扣馬諫之曰：「父死不葬，謀及干戈，可謂孝乎？」以臣弒君，可謂忠乎？左右欲殺之，太公曰：「不可」。引而去之。遂不食周粟而餓死。韓愈〈伯夷頌〉曰：伯夷者，特立獨行，窮天地，亘萬世而不顧者也。」（《韓昌黎文全集》卷三，一九九一年十月，廣文書局）屈原獨立不遷，宜與伯夷無異。乃自謂近於伯夷，而置以為像，尊賢之詞也。

建生案：有關〈橘頌〉，作者無清楚表示創作時間，後人有不同解讀。然就其文本「嗟爾幼志」、「年歲雖少」看來，應為少年之作。前人論及〈橘頌〉者，如：

（1）梁．劉勰《文心雕龍．頌贊》云：

四始之至，《頌》居其極。頌者，容也，所以美盛德而述形容也。昔帝嚳之世，咸墨為頌，以歌《九韶》。自商以下，文理允備。……及三閭〈橘頌〉，情采芬芳，比類寓意，又覃及細物矣。

（2）宋．洪興祖《楚辭補注》卷四《九章．橘頌》：

美橘之有是德，故曰《頌》。《管子》篇名有〈國頌〉。說者云：頌，容也，陳為國之形容。

（3）宋．史繩祖《學齋佔畢》卷二〈周子愛蓮說如屈原橘頌〉云：

《左傳》云：「譬諸草木，吾臭味也。」屈平〈離騷經〉一篇之中，固以香草比君子矣。然於《九章》中，特出〈橘頌〉一章，朱文公謂「受命不遷，謂橘踰淮為枳也。原自比志節如橘，不可移徙也。末乃言橘之高潔，可比伯夷，宜立以為像而效法之，亦因以自託。」而謂濂溪周子作〈愛蓮說〉，謂蓮為花之君子，亦以自況，與屈原千古合轍。……

（4）清・陳本禮《屈辭精義・九章》：

余細玩其詞，雖不能定其作於何時，其曰「受命不遷」，是言稟受天賦之命，非被放之命也；其曰「嗟爾幼志」、「年歲雖少」，明明自道，蓋早年童冠時作也。

前人所述，以屈原年少為合理。「頌」本是宗廟贊美詩，有歌兼舞之意。到西漢以後，有許多流派。有韻文（如元結〈大唐中興頌〉），有散文（如韓愈〈伯夷頌〉），頌事（如史岑〈出師頌〉），頌物（如劉伶〈酒德頌〉）。

而〈橘頌〉，從形式上說，繼承《詩經》。《詩經・鄭風・野有蔓草》云：「野有蔓草，零露漙兮；有美一人，清揚婉兮；邂逅相遇，適我願兮。野有蔓草，零露瀼瀼，有美一人，婉如清揚。」而〈橘頌〉則云：「后皇嘉樹，橘徠服兮。受命不遷，生南國兮。」很明顯，本篇詩歌形式受《詩經》影響。屈子曾出使齊國，間接證明，屈子早年仿《詩經》作。

至於創作時間，是屈原早年之作，可以肯定。詩中歌頌橘樹「受命不遷，生南國兮。深固難徙，更壹志兮。」只僅有「綠葉素榮」、「曾枝剡棘，圓果摶兮。青黃雜糅，文章爛兮。精色內白，類可任兮。……」「秉德無私，參天地兮。」「行比伯夷，置以為像兮。」修飾潔白行為，以為取法。

悲回風

悲回風之搖蕙兮(1)，心冤結而內傷(2)。物有微而隕性兮(3)，聲有隱而先倡(4)。

（1）回風為飄，飄風回邪，以興讒人。（2）言飄風動搖芳草，使不得安。內傷，內心哀傷。（3）隕，落也。言芳草為物，其性微眇，易以隕落。以言賢者用志精微，亦易傷害也。（4）倡，始也。言讒人之言隱匿其聲，先倡導君，使亂惑也。

夫何彭咸之造思兮，暨志介而不忘(1)！萬變其情豈可蓋兮(2)，孰虛偽之可長(3)！

（1）此言物有微而隕性者，已獨不忘彭咸之志節。（2）蓋，覆也。言讒人長於巧詐，情意萬變，轉易其辭，前後反覆，如明君察之，則知其態也。（3）〔補注〕：此言聲有隱而先倡者，然明者察之，則虛偽安可久長乎？

鳥獸鳴以號群兮(1)，草苴比而不芳(2)。魚葺鱗以自別兮(3)，蛟龍隱其文章(4)。

（1）號，呼也，音豪。群，伴也。（2）生曰草，枯曰苴。比，合也。言飛鳥走獸，羣鳴相呼，則生草、枯草合其莖葉，芬芳以不暢也。（3）葺，累也。言游魚整治魚鱗，自以異於尋常。（4）言眾魚張其鬐尾，葺累其鱗，則蛟龍隱其文章而避之也。言俗人朋黨恣其口舌，則賢者亦伏匿而深藏也。

故荼薺不同畝兮(1)，蘭茝幽而獨芳(2)。惟佳人之永都兮(3)，更統世而自貺(4)。

（1）《爾雅》：荼，苦菜。葉似苦苣而細，花黃似菊，堪食，但苦耳。《本草》云：薺，味甘，人取其菜，作菹及羹。《詩・谷風》卷二云：誰謂荼苦，其甘如薺。此言荼苦而薺甘，不同畝而生也。（2）以言賢人雖居深山，不失其忠正之行。（3）佳人，謂懷、襄王也。永都：永遠美好。（4）更，代也。祝，與也。己念懷王長居郢都，世統其位，父子相舉，今不任賢，亦將危殆也。貺，賜也。

眇遠志之所及兮（1），憐浮雲之相羊（2）。介眇志之所惑兮（3），竊賦詩之所明（4）。

（1）言己常眇然高志，執行忠直，冀上及先賢也。（2）相羊，言己放弃，若浮雲之氣，東西無所據依也。（3）介，節也。言己能守耿介之眇節，以自惑娛，不用於世也。（4）竊，自也。賦，鋪也。詩，志也。言己守高眇之節，不用於世，則鋪陳其志，以自證明也。

惟佳人之獨懷兮（1），折若椒以自處（2）。曾歔欷之嗟嗟兮（3），獨隱伏而思慮（4）。

（1）懷，思。（2）言己獨念懷王，雖見放逐，猶折香草，以自修飾行善，終不怠也。若，杜若。（3）歔欷，啼貌。曾，一作增。（4）言己思念懷王，悲啼歔欷，雖獨隱伏，猶思道德，欲輔助之也。

涕泣交而淒淒兮（1），思不眠以至曙（2）。終長夜之曼曼兮（3），掩此哀而不去（4）。

（1）淒，寒涼也。（2）曙，明也。以，一作而。至，一作極。（3）曼曼，長貌。（4）心常悲慕。不去，排解不了。

竊從容以周流兮(1)，聊逍遙以自恃(2)。傷太息之愍憐兮(3)，氣於邑而不可止(4)。

(1)覺立徙倚而行步也。(2)且徐游戲，內自娛也。(3)憂悴重歎，心辛苦也。(4)氣逆憤懣，結不下也。於邑，短氣，鬱結。

糺思心以為纕兮(1)，編愁苦以為膺(2)。折若木以蔽光兮(3)，隨飄風之所仍(4)。

(1)糺，戾也。糾思，把憂思紐結成佩帶。纕，佩帶也。一作瓖。(2)編，結也。膺，絡胸者也。言將愁苦編成絡胷。(3)光，謂日光。折若木以蔽光，欲其無所見。(4)仍，因也。言隨飄風吹往其他方。

存髣髴而不見兮(1)，心踊躍其若湯(2)。撫珮衽以案志兮(3)，超惘惘而遂行(4)。

(1)髣髴，形似也。眼前的視線不清(謫居遠離君國)(2)言己設欲隨從羣小，存其形貌，察其情志，不可得知，故忠貞之心沸熱若湯也。(3)整飭衣裳，自寬慰也。(4)失志偟遽，而直逝也。

歲曶曶其若頹兮(1)，時亦冉冉而將至(2)。薠蘅槁而節離兮(3)，芳以歇而不比(4)。

(1)年歲轉去，而流沒也。曶，音忽。若頹，若物件下墜。(2)春秋更到，與老會也。(3)喻己年衰，齒隨落也。節離，草枯則節處脫落。(4)芳草衰歇，而香氣消散。

憐思心之不可懲兮(1)，證此言之不可聊(2)。寧逝死而流亡兮(3)，不忍為此之常愁(4)。

（1）思心，思君國之心。儆，罷休。（2）明己之謀不空設也。證，證實。此言，陳忠心之言。不可聊，不空設。（3）意欲終命，心乃快也。逝，一作溘。〈離騷〉有：寧溘死以流亡兮，余不忍為此態也。（4）心情悁悁，常如愁也。

孤子唫而抆淚兮(1)，放子出而不還(2)。孰能思而不隱兮(3)，照彭咸之所聞(4)。

（1）自哀煢獨，心悲愁也。唫，古「吟」字，歎也。抆，音吻，拭也。（2）遠離父母，無依歸也。放子：見逐於君，猶被放之子，遠離父母。（3）誰有悲哀而不憂也。隱，憂也。（4）覩見先賢之法則也。

登石巒以遠望兮(1)，路眇眇之默默(2)。入景響之無應兮(3)，聞省想而不可得(4)。

（1）昇彼高山，瞰楚國也。（2）郢道遼遠，居僻陋也。（3）竄在山野，無人域也。（4）目視耳聽，歎寂默也。

愁鬱鬱之無快兮(1)，居戚戚而不可解(2)。心鞿羈而不形兮(3)，氣繚轉而自締(4)。

（1）中心煩冤，常懷忿也。無快，無快樂。（2）思念憔悴，相連接也。（3）肝膽係結，難解釋也。鞿羈，見《騷經》。不形，謂中心係結，無法展開，不見於外也。（4）思念緊卷而成結也。繚，音了，纏也。締，結，不解也。

穆眇眇之無垠兮(1)，莽芒芒之無儀(2)。聲有隱而相感兮(3)，物有純而不可為(4)。

（1）天與地合，無垠形也。（2）草木彌望，容貌盛也。儀，匹也。（3）鶴鳴九皋，聞於天地。聲音雖微，也能互相感應。（4）松柏冬生，稟氣純也。

藐蔓蔓之不可量兮(1)，縹緜緜之不可紆(2)。愁悄悄之常悲兮(3)，翩冥冥之不可娛(4)。

(1)八極道理，難算計也。(2)細微之思，難斷絕也。紆，縈也。(3)憂心慘慘，常涕泣也。悄，《詩・柏舟》卷二云：憂心悄悄，慍於羣小。(4)身處幽冥，心不樂也。翩，疾飛也。

淩大波而流風兮(1)，託彭咸之所居(2)。

(1)意欲隨水而自退也。(2)從古賢俊，自沈沒也。

上高巖之峭岸兮(1)，處雌蜺之標顛(2)。據青冥而攄虹兮(3)，遂儵忽而捫天(4)。

(1)我欲升彼山石之峻峭也。(2)託乘風氣，遊天際也。棲息雌蜺之頂端。(3)上至玄冥，舒光耀也。(4)所至高眇，不可逮也。

吸湛露之浮源兮(1)，漱凝霜之雰雰(2)。依風穴以自息兮(3)，忽傾寤以嬋媛(4)。

(1)湛，厚也。浮源，疑作浮浮，露濃重之象，與雰雰對舉。(2)雰雰，霜貌也。言己雖昇青冥，猶能食霜露之精，以自潔也。(3)風穴，北方寒風從地出也。息，休也。(4)心覺自傷，又痛惻也。嬋媛，婉轉牽掛。

馮崑崙以瞰霧兮(1)，隱岷山以清江(2)。憚涌湍之礚礚兮(3)，聽波聲之洶洶(4)。

(1)遂登崑崙神山，觀濁亂之氣也。馮，登也。(2)岷山，江所出也。依神山而止，欲清澄邪惡者也。(3)憚，難也。涌湍，危阻也。以興讒賊，危害賢人也。礚，石聲。(4)水得風而波，以喻俗人言也。己欲澄清邪惡，復為讒人所危，俗人所謗訕也。洶，水勢。

紛容容之無經兮（1），罔芒芒之無紀（2）。軋洋洋之無從兮（3），馳委移之焉止（4）。

（1）己欲隨眾容容，則無經緯於世人也。（2）又欲罔然芒芒，無據無則，則無以立紀綱，垂號謚也。〔補注〕：此言楚國上下昏亂，無綱紀也。（3）荒忽不明，如水洋洋，不知從何而來。（4）大水不知流向何方。

漂翻翻其上下兮（1），翼遙遙其左右（2）。氾潏潏其前後兮（3），伴張弛之信期（4）。

（1）水流上下浮動。（2）或左或右漂盪。（3）前後氾濫。氾，濫也。（4）伴，俱也。張弛：潮水漲退。信期：有期。

觀炎氣之相仍兮，窺煙液之所積（1）。悲霜雪之俱下兮，聽潮水之相擊（2）。借光景以往來兮，施黃棘之枉策（3）。

（1）炎氣，南方火也。火氣煙上天為雲，雲出湊液而為雨也。相仍者，相從也，相續也。煙液所積者，所聚也，雲雨也。（2）悲霜雪之下降，聽潮水不停撞擊。（3）言己願借神光電景，飛注往來，施黃棘之刺，以為馬策。言其利用急疾也。〔補注〕：言己所以假延日月，往來天地之閒，無以自處者，以其君施黃棘之枉策故也。初，懷王二十五年，入與秦昭王盟約於黃棘，其後為秦所欺，卒客死於秦。今頃襄信任姦回，將至七國，是復施行黃棘之枉策也。黃棘，地名。

求介子之所存兮（1），見伯夷之放迹（2）。心調度而弗去兮（3），刻著志之無適（4）。

（1）介子推也。所存：故里。（2）伯夷，叔齊兄也。放，放逐也。（3）弗，一作不。調度，見《騷經》。此言一再思量，不忍離去。（4）刻著，刻勵。無適，言己思慕子推、伯夷清白之行，剋心遵樂，志無所復適也。

曰：吾怨往昔之所冀兮（1），悼來者之悐悐（2）。浮江淮而入海兮，從子胥而自適（3）。望大河之洲渚兮，悲申徒之抗迹（4）。

（1）冀，幸也。言己怨往古以忠事君，而希望不能實現。（2）悐，惕也。悼來者事物為我惕勵。（3）自適，自安。〔補注〕：《越絕書》曰：子胥死，王使捐於大江，乃發憤馳騰，氣若奔馬，乃歸神大海。（4）申徒狄也。殷末人也，不忍見紂亂，自沈於淵。《莊子》有：申徒狄諫而不聽，負石自投於河。

驟諫君而不聽兮（1），重任石之何益（2）。心絓結而不解兮（3），思蹇產而不釋（4）。

（1）驟，數也。（2）任，負也。百二十斤為石。言己數諫君，而不見聽。雖欲自任以重石，終無益於萬分也。一云：任重石。（3）絓，懸。一作結絓。（4）蹇產，猶詰屈也。言己乘水蹈波，乃愁而恐懼，則心懸結詰屈而不可解。

建生案：本篇創作時間，前人有多種說詞。就篇中哀哀之音，應離沉湘不遠。前人如：

（1）宋・洪興祖《楚辭補注》卷四《九章・悲回風》：

此章言小人之盛，君子所憂，故託游天地之間，以洩憤懣，終沉汨羅，從子胥、申徒，以畢其志也。

（2）清・王夫之《楚辭通釋・悲回風》：

此章亦以篇首名篇，蓋原自沉時永訣之辭也。無所復怨於讒人，無所興嗟於國事，既悠然以安死，抑戀君而不忘。

（3）清・蔣驥《山帶閣注楚辭》卷四〈悲回風〉：

此篇繼〈懷沙〉而作。於彭咸之志，反覆著明，幾已死矣。而卒不死，蓋恐死不足以悟君，徒死無益。而尚幸其未死而悟。則又不如不死之為愈也。故原之於死詳矣。原死以五月五日，茲其隔年之秋也歟。

（4）清・方東樹《昭昧詹言》卷八〈杜公〉：

朱子論屈子《九章》，以為「其詞大抵多直致，無潤色。而〈惜往日〉、〈悲回風〉，又其臨絕之音。以故顛倒重複，倔強疏鹵，尤憤懣而極悲哀，讀之使人太息流涕而不能已。」

本篇蔣驥以為繼〈懷沙〉之作，〈懷沙〉為四月作，四月後屈子再寫〈悲回風〉，詩中多引「彭咸所居」明言死志。而後寫絕命詞〈惜往日〉「不畢辭而赴淵」也。

本篇使用許多雙聲疊韻聯綿字，《九章》中，以〈悲回風〉音韻纏綿悽惻，表現幽怨之情。如：「穆眇眇之無垠兮，莽芒芒之無儀」，「藐蔓蔓之不可量兮，縹綿綿之不可紆。」「愁悄悄之常悲兮，翩冥冥之不可娛。」「吸湛露之浮源兮，漱凝霜之雰雰。」「依風穴以自息兮，忽傾寤以嬋媛。」「憚涌湍之磕磕兮，聽波聲之洶洶。」「紛容容之無經兮，罔芒芒之無紀。」「軋洋洋之無從兮，馳委移之焉止。」「漂翻翻其上下兮，翼遙遙其左右。」等等，言小人之盛，君子所憂，諫君不聽，將隨伍子胥、申徒狄自沉。

六、卜居

王逸云：〈卜居〉者，屈原之所作也。屈原體忠貞之性，而見嫉妒。念讒佞之臣，承君順非，而蒙富貴。己執忠直而身放弃，心迷意惑，不知所為。乃往至太卜之家，稽問神明，決之蓍龜，卜己居世何所宜行，冀聞異策，以定嫌疑。故曰〈卜居〉也。

屈原既放，三年（1）不得復見（2）。竭知盡忠（3），而蔽鄣於讒（4）。心煩慮亂（5），不知所從（6）。

（1）〈哀郢〉為頃襄王二十一年，「九年而不復」，言屈原二次放逐至江南在頃襄王十二年。則此言「三年」應為頃襄王十五年。（2）道路僻遠，所在險也。（3）建立策謀，披心胸也。知，一作智。（4）遇諂佞也。一無「而」字。（5）慮憤悶也。慮，一作意。（6）迷所著也。一云：迷瞀眩也。

往見太卜（1）鄭詹尹（2）曰：「余有所疑（3），願因先生決之（4）。」詹尹乃端策拂龜（5），曰：「君將何以教之（6）？」

（1）掌卜筮的官。稽神明也。一此句上有「乃」字。（2）太卜姓名也。（3）意遑惑也。（4）斷吉凶也。（5）端，端正。策，古代占卜用的蓍筆。端策，把蓍草擺正。拂，拭去。龜，占卜用的龜甲。拂龜，拂去龜甲的灰塵。（6）願聞其要。有什麼要占卜的。一無「將」字。

屈原曰：「吾寧悃悃欵欵（1）朴以忠乎（2）？將送往勞來（3）斯無窮乎（4）？

（1）欵，一作款。悃款，誠實傾盡之貌（朱子說）。（2）朴實而忠誠。（3）送往迎來之意。（4）如此長遠下去。

寧誅鋤草茅（1），以力耕乎（2）？將游大人（3）以成名乎（4）？

（1）誅，剪除。草茅，雜草。（2）力，努力。耕，耕作。種稼穡也。（3）事貴戚也。大人，猶貴人。（4）建立榮譽也。

寧正言不諱（1）以危身乎（2）？將從俗富貴（3）以媮生乎（4）？

（1）正言，正直的話。諱，隱瞞，忌諱。（2）自身被刑戮也。（3）迎合世俗，食重祿也。（4）身安樂也。媮，偷的異體字。樂也。

寧超然高舉（1）以保真乎（2）？將哫訾栗斯（3），喔咿儒兒（4）以事婦人乎（5）？

（1）遠離高飛，或隱退也。讓官爵也。（2）保全自己真實本性。守玄默也。（3）承顏色也。栗，一作慄。斯，一作嘶。一作：促訾粟斯。哫、促，竝音足。哫訾，以言求媚也。與栗斯意思相同，形容屈己從人可耻作風。慄，音栗，粟，讀若慄，音粟。（4）一作嚅唲。喔，音握。咿，音伊。嚅，音儒。唲，音兒。皆強笑之貌。亦是屈己從人可耻之風。（5）婦人，指鄭袖。以事婦人，諂君之所寵者。舉朝因事鄭袖而進，舍惟隱退。

寧廉潔正直（1）以自清乎（2）？將突梯滑稽（3），如脂如韋（4），以潔楹乎（5）？

（1）志如玉也。潔，一作絜。（2）修潔白也。（3）轉隨俗也。突，滑也。滑，音骨。滑稽，混淆是非，圓轉縱舍無窮之狀。一云：酒器也。轉注吐酒，終日不已。出口成章，不窮竭，若滑稽之吐酒。（4）脂，油脂。韋，熟牛皮。（5）潔，一作絜。絜楹，謂同諂諛也。

寧昂昂(1)若千里之駒乎(2)？將氾氾(3)若水中之鳧乎(4)，與波上下(5)，偷以全吾軀乎(6)？

（1）氣概軒昂貌。昂，一作卬。（2）一日馳千里之良馬。〔補注〕：漢武帝謂劉德為千里駒。顏師古云：言若駿馬可致千里也。（3）氾氾，鳥浮貌。浮游無定之義。（4）鳧，野鴨也。（5）隨眾卑高。（6）偷，一作愉。苟且也。

寧與騏驥亢軛乎(1)？將隨駑馬之迹乎(2)？寧與黃鵠比翼乎(3)？將與雞鶩爭食乎(4)？此孰吉孰凶(5)？何去何從(6)？

（1）亢，音抗，一作抗。軛，車轅前套住牲口脖子的曲木。亢軛，並駕之意。騏驥抗軛，謂與賢才齊列也。（2）駑馬，劣馬，喻不才之臣。（3）黃鵠，天鵝鳥，一舉千里。喻逸士也。比翼，猶比肩也。（4）雞鶩，喻讒夫，比喻與讒夫爭食，爭食祿也，鶩，鴨也。（5）哪個吉祥？哪個不吉祥？（6）何去何從。

世溷濁而不清，蟬翼為重，千鈞為輕(1)；黃鐘毀棄(2)，瓦釜雷鳴(3)；讒人高張(4)，賢士無名(5)。吁嗟默默兮(6)，誰知吾之廉貞(7)！」

(1)三十斤為鈞。千鈞，代表最重的份量。此言隨俗顛倒，重小人輕君子也。(2)黃鐘，古十二律之一，最響亮音調。(3)瓦釜，瓦做的鍋子。雷鳴，像雷一樣的響，到處可聽到。(4)居朝堂也。〔補注〕：張，音帳。自侈大也。(5)無名，沒有名位，不被任用。(6)世莫論也，默，一作嘿。默不作聲。(7)不別賢也。

詹尹乃釋策而謝(1)，曰：「夫尺有所短(2)，寸有所長(3)，物有所不足(4)，智有所不明(5)，數有所不逮(6)，神有所不通(7)。

(1)釋，舍也，放下。謝，辭也。愚不能明也。(2)尺比寸長，比之於更長，顯得短；寸比尺短，用於更短處，卻顯得長。(3)《莊子・秋水》云：騏驥、驊騮，一日而馳千里，捕鼠不如貍狌，寸有所長也。(4)《列子》曰：物有不足。天傾西北，地不滿東南。(5)堯、舜知不偏物，孔子不如農圃。(6)雖有定數，天不可計量也。蓋盈虛禍福難明也。(7)智有所困，神有所不及也。如伯夷之仁，餓死首陽；如盜跖之流，壽終牖下也。

用君之心(1)，行君之意(2)，龜策誠不能知事(3)。」

(1)用你自己心思。(2)實行自己主張。(3)龜策知尋常之禍福，君欲存君興國，挽回造化，龜策難料，不能決定君之志。

建生案：〈卜居〉與〈漁父〉是同一類型作品，其作者王逸《楚辭章句》題為屈原所作。後人如明・張京元《刪注楚辭》、清・崔述《考古續說・觀書餘論》、胡適《讀楚辭》、游國恩《楚辭概論》、郭沫若《屈原研究》等學者，皆以為後人偽作。(可參馬茂元《楚辭注釋》頁四六三起，文津出版)。

在司馬遷《史記・屈原本傳》，將〈懷沙〉、〈漁父〉篇全文引錄，作為屈原生平的材料。不過，漢代以來大部分的注家，還是認定兩篇作品是屈原所作。包括：王逸、汪瑗、王夫之、林雲銘、蔣驥及近代姜亮夫《屈原賦校注》、丁力〈關於屈原作品的真偽問題〉（收於《文學遺產增刊》第一輯）、和陳子展〈卜居、漁父是否屈原所作〉（《學術月刊》一九六二年六月號）。

就〈卜居〉、〈漁父〉兩篇散韻文體言，上承《論語》、《春秋》、《左氏傳》、《墨子》、《老子》、《莊子》，乃自民間傳聞、歌謠，發展出這種散韻問答體詩篇。

而寫作的動機，正如王逸《楚辭章句》說的：「屈原體忠貞之性，而見嫉妒。念讒佞之臣，承君順非，而蒙富貴。已執忠直而身放棄，心迷意惑，不知所為。乃往至太卜之家，稽問神明，決之蓍龜，卜已居世，何所宜行，冀聞異策，以定嫌疑，故曰卜居也。」蔣驥《山帶閣注楚辭》以為：「居，謂所以自處之方。」也就是說，當前混濁的社會，屈原問太卜，通過問卜來決定自己對現實社會，應該採取什麼態度。太卜佯為不知，假蓍龜以決疑。最後，太卜的忠言是：「用君之心，行君之意。」屈原的心意，在於「存君興國」，可惜的是，楚國在上下顛倒，黑白不分，小人得志，君子遠離廟堂的情況下，自己請求太卜決疑，神明亦有所不知，「故言龜策誠不能知事。」由此看，屈原是不信卜筮的思想者。又，就創作時間言，〈哀郢〉篇為頃襄王二十一年，故言「九年而不復」，言屈原二次放逐至江南，在頃襄王十二年。則〈卜居〉言「三年不得復見」，應在頃襄王十五年。

七、漁父

屈原既放(1)，游於江潭(2)，行吟澤畔(3)，顏色憔悴(4)，形容枯槁(5)。

（1）放，放逐。言身斥逐也。（2）江，屈原放逐江南，由沅入湘，自沉汨羅。詩中言「寧赴湘流，葬於江魚之腹中。」所指江，似乎沅江較妥。（3）行吟，邊走邊吟。澤畔，水邊。（4）顏色，顏面，臉色。憔悴：臉色不好看，精神萎靡。（5）形容，身體和容貌。枯槁，枯瘦。

漁父見而問(1)之曰：「子非三閭大夫與(2)？何故至於斯？」

（1）之，指漁父，打漁的人。（2）與，《史記》作歟。三閭大夫，王逸〈離騷序〉云：「屈原與楚同姓，仕於懷王為三閭大夫。三閭之職，掌王族三姓曰昭、屈、景。」

屈原曰：「舉世皆濁(1)我獨清(2)，眾人皆醉(3)我獨醒(4)，是以見放(5)。」

（1）眾貪鄙也。一作：世人皆濁。（2）志潔己也。濁、清，指品德行為。（3）昧於時勢安危。（4）醉、醒，指當時對楚國形勢的了解。林雲銘說：「濁，指溺利欲言；醉，指無知識言。」（5）見放，被放逐。棄草野也。一本此句末有「爾」字。

漁父曰(1)：「聖人不凝滯於物(2)，而能與世推移(3)。」

（1）打漁的人，或言隱士。（2）凝，凍結。滯，停留不前。凝滯，指主觀意志的執著。一本物上有「萬」字。（3）屈伸變化，隨俗方圓。

世人皆濁（1），何不淈其泥（2）而揚其波（3）？眾人皆醉（4），何不餔其糟（5）而歠其醨（6）？何故深思高舉（7），自令放為（8）？」

（1）溺於利，貪婪也。一作：舉世皆濁。《史記》云：舉世混濁。（2）同其風也。淈，音骨，使濁也。（3）與沈浮也。淈泥揚波，不分清濁，隨世俗之流也。（4）昧於安危。（5）餔，食也。糟，酒糟，酒渣。從其俗也。（6）歠，飲也。糟、醨，皆酒滓。醨，薄酒也。（7）深思，謂憂君與民也。高舉，高出世俗的行為。（8）令，使得。為，句末語氣詞，表示疑問。《史記》云：何故懷瑾握瑜而自令見放為？

屈原曰：「吾聞之（1），新沐者必彈冠（2），新浴者必振衣（3）。安能以身之察察（4），受物之汶汶者乎（5）？

（1）聽前賢之言也。（2）《荀子．不苟》云：新浴者振其衣，新沐者彈其冠，人之情也。（世界書局）（3）去塵穢也。（4）察察，潔白也。（5）蒙垢塵也。汶，音門。微塵，沾辱也。

寧赴湘流（1），葬於江魚之腹中（2）。安能以皓皓之白（3），而蒙世俗之塵埃乎（4）？」

（1）自沈淵也。湘流，湘水。（2）《史記》云：而葬乎江魚腹中耳。（3）皓皓，猶皎皎也。皓、白，喻己之行為貞潔。（4）受世俗之點污也。一無「而」字。塵埃，《史記》作溫蠖。說者曰：溫蠖，猶惛憒也。

漁父莞爾而笑(1)，鼓枻而去(2)，歌曰(3)：「滄浪之水清兮(4)，可以濯吾纓(5)；滄浪之水濁兮(6)，可以濯吾足(7)。」

（1）莞爾，微笑的樣子。（2）鼓，划動。叩船舷也。（3）一本「歌」上有「乃」字。（4）《尚書・禹貢》：嶓冢導漾，東流為漢；又東為滄浪之水。蔣驥說：滄浪水，在今常德府龍陽縣，本滄浪二山發源合流為滄浪之水。（5）濯，洗。纓，帽帶。沐浴升朝廷也。清，喻明時，可以修飾冠纓而仕也。（6）濁，喻世昏闇。（7）宜隱遁也。濁喻亂世，可以抗足遠去。蔣驥云：濯纓濯足，蓋與世推移。

遂去，不復與言(1)。

（1）遂，就。復，再。與，和。不復與言，不和屈原再說話。

建生案：有關〈漁父〉篇作者，在〈卜居〉篇已論及，為屈原所作。前人論及本篇如：

（1）漢・王逸《楚辭章句・漁父》云：

〈漁父〉者，屈原之所作也。屈原放逐，在江湘之間，憂愁嘆吟，儀容變易；而漁父避世隱身，釣魚江濱，欣然自樂，時遇屈原川澤之域怪而問之，遂相應答。楚人思念屈原，因敘其辭以相傳焉。

（2）宋・洪邁《洪邁詩話》（《容齋詩話》）卷二云：

自屈原詞賦假為「漁父曰（原作「日」，應改為曰）」者問答之後，後人作者，悉相規仿。司馬相如〈子虛〉、〈上林〉賦，以子虛、烏有先生、亡是公。揚子雲〈長楊〉賦，以翰林主人，子墨客卿。班孟堅〈兩都賦〉，以西部賓、東都主人。張平子〈兩都〉賦，以憑虛公子、安處先生。左太沖〈三都賦〉，以西蜀公子、東吳王孫、魏國先生。皆改名換字，蹈襲一律，無復超然新意。（吳文治《宋詩話全編》第六冊）

（3）明・都穆《都穆詩話》（《南濠詩話》）：

六經如《詩》、《書》、《春秋》、《禮記》，所載無非實事，自騷賦之作興，託為漁父、卜者及無是公、烏有先生之類，而文辭多漫語。其源出於《莊子》。《莊子》一書，大抵皆寓言也。（吳文治《明詩話全編》第二冊）

（4）清・王夫之《楚辭通釋・漁父》：

漁父者，屈原述所遇而賦之。江漢之間，古多高蹈之士，隱於耕釣，若接輿、莊周之流，皆以全身遠害為道。漁父蓋其類也。閔原之忠貞，將及於禍，而欲以其道易之。原感而述之，以明己非不知此，而休戚與俱，含情難忍，修能已夙，素節難汙。未嘗不知冥飛蠖屈者；笑已徒勞，而固不能從也。按漢水東為滄浪之水，在今均州武當山東南。漁父觸景起興。澤此篇為懷王時退居漢北所作可知。《孟子》亦載此歌，蓋亦孔子自葉、鄧適楚時所聞漢之風謠也。

（5）清・蔣驥《山帶閣注楚辭・漁父》：

舊解以滄浪為漢水下流。余按今揚州沔陽，皆有滄浪，在大江之北，原遷江南，固不能復至其地，且與篇首游於江潭，不相屬矣。及觀楚省全志，載原與漁父問答者多有，皆影響不足憑。惟武陵龍陽，有滄山、浪山及滄浪之水，又有滄港市、滄浪鄉、三閭港、屈原巷。參而覈之，最為有據。蓋自涉江入溆浦之後，返行適湘，而從容邂逅乎此。其言寧赴湘流，則〈懷沙〉汨徂南土之先聲也。

以上諸說，以蔣驥《山帶閣注楚辭》為可信。原自涉江入溆浦後，返行適湘，邂逅漁父於此。寧赴湘流，為〈懷沙〉汨徂南土之先聲。後人寫作，有接輿、漁父之類，無是公、烏有先生之詞，托興來源於此。至於創作時間，前已論及，以頃襄王十五年為接近。

八、招魂

朕幼清以廉潔兮（1），身服義而未沬（2）。主此盛德兮，牽於俗而蕪穢（3）。上無所考此盛德兮，長離殃而愁苦（4）。

（1）朕，我也。不求曰清，不受曰廉，不汙曰潔。潔，一作絜。（2）沬，已也。言我少小修清潔之行，身服仁義，未曾有懈已之時也。（3）牽，引也。不治曰蕪。多草曰穢。言己主執仁義忠信之德，為讒佞所牽迫，使荒蕪穢污而不得進。（4）殃，禍也。

帝告巫陽（1）曰：「有人在下（2），我欲輔之（3）。魂魄離散，汝筮予之（4）！」

（1）帝，謂天帝也。巫陽，神巫。屈原立天帝及巫陽以為開端。（2）在，一作於。（3）人，謂賢人，楚懷王也。輔，輔佐其魂魄歸位。（4）天帝哀閔懷王魂魄離散，離身而去，故使巫陽筮問求索，得而與之，使反其身也。予，一作與。

巫陽對曰：「掌夢（1）。上帝其（命）難從（2）。若必筮予之，恐後之。謝不能。」復用巫陽焉（3）。

（1）巫陽對天帝言，招魂者，本掌夢之官所主職也。（2）招魂非巫陽本職，天帝之命，巫陽難從。一云：其命難從。（3）謝，去也。巫陽言如必欲先筮問求魂魄所在，然後與之，魂魄離散，來不及輔佐。

乃下招曰(1)：魂兮歸來(2)！去君之恆幹(3)，何為四方些(4)？舍君之樂處，而離彼不祥些(5)！

（1）巫陽受天帝之命，因下招屈原之魂。乃，一作因。（2）還歸懷王之身。（3）恆，常也。幹，體也。（4）言魂靈當歸於元體，何為去君之常體，而遠之四方乎？（5）舍，棄也，一作捨。祥，善也。言何為舍君楚國饒樂之處，而遇此魂魄離散之災難。

魂兮歸來！東方不可以託些(1)。長人千仞，惟魂是索些(2)。十日代出(3)，流金鑠石些(4)。

（1）託，寄也。（2）七尺曰仞。索，求也。言東方有長人之國，其高千仞，主求人魂而食之也。（3）代，更。（4）鑠，銷也。言東方有扶桑之木，十日竝在其上，以次更行，其熱酷烈，金石堅剛，皆為銷釋也。

彼皆習之，魂往必釋些(1)。歸來兮！不可以託些(2)。

（1）言彼十日之處，自習其熱。魂行往到，身必解爛也。（2）言魂魄宜急來歸，此誠不可以託付而居之也。

魂兮歸來！南方不可以止些(1)。雕題黑齒(2)，得人肉以祀，以其骨為醢些(3)。

（1）言南方之俗，其人甚無信，不可久留也。（2）雕，畫也。題，額也。《禮記》：南方曰蠻，雕題交趾。注云：雕題，刻其肌，以丹青涅之。（3）醢，醬也。言南極之人，雕畫其額，齒牙盡黑，常食蠃蜂，得之人肉，用祭祀先祖，復以其骨為醢醬也。

蝮蛇蓁蓁(1)，封狐千里些(2)。雄虺九首(3)，往來儵忽，吞人以益其心些(4)。歸來兮！不可以久淫些(5)。

(1)蝮，大蛇也。蓁蓁，積聚之貌。(2)封狐，大狐也。言炎土之氣，多蝮虺惡蛇，積聚蓁蓁，爭欲齧人。又有大狐，健走，千里求食，不可逢遇也。(3)首，頭也。(4)儵忽，疾急貌也。言復有雄虺，一身九頭，往來奄忽，常喜吞人魂魄，以益其心，賊害之甚也。儵，一作倏。(5)淫，遊也。

魂兮歸來！西方之害，流沙千里些。旋入雷淵(1)，爢散而不可止些(2)。

(1)旋，轉也。雷淵，蔣驥《山帶閣注楚辭》引周孟侯云：即西域河源所注之地雷翥海。(2)爢，碎也。身雖爢碎，尚不得休息也。

幸而得脫，其外曠宇些(1)。赤螘若象(2)，玄蠭若壺些(3)。

(1)曠，大也。宇，野也。(2)螘，蚍蜉也。小者為螘，大者謂之蚍蜉也。螘，一作蟻。(3)壺，瓠也。言曠野之中，有赤蟻，其狀如象。又有飛蠭，腹大如壺。皆有蠚毒，能殺人也。

五穀不生，藂菅是食些(1)。其土爛人，求水無所得些(2)。

(1)柴棘為藂。菅，茅也。言西極之地，不生五穀，其人但食柴草，若羣牛也。藂，一作叢。藂，草叢生也。(2)言西方之土，溫暑而熱，燋爛人肉。渴欲求水，無有源泉，不可得之也。

彷徉無所倚，廣大無所極些(1)。歸來兮！恐自遺賊些(2)。

（1）倚，依也。言西方之土，廣大遙遠，無所臻極。雖欲彷徉，求所依止，不可得也。一作仿佯。仿佯，遊行貌。

（2）賊，害也。言魂魄欲往者，自予賊害也。

魂兮歸來！北方不可以止些。增冰峨峨，飛雪千里些(1)。歸來兮！不可以久些(2)。

（1）增，層也。峨峨，高貌。言北方常寒，其冰重累，峨峨如山。（2）言其寒殺人，不可久留也。

魂兮歸來！君無上天些(1)。虎豹九關(2)，啄害下人些(3)。一夫九首，拔木九千些(4)。

（1）夫不可得上也。（2）關，鑰。（3）啄，齧也。天門凡有九重，使神虎豹執其關閉，主啄齧天下欲上之人，而殺之也。（4）言有丈夫一身九頭，強梁多力，從朝至暮，拔大木九千枚也。

豺狼從目，往來侁侁些(1)；懸人以娭(2)，投之深淵些(3)。致命於帝，然後得瞑些(4)。歸來！往恐危身些(5)。

（1）侁侁，往來聲也。言天上有豺狼之獸，皆直目，奔走往來眾多。侁，一作莘。侁侁，眾貌。（2）懸，《釋文》作縣。娭，一作嬉。（3）投，擿也。言豺狼得人，不即啗食，先懸其頭，用之娭戲。疲倦已後，乃擿於深淵之底而棄之也。（4）言投人已訖，上致命於天帝，然後乃得眠臥也。（5）往即逢害，身危殆也。

魂兮歸來！君無下此幽都些(1)。土伯九約，其角觺觺些(2)。敦脄血拇(3)，逐人駓駓些(4)。

（1）幽都，地下后土所治也。地下幽冥，故稱幽都。（2）土伯，后土之侯伯也。言地有土，執衛門戶，其髮九束，有角觺觺，主觸害人也。觺觺，銛利貌。（3）敦，厚也。脄，背也。拇，手拇指也。（4）駓駓，走貌也。言土伯之狀，廣肩厚背，逐人駓駓，其走捷疾，以手中血漫污人也。

參目虎首，其身若牛些（1）。此皆甘人，歸來！恐自遺災些（2）。

（1）土伯之頭，其貌如虎，而有三目，身又肥大，狀如牛也。參，一作三。（2）甘，美也。災，害也。言此物食人以為甘美。一作：歸來兮。災，《釋文》作菑。菑與災同。

魂兮歸來！入修門些（1）。工祝招君，背行先些（2）。

（1）修門，郢城門也。屈原設呼楚懷王之魂歸楚都，入郢門。（2）工，疑為「巫」（女巫），男巫曰祝。則全國男巫女巫齊聚招君。言眾巫背行在先，君宜隨後。

秦篝齊縷（1），鄭綿絡些（2）。招具該備，永嘯呼些（3）。魂兮歸來！反故居些（4）。

（1）篝絡，縷綫也。篝，籠也。（2）綿，纏也。秦人職其篝絡，齊人作綵縷，鄭國之工纏而縛之，堅而且好也。綿，一作緜。綿絡，或曰靈幡。（3）該，亦備也。夫嘯者，陰魄也。呼者，陽魂也。故必嘯呼以感之也。（4）反，還也。故，古也。言宜急來歸還古昔之處也。

天地四方，多賊姦些（1）。像設君室（2），靜閒安些（3）。

（1）賊，害也。姦，惡也。言天有虎豹，地有土伯，東有長人，西有赤蟻，南有雄虺，北有增冰，皆為姦惡，以賊害人也。（2）像，法也。君，一作居。（3）無聲曰靜，空寬曰閒。言乃為君造設第室，法像舊廬，所在之處，清靜寬閒而安樂也。

高堂邃宇(1)，檻層軒些(2)。層臺累榭(3)，臨高山些(4)。

（1）邃，深也。宇，屋也。（2）檻，楯也。從曰檻，橫曰楯。言所造之室，其堂高顯，屋甚深邃。下有檻楯，上有樓板，形容異制，且鮮明也。檻，欄，層，重也。軒，檻樓上板。（3）層、累，皆重也。無木謂之臺，有木謂之榭。（4）言復作重層之臺，累石之榭，其顛眇眇，上乃臨於高山也。

網戶朱綴(1)，刻方連些(2)。冬有突廈(3)，夏室寒些(4)。

（1）網戶，綺文鏤也。朱，丹也。綴，緣也。網，織網于戶上，以朱色綴之。（2）刻，鏤也。橫木關柱為連。言門戶之楣，皆刻鏤綺文，朱丹其緣，雕鏤方形相連圖案，使之美好也。（3）突，複室也。廈，大屋也。（4）言隆冬凍寒，則有大屋，複突溫室。盛夏暑熱，則有洞達陰堂，其內寒涼也。室，一作屋。

川谷徑復(1)，流潺湲些(2)。光風轉蕙(3)，氾崇蘭些(4)。

（1）流源為川，注谿為谷。徑，過也。復，反也。川，一作谿。徑，一作徑。（2）所居之舍，激導川水，徑過園庭，回通反復，其流急疾，又潔淨也。（3）光風，晴光和風。轉，搖也。（4）氾猶汎。汎，搖動貌也。崇，高大。動搖草木，皆令有光，搖動蘭蕙，使更芬芳。

經堂入奧(1)，朱塵筵些(2)。砥室翠翹(3)，挂曲瓊些(4)。

（1）西南隅謂之奧。（2）朱，丹也。塵，承塵也。言上有承塵（天花板）。筵，席也。下有筵席，皆以丹朱為飾。升殿過堂，入房至室奧處，上則有朱畫承塵，下則有簟筵好席，可以休息也。（3）砥，石名也。砥室，以細石磨以為室。翠，鳥名也。翹，羽也。（4）挂曲，挂鈎也。瓊，玉也。以玉所作挂鈎。內臥之室，以砥石為壁，平而滑澤。以翠鳥之羽，雕飾玉鈎，以懸衣物也。

翡翠珠被(1)，爛齊光些(2)。蒻阿拂壁(3)，羅幬張些(4)。

（1）翡，赤羽雀。翠，青羽雀。（2）齊，同也。以珠翠飾被，光色爛然相齊。（3）蒻，蒻席也。阿，曲隅也。以蒻席為壁衣，隨壁之曲阿。（4）羅，綺屬也。張，施也。

纂組綺縞(1)，結琦璜些(2)。室中之觀，多珍怪些(3)。

（1）纂組，綬類也。縞，練也。纂，似組而赤。綺，文繒也。縞，素也。纂，蒼白色。（2）琦，玉名。璜，半璧也。言纂組之帶，綺縞之衣，皆繫之玉璜，而陳于幬帳之間。（3）觀，擺設。珍，一作珎。怪，一作恠。

蘭膏明燭(1)，華容備些(2)。二八侍宿(3)，射遞代些(4)。

（1）蘭膏，以蘭香煉膏也。燭，一作爥。（2）華容，謂美人也。（3）二八，十六人。有十六位美女侍宿。（4）射，猒也。使好女十六人，侍君宴宿，意有厭倦，則使更相代也。

九侯淑女(1)，多迅眾些(2)。盛鬋不同制(3)，實滿宮些(4)。

(1)淑，善。《戰國策》有：鬼侯有女而好。言如鬼侯之美女。(2)迅，疾也。(3)鬋，鬢也。盛飾理鬢，其制不同。(4)宮，猶室也。如鬼侯之女，工巧姸雅，裝飾兩結垂鬢鬘下髮，形貌奇異，不與眾同，皆來實滿，充後宮也。

容態好比(1)，順彌代些(2)。弱顏固植(3)，謇其有意些(4)。

(1)態，姿也。比，親也。(2)彌，久也。言美女眾多，其貌齊同，姿態好美，自相親比，承順上意，久則相代也。(3)固，堅也。植，身材。(4)謇，乃也。言美女好親，細弱顏面，身材堅固，看來十分有情意。

姱容修態(1)，絚洞房些(2)。蛾眉曼睩(3)，目騰光些(4)。

(1)姱，好貌。修，長也。(2)絚，竟也。房，室也。言復有美好之女，其貌姱好，多意長智，羣聚羅列，竟識洞達，滿於房室也。(3)曼，澤也。睩，視貌。蛾，一作娥。蛾眉，畫眉如蛾之觸鬚。後人引申為美女。(4)騰，馳也。言美女之貌，蛾眉玉白，好目曼澤，時睩睩然視，精光騰馳，驚惑人心也。

靡顏膩理(1)，遺視矊些(2)。離榭修幕(3)，侍君之閒些(4)。

(1)靡，緻也。膩，滑也。(2)遺，竊視也。矊，脈也。言諸美女顏容脂細，身體夷滑，時則烟視，秋波脈脈。
(3)離，別也。修，長也。幕，大帳也。(4)願令美女於離宮別觀帳幕之中，侍君閒暇而宴遊也。

翡帷翠帳，飾高堂些(1)。紅壁沙版(2)，玄玉梁些(3)。

(1)以翡翠之羽，雕飭幬帳，張之高堂，以樂君也。(2)紅，赤白色也。沙，丹沙也。(3)玄，黑也。言堂上四壁，皆堊色令之紅白，又以丹沙畫飾軒版，飾以黑玉之梁，五采分別也。

仰觀刻桷(1)，畫龍蛇些(2)。坐堂伏檻(3)，臨曲池些(4)。

(1)椽方曰桷。(2)仰觀視屋之榱橑，皆刻畫龍蛇，而有文章也。(3)檻，楯也。(4)坐於堂上，前伏檻楯，下臨曲水清池，可漁釣也。

芙蓉始發(1)，雜芰荷些(2)。紫莖屏風(3)，文緣波些(4)。

(1)芙蓉，蓮華也。(2)言池水之中有芙蓉，始發其華，芰蔆雜錯，羅列而生，俱盛茂也。芰，水草。荷，芙蓉之莖。(3)屏風，水葵也。(4)言復有水葵，生於池中，其莖紫色，風起水動，波緣其葉上而生文也。

文異豹飾(1)，侍陂陁些(2)。軒輬既低(3)，步騎羅些(4)。

(1)豹，猶虎豹。(2)言侍從之人，皆衣虎豹之文，異采之飾，侍君堂隅，侍衛於不平之地。陂，陀，不平也。(3)軒、輬，皆輕車名也。今之轎車也。(4)徒行為步，乘馬為騎。羅，列也。言官屬之車，既已屯止，步騎士眾，羅列而陳，竢須君命也。

蘭薄戶樹(1)，瓊木籬些(2)。魂兮歸來！何遠為些(3)？

（1）木叢生曰薄。樹，種也。（2）柴落為籬。言夾戶種叢蘭，又栽木為藩籬，以自蔽。（3）遠為四方而久不歸也。

室家遂宗（1），食多方些（2）。稻粢穱麥（3），挐黃粱些（4）。

（1）宗，尊也。（2）方，道也。言君九族室家，尊敬祖先，故飲食之和，多方道也。（3）稻，稌。粢，稷。穱，擇也。《本草》：所謂稻米者，今之稉米耳。（4）挐，糅也。飯則以秔稻糅稷，擇新麥糅以黃粱，和而柔嬬，且香滑也。

大苦醎酸（1），辛甘行些（2）。肥牛之腱（3），臑若芳些（4）。

（1）大苦，豉也。醎，一作鹹。鹹，鹽也。酸，酢也，醋也。大苦鹹酸辛甘，皆和之，使其味行。（2）辛，謂椒薑也。甘，謂飴蜜也。取豉汁和以椒薑，醎酢和以飴蜜，則辛甘之味，皆發而行也。（3）腱，膂腱肉也。（4）臑若，熟爛也。取肥牛之腱，爛熟之，則肥濡䐑美也。

和酸若苦，陳吳羹些（1）。胹鼈炮羔（2），有柘漿些（3）。

（1）吳人工作羹，和調甘酸，酸苦皆得中。若，猶及也。（2）羔，羊子也。胹，一作臑。煮也。炮，烤也。合毛炙物。（3）柘，諸蔗也。取諸蔗之汁，為漿飲也。柘，一作蔗。

鵠酸臇鳧（1），煎鴻鶬些（2）。露雞臛蠵（3），厲而不爽些（4）。

（1）鵠，鴻鵠也。天鵝也。臇，少汁也。即清蒸之意。（2）鴻，鴻鴈也。鶬，鶬鶴也。（3）露雞，露棲之雞也，即天雞。有菜曰羹，無菜曰臛。蠵，大龜之屬也。臛，又音霍，肉羹也。（4）厲，烈也，鮮也。爽，敗也。楚人名羹敗曰爽，言乃復烹露棲之肥雞，臛蠵龜之肉，則其味清烈不敗也。

粔籹蜜餌，有餦餭些(1)。瑤漿蜜勺(2)，實羽觴些(3)。

（1）粔，音巨。籹，音女，又音汝。粔籹，環餅也。吳謂之膏環餌，粉餅也。餌，《方言》曰：餌謂之餻，餳謂之餦餭，亦謂之飴。（2）瑤，玉也。瑤漿，漿如如玉者。勺，挹酒器也。（3）實，滿也。羽觴，根據侯淑儀《屈原的故鄉》頁二十（詩晨興業有限公司）云：春秋戰國時，楚國最流行的酒具是被稱為「羽觴」的彩篩漆耳杯，「羽」是指酒杯旁的耳朵，雙羽（耳）是為了方便飲酒的人雙手把持，橢圓形的弧壁造型是為了便於勺取和飲用。

挫糟凍飲(1)，酎清涼些(2)。華酌既陳(3)，有瓊漿些(4)。

（1）挫，擢挫也。凍，冰也。（2）酎，醇酒也。言盛夏則為覆蹙乾釀，提去其糟，但取清醇，居之冰上，然後飲之。酒寒涼，又長味，好飲也。（3）華酌，謂置華於酒中。（4）言酒罇在前，華酌陳列，復有玉漿，恣意所用也。

歸來反故室，敬而無妨些(1)。肴羞未通(2)，女樂羅些(3)。

（1）妨，害也。言君魂急來歸還，反所居故室，子孫承事恭敬，長無禍害也。（2）魚肉為肴。羞，饈，乾肉。似應作徹，作「通」字，疑避漢武帝諱改。（3）言肴膳未徹，則女樂倡蕩，羅列在堂下也。

嗷鐘按鼓(1)，造新歌些(2)。〈涉江〉〈采菱〉，發〈揚荷〉些(3)。

(1)嗷，一作陳。按，一作桉。按，猶擊也。(2)言乃奏樂作音，而撞鐘，擊鼓，造為新曲之歌，與眾絕異也。(3)〈涉江〉、〈采菱〉、〈陽阿〉皆楚歌名。

美人既醉，朱顏酡些(1)。娭光眇視(2)，目曾波些(3)。

(1)朱，赤也。酡，著也。言美女飲啗醉飽，則面著赤色而鮮好也。(2)娭，戲也。眇，眺也。娭，一作嬉，一作娛。(3)美女酣樂，顧望娭戲，眇然遠視，目若水波。

被文服纖(1)，麗而不奇些(2)。長髮曼鬋(3)，豔陸離些(4)。

(1)文，謂綺繡也。纖，謂羅縠也。(2)麗，美好也。不奇，不怪異。(3)曼，澤。鬋，一作鬢。(4)豔，好貌也。陸離，美好貌。

二八齊容(1)，起鄭舞些(2)。衽若交竿(3)，撫案下些(4)。

(1)齊，同。(2)鄭舞，鄭國之舞也。言二八美女，其儀容齊一，被服同飾，奮袂俱起而鄭舞也。(3)竿，竹竿也。衽，一作袵。(4)撫，抑也。言舞人迴轉，衣襟相交如竿也。以手撫案其節，而徐行也。

竽瑟狂會(1)，搷鳴鼓些(2)。宮庭震驚(3)，發〈激楚〉些(4)。

（1）狂，猶竝也。（2）搷，擊也。言眾樂竝會，吹竽彈瑟。又搷擊鳴鼓，以進八音，為之節也。搷一作嗔，一作填。（3）震，動也。驚，駭也。（4）激，清聲也。言吹竽擊鼓，眾樂竝會，宮庭之內，莫不震動驚駭，復作〈激楚〉之清聲，以發其音也。〈激楚〉，歌曲也，殿樂。

吳歈蔡謳（1），奏大呂些（2）。士女雜坐，亂而不分些。

（1）吳、蔡，國名也。歈、謳，皆歌也。（2）大呂，六律名也。言乃復使吳人歌謠，蔡人謳吟，進雅樂，奏大呂。

放敶組纓（1），班其相紛些（2）。鄭衛妖玩（3），來雜陳些（4）。

（1）組，綬。纓，冠系也。（2）紛，亂也。言男女共坐，除去威嚴，放其冠纓，舒敶印綬，班然相亂，不可整理也。（3）鄭、衛，國名也。妖玩，好女也。（4）雜，廁也。陳，列也。言鄭、衛二國，復遣妖玩之好女，來雜廁俱坐而陳列也。陳，一作敶。

〈激楚〉之結（1），獨秀先些（2）。菎蔽象棊（3），有六簙些（4）。

（1）〈激楚〉，殿樂也。結，束髮也，裝束也。（2）秀，異也。秀，異而先進於前。此言歌舞〈激楚〉之裝束，異於先前歌舞之美女。（3）菎，玉也。蔽，簙箸以玉飾之也。或言博奕之籌碼。象棊，以象牙為棋。《博雅》云：投六箸，行六棊，故為六簙。（4）投六箸，行六棊，故為六簙也。言宴樂既畢，乃設六簙，以菎蔽作箸，象牙為棊，麗而且好也。

分曹竝進（1），遒相迫些（2）。成梟而牟（3），呼五白些（4）。

（1）曹，組。（2）遒，亦迫。言分組並進，投箸行棊，轉相遒迫，使不得擇行也。（3）倍勝為牟。（4）五白，簙齒也。六只棋有一只為梟，餘五只為散，言已荼已梟，故呼五白，以助投殺梟也。

晉制犀比（1），費白日些（2）。鏗鍾搖虡（3），揳梓瑟些（4）。

（1）晉，國名也。制，作也。比，用牛角所製作彈琴薄片。（2）費，耗也。（3）鏗，撞也。搖，動也。虡，懸鍾格，言擊鍾（鐘）則搖動其格。（4）揳，以指甲彈樂器。梓瑟，以梓木為瑟。

娛酒不廢（1），沈日夜些（2）。蘭膏明燭（3），華鐙錯些（4）。

（1）娛，樂。不廢，朱熹《楚辭集注》以為不已。（2）沈，沈湎也。晝夜沈湎，以忘憂也。（3）一作燭。（4）言鐙錠盡雕琢錯鏤，或為禽獸之形。鐙，一作雕。錯，置也。

結撰至思（1），蘭芳假些。人有所極，同心賦些（2）。

（1）撰，述也。結撰，撰寫詩賦。至思，極盡心思。（2）賦，誦也。極，盡也。賦，陳述。此言眾坐之人，各極思力撲著，同心賦詩。

酎飲盡歡，樂先故些（1）。魂兮歸來！反故居些（2）。

（1）故，舊也。言飲酒作樂，盡己歡欣者，誠欲樂我先祖及與故舊人也。酎，一作酌。（2）言魂神宜急來歸，還反楚國，居舊故之處，安樂無憂也。

亂曰：獻歲發春兮（1）汩吾南征（2），菉蘋齊葉兮（3）白芷生（4）。

（1）獻，進也。以下屈原放逐到陵陽，向懷王說招魂時空。（2）征，行也。言歲始來進，春氣奮揚，萬物皆感氣而生，自傷放逐，獨南行也。（3）菉，王芻也。蘋，一作蘋。見〈離騷〉注。（4）言屈原招魂時，菉蘋之草，其葉適齊，白芷萌芽。

路貫廬江兮左長薄（1），倚沼畦瀛兮（2）遙望博（3）。

（1）貫，出也。廬江、長薄，地名也。言屈原行先出廬江，過歷長薄。長薄在江北，時東行，故言左也。此言屈原招魂路線。（2）倚，沿著。沼，池也。畦，猶區也。瀛，池中也。楚人名池澤中曰瀛。（3）遙，遠也。博，地名。

青驪結駟兮（1）齊千乘（2），懸火延起兮玄顏烝（3）。

（1）純黑為驪。結，連也。四馬為駟。（2）齊，同也。言屈原嘗與君俱獵於此，官屬齊駕驪馬，或青或黑，連千乘，皆同服也。（3）懸火，懸鐙也。言己時從君多獵，懸鐙林木之中，其火延及，燒于野澤，煙上烝天，使招魂者容貌呈黑色也。烝，火氣上行也。蒸，進也。

步及驟處兮(1)誘騁先(2)，抑騖若通兮(3)引車右還(4)。與王趨夢兮課後先(5)。

（1）驟，奔馳。處，止也。驟處，有追兵之處。（2）誘，導也。騁，馳也。有追兵處，有部隊引誘別走他路。（3）抑，止也。騖，馳也。（4）走若通之路，引敵軍走岐路，引車右轉，以引導追兵。（5）言己與懷王俱獵于夢澤之中，督課第羣臣，先至後至也。《爾雅》曰：楚有雲夢。

君王親發兮(1)憚青兕(2)，朱明承夜兮(3)時不可以淹(4)。

（1）發，射。（2）憚，驚也。言懷王是時親自射獸，驚退軍隊（青兕牛）而不能制也。（3）朱明，日也。承，續也。（4）淹，久也。

皋蘭被徑兮(1)斯路漸(2)。湛湛江水兮(3)上有楓(4)，目極千里兮傷春心(5)。魂兮歸來哀江南(6)！

（1）皋，澤也。被，覆也。徑，路也。（2）漸，沒也。言澤中香草茂盛，覆被徑路，人無采取者，漸沒其道。（3）湛湛，水貌。（4）楓，木名也。言湛湛江水，浸潤楓木，使之茂盛。（5）言湖澤博平，春時草短，望見千里，令人愁思而傷心也。（6）言魂魄當急來歸，己在江南土地僻遠，山林險阻，招楚王魂魄，誠可哀傷。

建生案：有關〈招魂〉篇作者，西漢司馬遷《史記・屈原賈生列傳第二十四》末云：「余讀〈離騷〉、〈天問〉、〈招魂〉、〈哀郢〉悲其志。」可知，〈招魂〉為屈原所作，有據。

東漢王逸以後學者，包括朱熹《楚辭集注》，多從《楚辭章句》所說：〈招魂〉者，宋玉之所作也。以〈招魂〉為宋玉所作。

明代・王世貞《藝苑卮言》卷二：

楊用脩言〈招魂〉遠勝〈大招〉，足破宋人眼目。宋玉深至不如屈，宏麗不如司馬，而兼撮二家之勝。

清代・方東樹《昭昧詹言》卷十三附〈解招魂〉云：

朱子既以宋玉作，則不當曰「太史公讀而哀其志」，夫太史公以〈招魂〉與〈離騷〉、〈天問〉、〈哀郢〉同稱，則非以為宋玉作矣。余平生遵信朱子，如天地父母之不敢倍，而獨於此不能無異，以為縱朱子偶此小差，亦無傷朱子之大，故遂著之，以俟來哲。

清・孫志祖《讀書脞錄・九辯》：

蓋君子所作本名〈招魂〉，後人宋玉又有〈招魂〉之作，故此以為〈大招〉。史公所云〈招魂〉，即〈大招〉也。至宋玉所作又名〈小招魂〉，見張載〈魏都賦〉。

清・吳汝綸《古文辭類纂評點・招魂》云：

〈招魂〉，屈子所作也。「有人在下」，謂懷王也。「魂魄離散」，蓋入秦不返，驚懼憂鬱而致然也。屈子不能復見君身，而為文以招既失之魂，以寄其哀思。是時懷王未死也，故曰「有人在下」。又曰：太史公讀〈離騷〉、〈天問〉、〈招魂〉、〈哀郢〉是招魂為屈子作甚明。其旨則哀懷王入秦不返，盛稱故居之樂，以深痛在秦之愁苦也。劉勰〈離騷〉摘「士女雜坐」、「娛酒不廢」等句，以為屈子異乎經典之據，則固不謂此篇為宋玉作矣。誤雖始於王逸，沿之者昭明也，後則無復異詞矣。又曰：懷王為秦所虜，魂亡魄失。屈子戀君而招之，盛言歸來之樂，以深痛其在秦之愁苦。古今解者並失之。或云諷頃襄荒淫，亦非本恉。

王世貞、方東樹、孫志祖、吳汝綸所說，以〈招魂〉為屈原所作，可信。不過言「是時懷王未死也」，恐有疑義。人既未死，招既失之魂，即招生魂，恐牽強。蓋屈子深痛懷王客死，招魂即招懷王亡魂，以歸返楚國、楚宮也。以藉著招懷王之魂，使魂歸故土，並激發報國雪恥之愛國心。

【評論選輯】

（1）梁・劉勰《文心雕龍・祝盟》：

若夫《楚辭・招魂》，可謂祝辭之組纚也。

（2）明・王世貞《藝苑巵言》卷二：

楊用修言，〈招魂〉遠勝〈大招〉，足破宋人眼耳。宋玉深至不如屈，宏麗不如司馬，而兼撮二家之勝。

（3）明・陸時雍（引自明蔣之翹《七十二家評楚辭》卷七〈招魂〉）：

文極刻畫。然鬼斧神工，人莫窺其下手處。

（4）顧炎武《日知錄》卷七〈七言之始〉：

昔人謂〈招魂〉〈大招〉，去其「些」、「只」，即是七言詩。余考七言之興，自漢以前，固多有之。如〈靈樞刺節真邪〉篇，「凡刺小邪日以大」，「補其不足乃無害」。……宋玉〈神女賦〉：「羅紈綺繢盛文章」，「極服妙采照萬方」，此皆七言之祖。

（5）王邦采《屈子雜文箋略》：

且〈二招〉文采雖極絢爛可觀，而靡麗閎衍，有不免焉。使屈子秉筆，自招招君，必有一種忠愛激楚之意，溢於筆墨之外，而不徒侈陳飲食宴樂之豐，妖冶歌舞之盛，堂室苑囿之娛，為此勸百諷一，如揚子雲之所譏也。

綜合前賢所述，〈招魂〉篇為屈子所作，文極刻畫、鋪述，是七言詩之祖。而祝辭組纚，是開漢代賦之先河。漢代賦有序、正文、亂詞，〈招魂〉篇已具備。至於上天、下地、東、南、西、北鋪述，更是漢代賦規模。而其美麗傳說、神話，可比但丁〈神曲〉。

九、遠遊

王逸《章句》云：遠遊者，屈原之所作也。屈原履方直之行，不容於世。上為讒佞所譖毀，下為俗人所困極，章皇山澤，無所告訴。乃深惟元一，修執恬漠。思欲濟世，則意中憤然，文采鋪發，遂敘妙思，託配仙人，與俱遊戲，周歷天地，無所不到。然猶懷念楚國，思慕舊故，忠信之篤，仁義之厚也。是以君子珍重其志，而瑋其辭焉。

悲時俗之迫阨兮，願輕舉而遠遊。質菲薄而無因兮，焉託乘而上浮。
遭沈濁而汙穢兮，獨鬱結其誰語！夜耿耿而不寐兮，魂營營而至曙。
惟天地之無窮兮，哀人生之長勤。往者余弗及兮，來者吾不聞。
步徙倚而遙思兮，怊惝怳而乖懷。意荒忽而流蕩兮，心愁悽而增悲。
神儵忽而不反兮，形枯槁而獨留。內惟省以端操兮，求正氣之所由。
漠虛靜以恬愉兮，澹無為而自得。聞赤松之清塵兮，願承風乎遺則。
貴真人之休德兮，美往世之登仙。與化去而不見兮，名聲著而日延。
奇傅說之託辰星兮，羨韓眾之得一，形穆穆以浸遠兮，離人群而遁逸。
因氣變而遂曾舉兮，忽神奔而鬼怪。時髣彿以遙見兮，精皎皎以往來。

絕氛埃而淑尤兮，終不反其故都。免眾患而不懼兮，世莫知其所如。
恐天時之代序兮，耀靈曄而西征。微霜降而下淪兮，悼芳草之先零。
聊仿佯而逍遙兮，永歷年而無成。誰可與玩斯遺芳兮，晨向風而舒情。
高陽邈以遠兮，余將焉所程。
重曰：春秋忽其不淹兮，奚久留此故居？軒轅不可攀援兮，吾將從王喬而娛戲！
餐六氣而飲沆瀣兮，漱正陽而含朝霞。保神明之清澄兮，精氣入而麤穢除。
順凱風以從遊兮，至南巢而壹息。見王子而宿之兮，審壹氣之和德。
曰：道可受兮，不可傳；其小無內兮，其大無垠；
無滑而魂兮，彼將自然；壹氣孔神兮，於中夜存；
虛以待之兮，無為之先；庶類以成兮，此德之門。
聞至貴而遂徂兮，忽乎吾將行。仍羽人於丹丘兮，留不死之舊鄉。
朝濯髮於湯谷兮，夕晞余身兮九陽。吸飛泉之微液兮，懷琬琰之華英。
玉色頩以脕顏兮，精醇粹而始壯。質銷鑠以汋約兮，神要眇以淫放。
嘉南州之炎德兮，麗桂樹之冬榮。山蕭條而無獸兮，野寂漠其無人。
載營魄而登霞兮，掩浮雲而上征。命天閽其開關兮，排閶闔而望予。
召豐隆使先導兮，問大微之所居。集重陽入帝宮兮，造旬始而觀清都。
朝發軔於太儀兮，夕始臨乎於微閭。屯余車之萬乘兮，紛溶與而並馳。

駕八龍之婉婉兮，載雲旗之逶蛇。建雄虹之采旄兮，五色雜而炫燿。
服偃蹇以低昂兮，驂連蜷以驕驁。騎膠葛以雜亂兮，斑漫衍而方行。
撰余轡而正策兮，吾將過乎句芒。歷太皓以右轉兮，前飛廉以啟路。
陽杲杲其未光兮，淩天地以徑度。風伯為余先驅兮，氛埃辟而清涼。
鳳皇翼其承旂兮，遇蓐收乎西皇。擥彗星以為旍兮，舉斗柄以為麾。
叛陸離其上下兮，遊驚霧之流波。時曖曃其曭莽兮，召玄武而奔屬。
後文昌使掌行兮，選署眾神以並轂。路曼曼其修遠兮，徐弭節而高厲。
左雨師使徑侍兮，右雷公以為衛。欲度世以忘歸兮，意恣睢以担撟。
內欣欣而自美兮，聊媮娛以自樂。涉青雲以汎濫游兮，忽臨睨夫舊鄉。
僕夫懷余心悲兮，邊馬顧而不行。思舊故以想像兮，長太息而掩涕。
氾容與而遐舉兮，聊抑志而自弭。指炎神而直馳兮，吾將往乎南疑。
覽方外之荒忽兮，沛罔象而自浮。祝融戒而還衡兮，騰告鸞鳥迎宓妃。
張〈咸池〉奏〈承雲〉兮，二女御〈九韶〉歌。使湘靈鼓瑟兮，令海若舞馮夷。
玄螭蟲象並出進兮，形蟉虯而逶蛇。雌蜺便娟以增撓兮，鸞鳥軒翥而翔飛。
音樂博衍無終極兮，焉乃逝以俳佪。舒并節以馳騖兮，逴絕垠乎寒門。
軼迅風於清源兮，從顓頊乎增冰。歷玄冥以邪徑兮，乘間維以反顧。
召黔嬴而見之兮，為余先乎平路。經營四荒兮，周流六漠。

上至列缺兮，降望大壑。下峥嶸而無地兮，上寥廓而無天。
視儵忽而無見兮，聽惝怳而無聞。超無為以至清兮，與泰初而為鄰。

十、九辯

王逸《章句》云：〈九辯〉者，楚大夫宋玉之所作也。辯者，變也，謂陳道德以變說君也。九者，陽之數，道之綱紀也。故天有九星，以正機衡；地有九州，以成萬邦；人有九竅，以通精明。屈原懷忠貞之性，而被讒邪，傷君闇蔽，國將危亡，乃援天地之數，列人形之要，而作《九歌》、《九章》之頌，以諷諫懷王。明己所言，與天地合度，可履而行也。宋玉者，屈原弟子也。閔惜其師，忠而放逐，故作〈九辯〉以述其志。至於漢興，劉向、王褒之徒，咸悲其文，依而作辭，故號為「楚辭」。亦采其九以立義焉。

悲哉秋之為氣也！蕭瑟兮草木搖落而變衰，
憭慄兮若在遠行，登山臨水兮送將歸，
泬寥兮天高而氣清，寂寥兮收潦而水清，
憯悽增欷兮薄寒之中人，愴怳懭悢兮去故而就新，
坎廩兮貧士失職而志不平，廓落兮羇旅而無友生。惆悵兮而私自憐。
燕翩翩其辭歸兮，蟬寂漠而無聲。鴈廱廱而南遊兮，鶤雞啁哳而悲鳴。
獨申旦而不寐兮，哀蟋蟀之宵征。時亹亹而過中兮，蹇淹留而無成。
悲憂窮戚兮獨處廓，有美一人兮心不繹。

去鄉離家兮徠遠客，超逍遙兮今焉薄？

專思君兮不可化，君不知兮可柰何！

蓄怨兮積思，心煩憺兮忘食事。願一見兮道余意，君之心兮與余異。

車既駕兮朅而歸，不得見兮心傷悲。倚結軨兮長太息，涕潺湲兮下霑軾。

慷慨絕兮不得，中瞀亂兮迷惑。私自憐兮何極？心怦怦兮諒直。

皇天平分四時兮，竊獨悲此廩秋。白露既下百草兮，奄離披此梧楸。

去白日之昭昭兮，襲長夜之悠悠。離芳藹之方壯兮，余萎約而悲愁。

秋既先戒以白露兮，冬又申之以嚴霜。收恢台之孟夏兮，然欿傺而沈藏。

葉菸邑而無色兮，枝煩挐而交橫；顏淫溢而將罷兮，柯彷彿而萎黃；

萷櫹槮之可哀兮，形銷鑠而瘀傷。惟其紛糅而將落兮，恨其失時而無當。

擥騑轡而下節兮，聊逍遙以相佯。歲忽忽而遒盡兮，恐余壽之弗將。

悼余生之不時兮，逢此世之俇攘。澹容與而獨倚兮，蟋蟀鳴此西堂。

心怵惕而震盪兮，何所憂之多方！卬明月而太息兮，步列星而極明。

竊悲夫蕙華之曾敷兮，紛旖旎乎都房。何曾華之無實兮，從風雨而飛颺。

以為君獨服此蕙兮，羌無以異於眾芳。閔奇思之不通兮，將去君而高翔。

心閔憐之慘悽兮，願一見而有明。重無怨而生離兮，中結軫而增傷。

豈不鬱陶而思君兮？君之門以九重。猛犬狺狺而迎吠兮，關梁閉而不通。

皇天淫溢而秋霖兮，后土何時而得漧！塊獨守此無澤兮，仰浮雲而永歎。

何時俗之工巧兮，背繩墨而改錯！卻騏驥而不乘兮，策駑駘而取路。

當世豈無騏驥兮，誠莫之能善御。見執轡者非其人兮，故駶跳而遠去。

鳧鴈皆唼夫粱藻兮，鳳愈飄翔而高舉。圜鑿而方枘兮，吾固知其鉏鋙而難入。

眾鳥皆有所登棲兮，鳳獨遑遑而無所集。願銜枚而無言兮，嘗被君之渥洽。

太公九十乃顯榮兮，誠未遇其匹合。謂騏驥兮安歸？謂鳳皇兮安棲？

變古易俗兮世衰，今之相者兮舉肥。騏驥伏匿而不見兮，鳳皇高飛而不下。

鳥獸猶知懷德兮，何云賢士之不處？驥不驟進而求服兮，鳳亦不貪餧而妄食。

君棄遠而不察兮，雖願忠其焉得？欲寂漠而絕端兮，竊不敢忘初之厚德。

獨悲愁其傷人兮，馮鬱鬱其何極！霜露慘悽而交下兮，心尚幸其弗濟。

霰雪雰糅其增加兮，乃知遭命之將至。願徼幸而有待兮，泊莽莽與埜草同死。

願自往而徑遊兮，路壅絕而不通。欲循道而平驅兮，又未知其所從。

然中路而迷惑兮，自壓桉而學誦。性愚陋以褊淺兮，信未達乎從容。

竊美申包胥之氣盛兮，恐時世之不固。何時俗之工巧兮？滅規矩而改鑿。

獨耿介而不隨兮，願慕先聖之遺教。處濁世而顯榮兮，非余心之所樂。

與其無義而有名兮，寧窮處而守高。食不媮而為飽兮，衣不苟而為溫。

竊慕詩人之遺風兮，願託志乎素餐。蹇充倔而無端兮，泊莽莽而無垠。

無衣裘以御冬兮，恐溘死不得見乎陽春。

靚杪秋之遙夜兮，心繚悷而有哀。春秋逴逴而日高兮，然惆悵而自悲。

四時遞來而卒歲兮，陰陽不可與儷偕。白日晼晚其將入兮，明月銷鑠而減毀。

歲忽忽而遒盡兮，老冉冉而愈弛。心搖悅而日幸兮，然怊悵而無冀。

中憯惻之悽愴兮，長太息而增欷。年洋洋以日往兮，老嵺廓而無處。

事亹亹而覬進兮，蹇淹留而躊躇。

何氾濫之浮雲兮，猋壅蔽此明月！忠昭昭而願見兮，然霧曀而莫達。

願皓日之顯行兮，雲蒙蒙而蔽之。竊不自聊而願忠兮，或默點而汙之。

堯舜之抗行兮，瞭冥冥而薄天。何險巇之嫉妒兮，被以不慈之偽名？

彼日月之照明兮，尚黯黮而有瑕。何況一國之事兮，亦多端而膠加。

被荷裯之晏晏兮，然潢洋而不可帶。既驕美而伐武兮，負左右之耿介。

憎慍惀之脩美兮，好夫人之慷慨。眾踥蹀而日進兮，美超遠而逾邁。

農夫輟耕而容與兮，恐田野之蕪穢。事綿綿而多私兮，竊悼後之危敗。

世雷同而炫曜兮，何毀譽之昧昧！今脩飾而窺鏡兮，後尚可以竄藏。

願寄言夫流星兮，羌儵忽而難當。卒壅蔽此浮雲兮，下暗漠而無光。

堯舜皆有所舉任兮，故高枕而自適。諒無怨於天下兮，心焉取此怵惕？

乘騏驥之瀏瀏兮，馭安用夫強策？諒城郭之不足恃兮，雖重介之何益？

邅翼翼而無終兮，忳惛惛而愁約。生天地之若過兮，功不成而無效。

願沈滯而不見兮，尚欲布名乎天下。然潢洋而不遇兮，直怐愗而自苦。

莽洋洋而無極兮，忽翱翔之焉薄？國有驥而不知乘兮，焉皇皇而更索？

甯戚謳於車下兮，桓公聞而知之。無伯樂之善相兮，今誰使乎譽之。

罔流涕以聊慮兮，惟著意而得之。紛純純之願忠兮，妒被離而鄣之。

願賜不肖之軀而別離兮，放遊志乎雲中。乘精氣之摶摶兮，鶩諸神之湛湛。

驂白霓之習習兮，歷群靈之豐豐。左朱雀之茇茇兮，右蒼龍之躍躍。

屬雷師之闐闐兮，通飛廉之衙衙。前輕輬之鏘鏘兮，後輜乘之從從。

載雲旗之委蛇兮，扈屯騎之容容。計專專之不可化兮，願遂推而為臧。

賴皇天之厚德兮，還及君之無恙。

十一、大招

王逸《章句》云:〈大招〉者，屈原之所作也。或曰景差，疑不能明也。屈原放流九年，憂思煩亂，精神越散，與形離別，恐命將終，所行不遂，故憤然大招其魂，盛稱楚國之樂，崇懷、襄之德，以比三王，能任用賢，公卿明察，能薦舉人，宜輔佐之，以興至治，因以風諫，達己之志也。

青春受謝，白日昭只。春氣奮發，萬物遽只。
冥淩浹行，魂無逃只。魂魄歸徠！無遠遙只。魂乎歸徠！無東無西，無南無北只。
東有大海，溺水浟浟只。螭龍並流，上下悠悠只。霧雨淫淫，白皓膠只。魂乎無東！湯谷寂只。
魂乎無南！南有炎火千里，蝮蛇蜒只。山林險隘，虎豹蜿只。
鰅鱅短狐，王虺騫只。魂乎無南！蜮傷躬只。
魂乎無西！西方流沙，漭洋洋只。豕首縱目，被髮鬤只。長爪踞牙，誒笑狂只。魂乎無西！多害傷只。
魂乎無北！北有寒山，逴龍赩只。代水不可涉，深不可測只。天白顥顥，寒凝凝只。魂乎無往！盈北極只。魂魄歸徠！閒以靜只。
自恣荊楚，安以定只。逞志究欲，心意安只。

窮身永樂，年壽延只。魂乎歸徠！樂不可言只。

五穀六仞，設菰粱只。鼎臑盈望，和致芳只。

內鶬鴿鵠，味豺羹只。魂乎歸徠！恣所嘗只。

鮮蠵甘雞，和楚酪只。醢豚苦狗，膾苴蓴只。

吳酸蒿蔞，不沾薄只。魂兮歸徠！恣所擇只。

炙鴰（一作鵠）烝鳧，煔鶉敶只。煎鰿臛雀，遽爽存只。魂乎歸徠！麗以先只。

四酎并孰，不澀嗌只。清馨凍飲，不歠役只。

吳醴白糵，和楚瀝只。魂乎歸徠！不遽惕只。

代秦鄭衛，鳴竽張只。伏戲〈駕辯〉，楚〈勞商〉只。謳和〈揚阿〉，趙簫倡只。

魂乎歸徠！定空桑只。

二八接舞，投詩賦只。叩鍾調磬，娛人亂只。

四上競氣，極聲變只。魂乎歸徠！聽歌譔只。

朱脣皓齒，嫭以姱只。比德好閑，習以都只。

豐肉微骨，調以娛只。魂乎歸徠！安以舒只。

嫮目宜笑，娥眉曼只。容則秀雅，稚朱顏只。魂乎歸徠！靜以安只。

姱脩滂浩，麗以佳只。曾頰倚耳，曲眉規只。

滂心綽態，姣麗施只。小腰秀頸，若鮮卑只。魂乎歸徠！思怨移只。

易中利心，以動作只。粉白黛黑，施芳澤只。長袂拂面，善留客只。魂乎歸徠！以娛昔只。

青色直眉，美目媔只。靨輔奇牙，宜笑嗎只。豐肉微骨，體便娟只。魂乎歸徠！恣所便只。

夏屋廣大，沙堂秀只。南房小壇，觀絕霤只。

曲屋步壛，宜擾畜只。騰駕步遊，獵春囿只。

瓊轂錯衡，英華假只。茝蘭桂樹，鬱彌路只。魂乎歸徠！恣志慮只。

孔雀盈園，畜鸞皇只。鵾鴻群晨，雜鶖鶬只。鴻鵠代遊，曼鷫鷞只。魂乎歸徠！鳳皇翔只。

曼澤怡面，血氣盛只。永宜厥身，保壽命只。室家盈廷，爵祿盛只。魂乎歸徠！居室定只。

接徑千里，出若雲只。三圭重侯，聽類神只。察篤夭隱，孤寡存只。魂兮歸徠！正始昆只。

田邑千畛，人阜昌只。美冒眾流，德澤章只。

先威後文，善美明只。魂乎歸徠！賞罰當只。名聲若日，照四海只。

德譽配天，萬民理只。北至幽陵，南交阯只。

西薄羊腸，東窮海只。魂乎歸徠！尚賢士只。

發政獻行，禁苛暴只。舉傑壓陛，誅譏罷只。

直贏在位，近禹麾只。豪傑執政，流澤施只。魂乎歸徠！國家為只。

雄雄赫赫，天德明只。三公穆穆，登降堂只。諸侯畢極，立九卿只。

昭質既設，大侯張只。執弓挾矢，揖辭讓只。魂乎歸徠！尚三王只。

十二、惜誓

王逸《章句》云：〈惜誓〉者，不知誰所作也。或曰賈誼，疑不能明也。惜者，哀也。誓者，信也，約也。言哀惜懷王，與己信約，而復背之也。古者君臣將共為治，必以信誓相約，然後言乃從而身以親也。蓋刺懷王有始而無終也。

惜余年老而日衰兮，歲忽忽而不反。登蒼天而高舉兮，歷眾山而日遠。觀江河之紆曲兮，離四海之霑濡。攀北極而一息兮，吸沆瀣以充虛。

飛朱鳥使先驅兮，駕太一之象輿。蒼龍蚴虬於左驂兮，白虎騁而為右騑。建日月以為蓋兮，載玉女於後車。馳騖於杳冥之中兮，休息虖崑崙之墟。

樂窮極而不厭兮，願從容虖神明。涉丹水而駝騁兮，右大夏之遺風。

黃鵠之一舉兮，知山川之紆曲。再舉兮，睹天地之圜方。

臨中國之眾人兮，託回飆乎尚羊。乃至少原之野兮，赤松王喬皆在旁。

二子擁瑟而調均兮，余因稱乎清商。

澹然而自樂兮，吸眾氣而翱翔。念我長生而久僊兮，不如反余之故鄉。

黃鵠後時而寄處兮，鴟梟群而制之。神龍失水而陸居兮，為螻蟻之所裁。夫黃鵠神龍猶如此兮，況賢者之逢亂世哉！壽冉冉而日衰兮，固儃回而不息。俗流從而不止兮，衆枉聚而矯直。或偷合而苟進兮，或隱居而深藏。苦稱量之不審兮，同權概而就衡。

或推迻而苟容兮，或直言之諤諤。傷誠是之不察兮，并紉茅絲以為索。

方世俗之幽昏兮，眩白黑之美惡。

放山淵之龜玉兮，相與貴夫礫石。梅伯數諫而至醢兮，來革順志而用國。

悲仁人之盡節兮，反為小人之所賊。比干忠諫而剖心兮，箕子被髮而佯狂。

水背流而源竭兮，木去根而不長。

非重軀以慮難兮，惜傷身之無功。已矣哉！獨不見夫鸞鳳之高翔兮，乃集大皇之壄（野）。

循四極而回周兮，見盛德而後下。

彼聖人之神德兮，遠濁世而自藏。使麒麟可得羈而係兮，又何以異虖犬羊？

十三、招隱士

王逸《章句》云：〈招隱士〉者，淮南小山之所作也。昔淮南王安，博雅好古，招懷天下俊偉之士。自八公之徒，咸慕其德，而歸其仁，各竭才智，著作篇章，分造辭賦，以類相從，故或稱小山，或稱大山。其義猶《詩》有《小雅》、《大雅》也。小山之徒，閔傷屈原，又怪其文昇天乘雲，役使百神，似若仙者，雖身沈沒，名德顯聞，與隱處山澤無異，故作〈招隱士〉之賦，以章其志也。

桂樹叢生兮山之幽，偃蹇連蜷兮枝相繚。
山氣巃嵸兮石嵯峨，谿谷嶄巖兮水曾波。
猨狖群嘯兮虎豹嗥。攀援桂枝兮聊淹留。
王孫遊兮不歸，春草生兮萋萋。
歲暮兮不自聊，蟪蛄鳴兮啾啾。
坱兮軋，山曲岪，心淹留兮恫慌忽。
罔兮沕，憭兮栗，虎豹穴，叢薄深林兮人上慄。
嶔岑碕礒兮，碅磳磈硊，樹輪相糾兮林木茷骫。
青莎雜樹兮薠草靃靡，白鹿麏麚兮或騰或倚。

狀皃崟崟兮峨峨，淒淒兮漇漇。獼猴兮熊羆，慕類兮以悲。
攀援桂枝兮聊淹留，虎豹鬥兮熊羆咆，禽獸駭兮亡其曹。
王孫兮歸來！山中兮不可以久留。

十四、七諫

王逸《章句》云：〈七諫〉者，東方朔之所作也。諫者，正也，謂陳法度以諫正君也。古者，人臣三諫不從，退而待放。屈原與楚同姓，無相去之義，故加為〈七諫〉，慇懃之意，忠厚之節也。或曰：〈七諫〉者，法天子有爭臣七人也。東方朔追憫屈原，故作此辭，以述其志，所以昭忠信、矯曲朝也。

初放

平生於國兮，長於原壄（野）。言語訥譅兮，又無彊輔。

淺智褊能兮，聞見又寡。數言便事兮，見怨門下。王不察其長利兮，卒見棄乎原壄（野）。

伏念思過兮，無可改者。群眾成朋兮，上浸以惑。巧佞在前兮，賢者滅息。

堯舜聖已沒兮，孰為忠直？高山崔巍兮，水流湯湯。

死日將至兮，與麋鹿如坑。塊兮鞠，當道宿，舉世皆然兮，余將誰告？

斥逐鴻鵠兮，近習鴟梟，斬伐橘柚兮，列樹苦桃。

便娟之脩竹兮，寄生乎江潭。上葳蕤而防露兮，下泠泠而來風。

孰知其不合兮，若竹柏之異心。往者不可及兮，來者不可待。悠悠蒼天兮，莫我振理。竊怨君之不寤兮，吾獨死而後已。

沉江

惟往古之得失兮，覽私微之所傷。堯舜聖而慈仁兮，後世稱而弗忘。齊桓失於專任兮，夷吾忠而名彰。晉獻惑於孋姬兮，申生孝而被殃。偃王行其仁義兮，荊文寤而徐亡。紂暴虐以失位兮，周得佐乎呂望。修往古以行恩兮，封比干之丘壟。賢俊慕而自附兮，日浸淫而合同。明法令而修理兮，蘭芷幽而有芳。苦眾人之妒予兮，箕子寤而佯狂。不顧地以貪名兮，心怫鬱而內傷。聯蕙芷以為佩兮，過鮑肆而失香。正臣端其操行兮，反離謗而見攘。世俗更而變化兮，伯夷餓於首陽。獨廉潔而不容兮，叔齊久而逾明。浮雲陳而蔽晦兮，使日月乎無光。忠臣貞而欲諫兮，讒諛毀而在旁。秋草榮其將實兮，微霜下而夜降。商風肅而害生兮，百草育而不長。眾並諧以妒賢兮，孤聖特而易傷。懷計謀而不見用兮，巖穴處而隱藏。成功隳而不卒兮，子胥死而不葬。世從俗而變化兮，隨風靡而成行。信直退而毀敗兮，虛偽進而得當。

追悔過之無及兮，豈盡忠而有功。廢制度而不用兮，務行私而去公。
終不變而死節兮，惜年齒之未央。將方舟而下流兮，冀幸君之發矇。
痛忠言之逆耳兮，恨申子之沉江。願悉心之所聞兮，遭值君之不聰。
不開寤而難道兮，不別橫之與縱。聽姦臣之浮說兮，絕國家之久長。
滅規矩而不用兮，背繩墨之正方。離憂患而乃寤兮，若縱火於秋蓬。
業失之而不救兮，尚何論乎禍凶？彼離畔而朋黨兮，獨行之士其何望？
日漸染而不自知兮，秋毫微哉而變容。眾輕積而折軸兮，原咎雜而累重。
赴湘沅之流澌兮，恐逐波而復東。懷沙礫而自沈兮，不忍見君之蔽壅。

怨世

世沈淖而難論兮，俗岒峨而嵾嵳。清泠泠而殲滅兮，溷湛湛而日多。
梟鴞既以成群兮，玄鶴弭翼而屏移。蓬艾親人御於床第兮，馬蘭踸踔而日加。
棄捐葯芷與杜衡兮，余柰世之不知芳何？
何周道之平易兮，然蕪穢而險戲。高陽無故而委塵兮，唐虞點灼而毀議。
誰使正其真是兮，雖有八師而不可為。
皇天保其高兮，后土持其久。服清白以逍遙兮，偏與乎玄英異色。

西施媞媞而不得見兮，嫫母勃屑而日侍。
桂蠹不知所淹留兮，蓼蟲不知徙乎葵菜。處湣湣之濁世兮，今安所達乎吾志。
意有所載而遠逝兮，固非眾人之所識。
驥躊躇於弊輂兮，遇孫陽而得代。呂望窮困而不聊生兮，遭周文而舒志。
甯戚飯牛而商歌兮，桓公聞而弗置。路室女之方桑兮，孔子過之以自侍。
吾獨乖剌而無當兮，心悼怵而耄思。思比干之恲恲兮，哀子胥之慎事。
悲楚人之和氏兮，獻寶玉以為石。遇厲武之不察兮，羌兩足以畢斮。
小人之居勢兮，視忠正之何若？
改前聖之法度兮，喜囁嚅而妄作。親讒諛而疏賢聖兮，訟謂閭娵為醜惡。
愉近習而蔽遠兮，孰知察其黑白。
卒不得效其心容兮，安眇眇而無所歸薄。專精爽以自明兮，晦冥冥而壅蔽。
年既已過太半兮，然埳軻而留滯。
欲高飛而遠集兮，恐離罔而滅敗。獨冤抑而無極兮，傷精神而壽夭。
皇天既不純命兮，余生終無所依。願自沈於江流兮，絕橫流而徑逝。
寧為江海之泥塗兮，安能久見此濁世？

怨思

賢士窮而隱處兮，廉方正而不容。子胥諫而靡軀兮，比干忠而剖心。
子推自割而飤君兮，德日忘而怨深。行明白而曰黑兮，荊棘聚而成林。
江離棄於窮巷兮，蒺藜蔓乎東廂。賢者蔽而不見兮，讒諛進而相朋。
梟鴞並進而俱鳴兮，鳳皇飛而高翔。願壹往而徑逝兮，道壅絕而不通。

自悲

居愁懃其誰告兮，獨永思而憂悲。內自省而不慚兮，操愈堅而不衰。
隱三年而無決兮，歲忽忽其若頹。憐余身不足以卒意兮，冀一見而復歸。
哀人事之不幸兮，屬天命而委之咸池。身被疾而不閒兮，心沸熱其若湯。
冰炭不可以相並兮，吾固知乎命之不長。哀獨苦死之無樂兮，惜予年之未央。
悲不反余之所居兮，恨離予之故鄉。鳥獸驚而失群兮，猶高飛而哀鳴。
狐死必首丘兮，夫人孰能不反其真情？故人疏而日忘兮，新人近而俞好。
莫能行於杳冥兮，孰能施於無報？苦眾人之皆然兮，乘回風而遠遊。
凌恆山其若陋兮，聊愉娛以忘憂。悲虛言之無實兮，苦眾口之鑠金。
過故鄉而一顧兮，泣歔欷而霑衿。厭白玉以為面兮，懷琬琰以為心。

邪氣入而感內兮，施玉色而外淫。何青雲之流瀾兮，微霜降之蒙蒙。徐風至而徘徊兮，疾風過之湯湯。聞南藩樂而欲往兮，至會稽而且止。見韓眾而宿之兮，問天道之所在？借浮雲以送予兮，載雌霓而為旌。駕青龍以馳騖兮，班衍衍之冥冥。忽容容其安之兮，超慌忽其焉如。苦眾人之難信兮，願離群而遠舉。登巒山而遠望兮，好桂樹之冬榮。觀天火之炎煬兮，聽大壑之波聲。引八維以自道兮，含沆瀣以長生。居不樂以時思兮，食草木之秋實。飲菌若之朝露兮，構桂木而為室。雜橘柚以為囿兮，列新夷與椒楨。鵾鶴孤而夜號兮，哀居者之誠貞。

哀命

哀時命之不合兮，傷楚國之多憂。內懷情之潔白兮，遭亂世而離尤。惡耿介之直行兮，世溷濁而不知。何君臣之相失兮，上沅湘而分離。測汨羅之湘水兮，知時固而不反。傷離散之交亂兮，遂側身而既遠。處玄舍之幽門兮，穴巖石而窟伏。從水蛟而為徒兮，與神龍乎休息。何山石之嶄巖兮，靈魂屈而偃蹇。含素水而蒙深兮，日眇眇而既遠。哀形體之離解兮，神罔兩而無舍。惟椒蘭之不反兮，魂迷惑而不知路。

願無過之設行兮，雖滅沒之自樂。痛楚國之流亡兮，哀靈脩之過到。
固時俗之溷濁兮，志瞀迷而不知路。念私門之正匠兮，遙涉江而遠去。
念女嬃之嬋媛兮，涕泣流乎於悒。我決死而不生兮，雖重追吾何及。
戲疾瀨之素水兮，望高山之蹇產。哀高丘之赤岸兮，遂沒身而不反。

謬諫

怨靈脩之浩蕩兮，夫何執操之不固。悲太山之為隍兮，孰江河之可涸。
願承閒而效志兮，恐犯忌而干諱。卒撫情以寂寞兮，然怊悵而自悲。
玉與石其同匱兮，貫魚眼與珠璣。駑駿雜而不分兮，服罷牛而驂驥。
年滔滔而自遠兮，壽冉冉而愈衰。心悇憛而煩冤兮，蹇超搖而無冀。
固時俗之工巧兮，滅規榘而改錯。卻騏驥而不乘兮，策駑駘而取路。
當世豈無騏驥兮，誠無王良之善馭。見執轡者非其人兮，故駒跳而遠去。
不量鑿而正枘兮，恐榘矱之不同。不論世而高舉兮，恐操行之不調。
弧弓弛而不張兮，孰云知其所至？無傾危之患難兮，焉知賢士之所死？
俗推佞而進富兮，節行張而不著。賢良蔽而不群兮，朋曹比而黨譽。
邪說飾而多曲兮，正法弧而不公。直士隱而避匿兮，讒諛登乎明堂。

棄彭咸之娛樂兮，滅巧倕之繩墨。菎蕗雜於廏蒸兮，機蓬矢以射革。
駕蹇驢而無策兮，又何路之能極？以直鍼而為釣兮，又何魚之能得？
伯牙之絕弦兮，無鍾子期而聽之。和抱璞而泣血兮，安得良工而剖之？
同音者相和兮，同類者相似。飛鳥號其群兮，鹿鳴求其友。故叩宮而宮應兮，彈角而角動。
虎嘯而谷風至兮，龍舉而景雲往。音聲之相和兮，言物類之相感也。
夫方圜之異形兮，勢不可以相錯。列子隱身而窮處兮，世莫可以寄託。
眾鳥皆有行列兮，鳳獨翔翔而無所薄。經濁世而不得志兮，願側身巖穴而自託。
欲闔口而無言兮，嘗被君之厚德。獨便悁而懷毒兮，愁鬱鬱之焉極！
念三年之積思兮，願壹見而陳詞。不及君而騁說兮，世孰可為明之。
身寢疾而日愁兮，情沈抑而不揚。眾人莫可與論道兮，悲精神之不通。
亂曰：鸞皇孔鳳日以遠兮，畜鳧駕鵝。雞鶩滿堂壇兮，鼃黽游乎華池。
要裹奔亡兮，騰駕橐駝。鉛刀進御兮，遙棄太阿。拔搴玄芝兮，列樹芋荷。
橘柚萎枯兮，苦李旖旎。甂甌登於明堂兮，周鼎潛乎深淵。自古而固然兮，吾又何怨乎今之人！

十五、哀時命

王逸《章句》云：〈哀時命〉者，嚴夫子之所作也。夫子名忌，與司馬相如俱好辭賦，客遊於梁，梁孝王甚奇重之。忌哀屈原受性忠貞，不遭明君而遇暗世，斐然作辭，歎而述之，故曰〈哀時命〉也。

哀時命之不及古人兮，夫何予生之不遘時。往者不可扳援兮，俫者不可與期。
志憾恨而不逞兮，杼中情而屬詩。夜炯炯而不寐兮，懷隱憂而歷茲。
心鬱鬱而無告兮，眾孰可與深謀？欿愁悴而委惰兮，老冉冉而逮之。
居處愁以隱約兮，志沈抑而不揚。道壅塞而不通兮，江河廣而無梁。
願至崑崙之懸圃兮，采鍾山之玉英。擥瑤木之橝枝兮，望閬風之板桐。
弱水汨其為難兮，路中斷而不通。勢不能凌波以徑度兮，又無羽翼而高翔。
然隱憫而不達兮，獨徙倚而彷徉。悵惝罔以永思兮，心紆軫而增傷。
倚躊躇以淹留兮，日飢饉而絕糧。廓抱景而獨倚兮，超永思乎故鄉。
廓落寂而無友兮，誰可與玩此遺芳？白日晼晚其將入兮，哀余壽之弗將。
車既弊而馬罷兮，蹇邅徊而不能行。身既不容於濁世兮，不知進退之宜當。
冠崔嵬而切雲兮，劍淋離而從橫。衣攝葉以儲與兮，左袪挂於榑桑。

右衽拂於不周兮，六合不足以肆行。上同鑿枘於伏戲兮，下合矩矱於虞唐。
願尊節而式高兮，志猶卑夫禹湯。雖知困其不改操兮，終不以邪枉害方。
世並舉而好朋兮，壹斗斛而相量。眾比周以肩迫兮，賢者遠而隱藏。
為鳳皇作鶉籠兮，雖翕翅其不容。靈皇其不寤知兮，焉陳詞而效忠？
俗嫉妒而蔽賢兮，孰知余之從容？願舒志而抽馮兮，庸詎知其吉凶？
璋珪雜於甑窐兮，隴廉與孟娵同宮。舉世以為恆俗兮，固將愁苦而終窮。
幽獨轉而不寐兮，惟煩懣而盈匈。魂眇眇而馳騁兮，心煩冤之忡忡，
志欿憾而不憺兮，路幽昧而甚難。塊獨守此曲隅兮，然欿切而永歎。
愁修夜而宛轉兮，氣涫沸其若波。握剞劂而不用兮，操規榘而無所施。
騁騏驥於中庭兮，焉能極夫遠道？置猨狖於櫺檻兮，夫何以責其捷巧？
駟跛鼈而上山兮，吾固知其不能陞。釋管晏而任臧獲兮，何權衡之能稱？
箟簬雜於黀蒸兮，機蓬矢以射革。負檐荷以丈尺兮，欲伸要而不可得。
外迫脅於機臂兮，上牽聯於矰隿。肩傾側而不容兮，固陿腹而不得息。
務光自投於深淵兮，不獲世之塵垢。孰魁摧之可久兮，願退身而窮處。
鑿山楹而為室兮，下被衣於水渚。霧露濛濛其晨降兮，雲依斐而承宇。
虹霓紛其朝霞兮，夕淫淫而淋雨。怊茫茫而無歸兮，悵遠望此曠野。
下垂釣於谿谷兮，上要求於僊者。與赤松而結友兮，比王僑而為耦。

使梟楊先導兮，白虎為之前後。浮雲霧而入冥兮，騎白鹿而容與。
魂眐眐以寄獨兮，汨徂往而不歸。處卓卓而日遠兮，志浩蕩而傷懷。
鸞鳳翔於蒼雲兮，故矰繳而不能加。蛟龍潛於旋淵兮，身不挂於罔羅。
知貪餌而近死兮，不如下游乎清波。寧幽隱以遠禍兮，孰侵辱之可為？
子胥死而成義兮，屈原沈於汨羅。雖體解其不變兮，豈忠信之可化？
志怦怦而內直兮，履繩墨而不頗。執權衡而無私兮，稱輕重而不差。
摡塵垢之枉攘兮，除穢累而反真。形體白而質素兮，中皎潔而淑清。
時猒飫而不用兮，且隱伏而遠身。聊竄端而匿跡兮，嘆寂默而無聲。
獨便悁而煩毒兮，焉發憤而抒情。時曖曖其將罷兮，遂悶歎而無名。
伯夷死於首陽兮，卒夭隱而不榮。太公不遇文王兮，身至死而不得逞。
懷瑤象而佩瓊兮，願陳列而無正。生天墜之若過兮，忽爛漫而無成。
邪氣襲余之形體兮，疾憯怛而萌生。願壹見陽春之白日兮，恐不終乎永年。

十六、九懷

王逸《章句》云：〈九懷〉者，諫議大夫王褒之所作也。懷者，思也，言屈原雖見放逐，猶思念其君，憂國傾危而不能忘也。褒讀屈原之文，嘉其溫雅，藻采敷衍，執握金玉，委之污瀆，遭世溷濁，莫之能識。追而愍之，故作〈九懷〉，以裨其詞。史官錄第，遂列于篇。

匡機

極運兮不中，來將屈兮困窮。余深愍兮慘怛，願一列兮無從。

乘日月兮上征，顧遊心兮鄗酆。彌覽兮九隅，彷徨兮蘭宮。

芷閭兮葯房，奮搖兮眾芳。菌閣兮蕙樓，觀道兮從橫。

寶金兮委積，美玉兮盈堂。桂水兮潺湲，揚流兮洋洋。

蓍蔡兮踊躍，孔鶴兮回翔。撫檻兮遠望，念君兮不忘。怫鬱兮莫陳，永懷兮內傷。

通路

天門兮墬戶，孰由兮賢者？無正兮溷廁，懷德兮何睹？

假寐兮愍斯，誰可與兮寤語？痛鳳兮遠逝，畜鴳兮近處。

鯨鱏兮幽潛，從蝦兮遊陼。乘虯兮登陽，載象兮上行。
朝發兮蔥嶺，夕至兮明光。北飲兮飛泉，南采兮芝英。
宣遊兮列宿，順極兮彷徉。紅采兮騂衣，翠縹兮為裳。
舒佩兮綝纚，竦余劍兮干將。騰蛇兮後從，飛駏兮步旁。
微觀兮玄圃，覽察兮瑤光。啟匱兮探筴，悲命兮相當。
紉蕙兮永辭，將離兮所思。浮雲兮容與，道余兮何之？
遠望兮仟眠，聞雷兮闐闐。陰憂兮感余，惆悵兮自怜。

危俊

林不容兮鳴蜩，余何留兮中州？陶嘉月兮總駕，搴玉英兮自脩。
結榮茝兮逶逝，將去烝兮遠遊。徑岱土兮魏闕，歷九曲兮牽牛。
聊假日兮相佯，遺光燿兮周流。望太一兮淹息，紆余轡兮自休。
晞白日兮皎皎，彌遠路兮悠悠。顧列孛兮縹縹，觀幽雲兮陳浮。
鉅寶遷兮砏磤，雉咸雊兮相求。泱莽莽兮究志，懼吾心兮懤懤。
步余馬兮飛柱，覽可與兮匹儔。卒莫有兮纖介，永余思兮怞怞。

昭世

世溷兮冥昏，違君兮歸真。乘龍兮偃蹇，高回翔兮上臻。
襲英衣兮緹䌸，披華裳兮芳芬。登羊角兮扶輿，浮雲漠兮自娛。
握神精兮雍容，與神人兮相胥。流星墜兮成雨，進瞵盼兮上丘墟。
覽舊邦兮滃鬱，余安能兮久居！志懷逝兮心懰慄，紆余轡兮躊躇。
聞素女兮微歌，聽王后兮吹竽。魂悽愴兮感哀，腸回回兮盤紆。
撫余佩兮繽紛，高太息兮自憐。使祝融兮先行，令昭明兮開門。
馳六蛟兮上征，竦余駕兮入冥。歷九州兮索合，誰可與兮終生？
忽反顧兮西囿，睹軫丘兮崎傾。橫垂涕兮泫流，悲余后兮失靈。

尊嘉

季春兮陽陽，列草兮成行。余悲兮蘭生，委積兮從橫。
江離兮遺捐，辛夷兮擠臧。伊思兮往古，亦多兮遭殃。
伍胥兮浮江，屈子兮沈湘。運余兮念茲，心內兮懷傷。
望淮兮沛沛，濱流兮則逝。榜舫兮下流，東注兮磕磕。
蛟龍兮導引，文魚兮上瀨。抽蒲兮陳坐，援芙蕖兮為蓋。

水躍兮余旌，繼以兮微蔡。雲旗兮電騖，儵忽兮容裔。

河伯兮開門，迎余兮歡欣。顧念兮舊都，懷恨兮艱難。

竊哀兮浮萍，汎淫兮無根。

蓄英

秋風兮蕭蕭，舒芳兮振條。微霜兮眇眇，病殀兮鳴蜩。

玄鳥兮辭歸，飛翔兮靈丘。望谿兮滃鬱，熊羆兮呴嗥。

唐虞兮不存，何故兮久留？臨淵兮汪洋，顧林兮忽荒。

修余兮袿衣，騎霓兮南上。乘雲兮回回，亹亹兮自強。

將息兮蘭皋，失志兮悠悠。蒶蘊兮黴黧，思君兮無聊。

身去兮意存，愴恨兮懷愁。

思忠

登九靈兮遊神，靜女歌兮微晨。悲皇丘兮積葛，眾體錯兮交紛。

貞枝抑兮枯槁，枉車登兮慶雲。感余志兮慘慄，心愴愴兮自憐。

駕玄螭兮北征，嚮吾路兮蔥嶺。連五宿兮建旄，揚氛氣兮為旌。

歷廣漠兮馳騖，覽中國兮冥冥。玄武步兮水母，與吾期兮南榮。
登華蓋兮乘陽，聊逍遙兮播光。抽庫婁兮酌醴，援匏瓜兮接糧。
畢休息兮遠逝，發玉軔兮西行。惟時俗兮疾正，弗可久兮此方。
寤辟摽兮永思，心怫鬱兮內傷。

陶壅

覽杳杳兮世惟，余惆悵兮何歸？傷時俗兮溷亂，將奮翼兮高飛。
駕八龍兮連蜷，建虹旌兮威夷。觀中宇兮浩浩，紛翼翼兮上躋。
浮溺水兮舒光，淹低佪兮京沶。屯余車兮索友，睹皇公兮問師。
道莫貴兮歸真，羡余術兮可夷。吾乃逝兮南娭，道幽路兮九疑。
越炎火兮萬里，過萬首兮嶷嶷。濟江海兮蟬蛻，絕北梁兮永辭。
浮雲鬱兮晝昏，霾土忽兮塺塺。息陽城兮廣夏，衰色罔兮中怠。
意曉陽兮燎寤，乃自誃（一作眡）兮在茲。思堯舜兮襲興，幸咎繇兮獲謀。
悲九州兮靡君，撫軾歎兮作詩。

株昭

悲哉于嗟兮，心內切磋。款冬而生兮，凋彼葉柯。
瓦礫進寶兮，捐棄隨和。鉛刀厲御兮，頓棄太阿。
驥垂兩耳兮，中阪蹉跎。蹇驢服駕兮，無用日多。
修潔處幽兮，貴寵沙劘。鳳皇不翔兮，鶉鴳飛揚。
乘虹驂蜺兮，載雲變化。鷦鵬開路兮，後屬青蛇。
步驟桂林兮，超驤卷阿。丘陵翔舞兮，谿谷悲歌。
神章靈篇兮，赴曲相和。余私娛茲兮，孰哉復加。
還顧世俗兮，壞敗罔羅。卷佩將逝兮，涕流滂沱。
亂曰：皇門開兮照下土，株穢除兮蘭芷睹。
四佞放兮後得禹，聖舜攝兮昭堯緒，孰能若兮願為輔。

十七、九歎

王逸《章句》云：〈九歎〉者，護左都水使者光祿大夫劉向之所作也。向以博古敏達，典校經書，辯章舊文，追念屈原忠信之節，故作〈九歎〉。歎者，傷也，息也。言屈原放在山澤，猶傷念君，歎息無已，所謂讚賢以輔志，騁詞以曜德者也。

逢紛

伊伯庸之末冑兮，諒皇直之屈原。云余肇祖于高陽兮，惟楚懷之嬋連。
原生受命于貞節兮，鴻永路有嘉名。齊名字於天地兮，並光明於列星。
吸精粹而吐氛濁兮，橫邪世而不取容。行叩誠而不阿兮，遂見排而逢讒。
后聽虛而黜實兮，不吾理而順情。腸憒悁而含怒兮，志遷蹇而左傾。
心戃慌其不我與兮，躬速速其不吾親。辭靈脩而隕志兮，吟澤畔之江濱。
椒桂羅以顛覆兮，有竭信而歸誠。讒夫藹藹而漫著兮，曷其不舒予情。
始結言於廟堂兮，信中塗而叛之。懷蘭蕙與衡芷兮，行中野而散之。
聲哀哀而懷高丘兮，心愁愁而思舊邦。願承閒而自恃兮，徑淫曀而道壅。

顏黴黧以沮敗兮，精越裂而衰耄。裳襜襜而含風兮，衣納納而掩露。
赴江湘之湍流兮，順波湊而下降。徐徘徊於山阿兮，飄風來之洶洶。
馳余車兮玄石，步余馬兮洞庭。平明發兮蒼梧，夕投宿兮石城。
芙蓉蓋而蔆華車兮，紫貝闕而玉堂。薜荔飾而陸離薦兮，魚鱗衣而白蜺裳。
登逢龍而下隕兮，違故都之漫漫。思南郢之舊俗兮，腸一夕而九運。
揚流波之潢潢兮，體溶溶而東回。心怊悵以永思兮，意晻晻而日頹。
白露紛以塗塗兮，秋風瀏以蕭蕭。身永流而不還兮，魂長逝而常愁。
歎曰：譬彼流水，紛揚磕兮，波逢洶涌，濆滂沛兮。揄揚滌盪，漂流隕往，
觸崟石兮。龍邛脟圈，繚戾宛轉，阻相薄兮。遭紛逢凶，蹇離尤兮。垂文揚采，遺將來兮。

離世

靈懷其不吾知兮，靈懷其不吾聞。就靈懷之皇祖兮，愬靈懷之鬼神。
靈懷曾不吾與兮，即聽夫人之諛辭。余辭上參於天墬兮，旁引之於四時。
指日月使延照兮，撫招搖以質正。立師曠俾端詞兮，命咎繇使並聽。
兆出名曰正則兮，卦發字曰靈均。余幼既有此鴻節兮，長愈固而彌純。
不從俗而詖行兮，直躬指而信志。不枉繩以追曲兮，屈情素以從事。

端余行其如玉兮，述皇輿之踵跡。群阿容以晦光兮，皇輿覆以幽辟。
輿中塗以回畔兮，駟馬驚而横奔。執組者不能制兮，必折軛而摧轅。
斷鑣銜以馳騖兮，暮去次而敢止。路蕩蕩其無人兮，遂不禦乎千里。
身衡陷而下沈兮，不可獲而復登。不顧身之卑賤兮，惜皇輿之不興。
出國門而端指兮，冀壹寤而錫還。哀僕夫之坎毒兮，屢離憂而逢患。
九年之中不吾反兮，思彭咸之水遊。惜師延之浮渚兮，赴汨羅之長流。
遵江曲之逶移兮，觸石碕而衡游。波灃灃而揚澆兮，順長瀨之濁流。
淩黃沱而下低兮，思還流而復反。玄輿馳而並集兮，身容與而日遠。
櫂舟杭以横濿兮，濟湘流而南極。立江界而長吟兮，愁哀哀而累息。
情慌忽以忘歸兮，神浮遊以高厲。心蛩蛩而懷顧兮，魂眷眷而獨逝。
歎曰：余思舊邦，心依違兮。日暮黃昏，羌幽悲兮。去郢東遷，余誰慕兮？
讒夫黨旅，其以茲故兮。河水淫淫，情所願兮。顧瞻郢路，終不返兮。

怨思

惟鬱鬱之憂毒兮，志坎壈而不違。身憔悴而考旦兮，日黃昏而長悲。
閔空宇之孤子兮，哀枯楊之冤鶵。孤雌吟於高墉兮，鳴鳩棲於桑榆。

玄蝯失於潛林兮，獨偏棄而遠放。征夫勞於周行兮，處婦憤而長望。
申誠信而罔違兮，情素潔於紐帛。光明齊於日月兮，文采耀於玉石。
傷壓次而不發兮，思沈抑而不揚。芳懿懿而終敗兮，名靡散而不彰。
背玉門以奔騖兮，蹇離尤而干詬。若龍逢之沈首兮，王子比干之逢醢。
念社稷之幾危兮，反為讎而見怨。思國家之離沮兮，躬獲愆而結難。
若青蠅之偽質兮，晉驪姬之反情。恐登階之逢殆兮，故退伏於末庭。
孽臣之號咷兮，本朝蕪而不治。犯顏色而觸諫兮，反蒙辜而被疑。
菀蘼蕪與菌若兮，漸藁本於洿瀆。淹芳芷於腐井兮，棄雞駭於筐簏。
執棠谿以刜蓬兮，秉干將以割肉。筐澤瀉以豹鞹兮，破荊和以繼築。
時溷濁猶未清兮，世殽亂猶未察。欲容與以竢時兮，懼年歲之既晏。
顧屈節以從流兮，心鞏鞏而不夷。寧浮沅而馳騁兮，下江湘以邅迴。
歎曰：山中檻檻，余傷懷兮。征夫皇皇，其孰依兮。經營原野，杳冥冥兮。
乘騏騁驥，舒吾情兮。歸骸舊邦，莫誰語兮。長辭遠逝，乘湘去兮。

遠逝

志隱隱而鬱怫兮，愁獨哀而冤結。腸紛紜以繚轉兮，涕漸漸其若屑。
情慨慨而長懷兮，信上皇而質正。合五嶽與八靈兮，訊九鬿與六神。

指列宿以白情兮，訴五帝以置詞。北斗為我折中兮，太一為余聽之。云服陰陽之正道兮，御后土之中和。佩蒼龍之蚴虯兮，帶隱虹之逶蛇。曳彗星之皓旰兮，撫朱爵與鵔鸃。遊清靈之颯戾兮，服雲衣之披披。杖玉華與朱旗兮，垂明月之玄珠。舉霓旌之墆翳兮，建黃纁之總旄。躬純粹而罔愆兮，承皇考之妙儀。惜往事之不合兮，橫汨羅而下濿。乘隆波而南渡兮，逐江湘之順流。赴陽侯之潢洋兮，下石瀨而登洲。陵魁堆以蔽視兮，雲冥冥而闇前。山峻高以無垠兮，遂曾閎而迫身。雪雰雰而薄木兮，雲霏霏而隕集。阜隘狹而幽險兮，石嵾嵯以翳日。悲故鄉而發忿兮，去余邦之彌久。背龍門而入河兮，登大墳而望夏首。橫舟航而濟湘兮，耳聊啾而懺慌。波淫淫而周流兮，鴻溶溢而滔蕩。路曼曼其無端兮，周容容而無識。引日月以指極兮，少須臾而釋思。水波遠以冥冥兮，眇不睹其東西。順風波以南北兮，霧宵晦以紛紛。日杳杳以西頹兮，路長遠而窘迫。欲酌醴以娛憂兮，蹇騷騷而不釋。

歎曰：飄風蓬龍，埃坲坲兮。草木搖落，時槁悴兮。遭傾遇禍，不可救兮。長吟永欷，涕究究兮。舒情陳詩，冀以自免兮。頹流下隕，身日遠兮。

惜賢

覽屈氏之〈離騷〉兮，心哀哀而怫鬱。聲噭噭以寂寥兮，顧僕夫之憔悴。
撥諂諛而匡邪兮，切淟涊之流俗。盪渨涹之姦咎兮，夷蠢蠢之溷濁。
懷芬香而挾蕙兮，佩江蘺之斐斐。握申椒與杜若兮，冠浮雲之峨峨。
登長陵而四望兮，覽芷圃之蠡蠡。遊蘭皋與蕙林兮，睨玉石之嵾嵯。
揚精華以眩燿兮，芳鬱渥而純美。結桂樹之旖旎兮，紉荃蕙與辛夷。
芳若茲而不御兮，捐林薄而菀死。驅子僑之奔走兮，申徒狄之赴淵。
若由夷之純美兮，介子推之隱山。晉申生之離殃兮，荊和氏之泣血。
吳申胥之抉眼兮，王子比干之橫廢。欲卑身而下體兮，心隱惻而不置。
方圜殊而不合兮，鉤繩用而異態。欲俟時於須臾兮，日陰曀其將暮。
時遲遲其日進兮，年忽忽而日度。妄周容而入世兮，內距閉而不開。
俟時風之清激兮，愈氛霧其如壓。進雄鳩之耿耿兮，讒介介而蔽之。
默順風以偃仰兮，尚由由而進之。心懭悢以冤結兮，情舛錯以曼憂。
搴薜荔於山野兮，采撚支於中洲。望高丘而歎涕兮，悲吸吸而長懷。
孰契契而委棟兮，日晻晻而下頹。

歎曰：江湘油油，長流汩兮。挑揄揚汰，盪迅疾兮。憂心展轉，愁怫鬱兮。
冤結未舒，長隱忿兮。丁時逢殃，可柰何兮。勞心悁悁，涕滂沲兮。

憂苦

悲余心之悁悁兮，哀故邦之逢殃。辭九年而不復兮，獨煢煢而南行。
思余俗之流風兮，心紛錯而不受。遵壄（野）莽以呼風兮，步從容於山廋。
巡陸夷之曲衍兮，幽空虛以寂寞。倚石巖以流涕兮，憂憔悴而無樂。
登巑岏以長企兮，望南郢而闚之。山脩遠其遼遼兮，塗漫漫其無時。
聽玄鶴之晨鳴兮，于高岡之峨峨。獨憤積而哀娛兮，翔江洲而安歌。
三鳥飛以自南兮，覽其志而欲北。願寄言於三鳥兮，去飄疾而不可得。
欲遷志而改操兮，心紛結其未離。外彷徨而遊覽兮，內惻隱而含哀。
聊須臾以時忘兮，心漸漸其煩錯。願假簧以舒憂兮，志紆鬱其難釋。
歎〈離騷〉以揚意兮，猶未殫於《九章》。長噓吸以於悒兮，涕橫集而成行。
傷明珠之赴泥兮，魚眼璣之堅藏。同駑贏與乘駔兮，雜班駮與闒茸。
葛藟虆於桂樹兮，鴟鴞集於木蘭。偓促談於廊廟兮，律魁放乎山閒。
惡虞氏之簫〈韶〉兮，好遺風之〈激楚〉。潛周鼎於江淮兮，爨土鬵於中宇。

且人心之持舊兮，而不可保長。邅彼南道兮，征夫宵行。思念郢路兮，還顧睠睠。涕流交集兮，泣下漣漣。

歎曰：登山長望，中心悲兮。菀彼青青，泣如頹兮。留思北顧，涕漸漸兮。折銳摧矜，凝氾濫兮。念我煢煢，魂誰求兮？僕夫慌悴，散若流兮。

愍命

昔皇考之嘉志兮，喜登能而亮賢。情純潔而罔薉兮，姿盛質而無愆。放佞人與諂諛兮，斥讒夫與便嬖。親忠正之悃誠兮，招貞良與明智。心溶溶其不可量兮，情澹澹其若淵。回邪辟而不能入兮，誠願藏而不可遷。逐下袟於後堂兮，迎宓妃於伊雒。刜讒賊於中廇兮，選呂管於榛薄。叢林之下無怨士兮，江河之畔無隱夫。三苗之徒以放逐兮，伊皋之倫以充廬。今反表以為裡兮，顛裳以為衣。戚宋萬於兩楹兮，廢周邵於遐夷。卻騏驥以轉運兮，騰驢贏以馳逐。蔡女黜而出帷兮，戎婦入而綵繡服。慶忌囚於阱室兮，陳不占戰而赴圍。破伯牙之號鍾兮，挾人箏而彈緯。藏瑉石於金匱兮，捐赤瑾於中庭。韓信蒙於介胄兮，行夫將而攻城。莞芎棄於澤洲兮，瓟蠡蠹於筐簏。麒麟奔於九皐兮，熊羆群而逸囿。

折芳枝與瓊華兮，樹枳棘與薪柴。掘荃蕙與射干兮，耘藜藿與蘘荷。
惜今世其何殊兮，遠近思而不同。或沈淪其無所達兮，或清激其無所通。
哀余生之不當兮，獨蒙毒而逢尤。雖謇謇以申志兮，君乖差而屏之。
誠惜芳之菲菲兮，反以茲為腐也。懷椒聊之蔎蔎兮，乃逢紛以罹詬也。
歎曰：嘉皇既歿，終不返兮，山中幽險，郢路遠兮。讒人諓諓，孰可愬兮。
征夫罔極，誰可語兮。行吟累欷，聲喟喟兮。懷憂含戚，何侘傺兮。

思古

冥冥深林兮，樹木鬱鬱。山參差以嶄巖兮，阜杳杳以蔽日。
悲余心之悁悁兮，目眇眇而遺泣。風騷屑以搖木兮，雲吸吸以湫戾。
悲余生之無歡兮，愁倥傯於山陸。旦徘徊於長阪兮，夕仿偟而獨宿。
髮披披以鬤鬤兮，躬劬勞而瘏悴。魂俇俇而南行兮，泣霑襟而濡袂。
心嬋媛而無告兮，口噤閉而不言。違郢都之舊閭兮，回湘沅而遠遷。
念余邦之橫陷兮，宗鬼神之無次。閔先嗣之中絕兮，心惶惑而自悲。
聊浮遊於山峽兮，步周流於江畔。臨深水而長嘯兮，且倘佯而氾觀。
與〈離騷〉之微文兮，冀靈修之壹悟。還余車於南郢兮，復往軌於初古。

道脩遠其難遷兮，傷余心之不能已。背三五之典刑兮，絕〈洪範〉之辟紀。
播規榘以背度兮，錯權衡而任意。操繩墨而放棄兮，傾容幸而侍側。
甘棠枯於豐草兮，藜棘樹於中庭。西施斥於北宮兮，仳倠倚於彌楹。
烏獲戚而驂乘兮，燕公操於馬圉。蒯聵登於清府兮，咎繇棄而在壄（野）。
蓋見茲以永歎兮，欲登階而狐疑。乘白水而高鶩兮，因徙弛而長辭。
歎曰：倘佯壚阪，沼水深兮。容與漢渚，涕淫淫兮。鍾牙已死，誰為聲兮？
纖阿不御，焉舒情兮？曾哀悽欷，心離離兮。還顧高丘，泣如灑兮。

遠游

悲余性之不可改兮，屢懲艾而不迻。服覺皓以殊俗兮，貌揭揭以巍巍。
譬若王僑之乘雲兮，載赤霄而淩太清。欲與天地參壽兮，與日月而比榮。
登崑崙而北首兮，悉靈圉而來謁。選鬼神於太陰兮，登閶闔於玄闕。
回朕車俾西引兮，褰虹旗於玉門。馳六龍於三危兮，朝西靈於九濱。
結余軫於西山兮，橫飛谷以南征。絕都廣以直指兮，歷祝融於朱冥。
枉玉衡於炎火兮，委兩館于咸唐。貫澒濛以東揭兮，維六龍於扶桑。
周流覽於四海兮，志升降以高馳。徵九神於回極兮，建虹采以招指。

駕鸞鳳以上遊兮，從玄鶴與鷦明。孔鳥飛而送迎兮，騰群鶴於瑤光。

排帝宮與羅囿兮，升縣圃以眩滅。結瓊枝以雜佩兮，立長庚以繼日。

淩驚雷以軼駭電兮，綴鬼谷於北辰。鞭風伯使先驅兮，囚靈玄於虞淵。

遡（一作泝）高風以低佪兮，覽周流於朔方。就顓頊而陳詞兮，考玄冥於空桑。

旋車逝於崇山兮，奏虞舜於蒼梧。濟楊舟於會稽兮，就申胥於五湖。

見南郢之流風兮，殞余躬於沅湘。望舊邦之黯黮兮，時溷濁其猶未央。

懷蘭茝之芬芳兮，妒被離而折之。張絳帷以襜襜兮，風邑邑而蔽之。

日暾暾其西舍兮，陽焱焱而復顧。聊假日以須臾兮，何騷騷而自故。

歎曰：譬彼蛟龍，乘雲浮兮。汎淫澒溶，紛若霧兮。潺湲轇轕，雷動電發，馺高舉兮。

升虛淩冥，沛濁浮清，入帝宮兮。搖翹奮羽，馳風騁雨，遊無窮兮。

十八、九思

王逸《章句》云：〈九思〉者，王逸之所作也。逸，南陽人，博雅多覽，讀《楚辭》而傷愍屈原，故為之作解。又以自屈原終沒之後，忠臣介士遊覽學者讀〈離騷〉、〈九章〉之文，莫不愴然，心為悲感，高其節行，妙其麗雅。至劉向、王褒之徒，咸嘉其義，作賦騁辭，以讚其志。則皆列於譜錄，世世相傳。逸與屈原同土共國，悼傷之情與凡有異。竊慕向、褒之風，作頌一篇，號曰〈九思〉，以裨其辭。未有解說，故聊敘訓誼焉。辭曰：

逢尤

悲兮愁，哀兮憂。天生我兮當闇時，被諑譖兮虛獲尤。心煩憒兮意無聊，嚴載駕兮出戲遊。

周八極兮歷九州，求軒轅兮索重華。世既卓兮遠眇眇，握佩玖兮中路躇。

羨咎繇兮建典謨，懿風后兮受瑞圖。愍余命兮遭六極，委玉質兮於泥塗。

遽傽遑兮驅林澤，步屏營兮行丘阿。車軏折兮馬虺頹，惷悵立兮涕滂沱。

思丁文兮聖明哲，哀平差兮迷謬愚。呂傅舉兮殷周興，忌嚭專兮郢吳虛。

仰長歎兮氣餇（噎）結，悒殟絕兮咶復蘇。虎兕爭兮於廷中，豺狼鬥兮我之隅。

雲霧會兮日冥晦，飄風起兮揚塵埃。走鬯罔兮乍東西，欲竄伏兮其焉如。念靈閨兮隩重深，願竭節兮隔無由。望舊邦兮路逶隨，憂心悄兮志勤劬。魂煢煢兮不遑寐，目眽眽兮寤終朝。

怨上

令尹兮謷謷，群司兮譨譨。哀哉兮淈淈，上下兮同流。菽藟兮蔓衍，芳虈兮挫枯。朱紫兮雜亂，曾莫兮別諸。倚此兮巖穴，永思兮窈悠。嗟懷兮眩惑，用志兮不昭。將喪兮玉斗，遺失兮鈕樞。我心兮煎熬，惟是兮用憂。進惡兮九旬，復顧兮彭務。擬斯兮二蹤，未知兮所投。謠吟兮中野，上察兮璇璣。大火兮西睨，攝提兮運低。雷霆兮硠磕，雹霰兮霏霏。奔電兮光晃，涼風兮愴悽。鳥獸兮驚駭，相從兮宿棲。鴛鴦兮噰噰，狐狸兮徽徽。哀吾兮介特，獨處兮罔依。螻蛄兮鳴東，蟊蠽兮號西。蛓緣兮我裳，蠋入兮我懷。蟲豸兮夾余，惆悵兮自悲。佇立兮忉怛，心結縎兮折摧。

疾世

周徘徊兮漢渚，求水神兮靈女。嗟此國兮無良，媒女詘兮謰謱。鴳雀列兮譁讙，鴝鵒鳴兮聒余。抱昭華兮寶璋，欲衒鬻兮莫取。言旋邁兮北徂，叫我友兮配耦。日陰曀兮未光，闃睄窕兮靡睹。

紛載驅兮高馳，將諮詢兮皇羲。遵河皐兮周流，路變易兮時乖。濿滄海兮東遊，沐盥浴兮天池。訪太昊兮道要，云靡貴兮仁義。志欣樂兮反征，就周文兮邠岐。秉玉英兮結誓，日欲暮兮心悲。惟天祿兮不再，背我信兮自違。踰隴堆兮渡漠，過桂車兮合黎。赴崑山兮馽騄，從邛遨兮棲遲。吮玉液兮止渴，齧芝華兮療飢。居嵺廓兮尠疇，遠梁昌兮幾迷。望江漢兮濩渃，心緊絭兮傷懷。時昢昢兮旦旦，塵莫莫兮未晞。憂不暇兮寢食，吒增歎兮如雷。

憫上

哀世兮睩睩，諓諓兮嗌喔。眾多兮阿媚，骫靡兮成俗。貪枉兮黨比，貞良兮煢獨。鵠竄兮枳棘，鵜集兮帷幄。蘮蕠兮青蔥，槀本兮萎落。睹斯兮偽惑。心為兮隔錯。逡巡兮圃藪，率彼兮畛陌。川谷兮淵淵，山岊兮峉峉。叢林兮崟崟，株榛兮岳岳。霜雪兮漼溰，冰凍兮洛澤。東西兮南北，罔所兮歸薄。庇廕兮枯樹，匍匐兮巖石。踡跼兮寒局數，獨處兮志不申，年齒盡兮命迫促。魁壘擠摧兮常困辱，含憂強老兮愁不樂。鬚髮薴頇兮顠鬢白，思靈澤兮一膏沐。懷蘭英兮把瓊若，待天明兮立躑躅。雲蒙蒙兮電儵爍，孤雌驚兮鳴呴呴。思怫鬱兮肝切剝，忿悁悒兮孰訴告。

遭厄

悼屈子兮遭厄，沈玉躳兮湘汨。何楚國兮難化，迄于今兮不易。士莫志兮羔裘，競佞諛兮讒閱。指正義兮為曲，訿玉璧兮為石。殦鵰遊兮華屋，鵕鸃棲兮柴蔟。起奮迅兮奔走，違群小兮謑訽。

載青雲兮上昇，適昭明兮所處。躡天衢兮長驅，踵九陽兮戲蕩。越雲漢兮南濟，秣余馬兮河鼓。雲霓紛兮晻翳，參辰回兮顛倒。逢流星兮問路，顧我指兮從左。俓娵觜兮直馳，御者迷兮失軌。遂踢達兮邪造，與日月兮殊道。志閼絕兮安如，哀所求兮不耦。攀天階兮下視，見鄢郢兮舊宇。意逍遙兮欲歸，眾穢盛兮沓沓。思哽饐兮詰詘，涕流瀾兮如雨。

悼亂

嗟嗟兮悲夫，殽亂兮紛挐。茅絲兮同綜，冠屨兮共絇。督萬兮侍宴，周邵兮負芻。白龍兮見射，靈龜兮執拘。仲尼兮困厄，鄒衍兮幽囚。伊余兮念茲，奔遁兮隱居。將升兮高山，上有兮猴猿。欲入兮深谷，下有兮虺蛇。左見兮鳴鵙，右睹兮呼梟。惶悸兮失氣，踊躍兮距跳。便旋兮中原，仰天兮增歎。菅蒯兮壄莽，雚葦兮仟眠。鹿蹊兮躖躖，貒貉兮蟫蟫。鸇鷂兮軒軒，鶉鴽兮甄甄。哀我兮寡獨，靡有兮齊倫。意欲兮沈吟，迫日兮黃昏。玄鶴兮高飛，曾逝兮青冥。鶬鶊兮喈喈，山鵲兮嚶嚶。鴻鸕兮振翅，歸鴈兮于征。吾志兮覺悟，懷我兮聖京。垂屣兮將起，跓竢兮碩明。

傷時

惟昊天兮昭靈，陽氣發兮清明。風習習兮和煖，百草萌兮華榮。堇荼茂兮扶疏，蘅芷彫兮瑩嫇。愍貞良兮遇害，將夭折兮碎糜。時混混兮澆饋，哀當世兮莫知。覽往昔兮俊彥，亦詘辱兮係纍。

管束縛兮桎梏，百貿易兮傳賣。遭桓繆兮識舉，才德用兮列施。且從容兮自慰，玩琴書兮遊戲。
迫中國兮迮狹，吾欲之兮九夷。超五嶺兮嵯峨，觀浮石兮崔嵬。陟丹山兮炎野，屯余車兮黃支。
就祝融兮稽疑，嘉己行兮無為。乃回朅兮北逝，遇神嬬兮宴娭。欲靜居兮自娛，心愁感兮不能。
放余轡兮策駟，忽飆騰兮雲浮。蹠飛杭兮越海，從安期兮蓬萊。緣天梯兮北上，登太一兮玉臺。
使素女兮鼓簧，乘戈龢兮謳謠。聲嗷誂兮清和，音晏衍兮要婬。咸欣欣兮酣樂，余眷眷兮獨悲。
顧章華兮太息，志戀戀兮依依。

哀歲

旻天兮清涼，玄氣兮高朗。北風兮潦洌，草木兮蒼唐。蛜蚗兮噍噍，蝍蛆兮穰穰。
歲忽忽兮惟暮，余感時兮悽愴。傷俗兮泥濁，矇蔽兮不章。寶彼兮沙礫，捐此兮夜光。
椒瑛兮湟汙，枲耳兮充房。攝衣兮緩帶，操我兮墨陽。昇車兮命僕，將馳兮四荒。
下堂兮見蠆，出門兮觸蜂。巷有兮蚰蜒，邑多兮螳螂。睹斯兮嫉賊，心為兮切傷。
俛念兮子胥，仰憐兮比干。投劍兮脫冕，龍屈兮蜿蟤。潛藏兮山澤，匍匐兮叢攢。
窺見兮溪澗，流水兮沄沄。黿鼉兮欣欣，鱣鮎兮延延。群行兮上下，駢羅兮列陳。
自恨兮無友，特處兮煢煢。冬夜兮陶陶，雨雪兮冥冥。神光兮熲熲，鬼火兮熒熒。
修德兮困控，愁不聊兮遑生。憂紆兮鬱鬱，惡所兮寫情。

守志

陟玉巒兮逍遙，覽高岡兮嶢嶢。桂樹列兮紛敷，吐紫華兮布條。實孔鸞兮所居，今其集兮惟鴞。
烏鵲驚兮啞啞，余顧瞻兮怊怊。彼日月兮闇昧，障覆天兮祲氛。伊我后兮不聰，焉陳誠兮效忠。
攄羽翮兮超俗，遊陶遨兮養神。乘六蛟兮蜿蟬，遂馳騁兮陞雲。揚彗光兮為旗，秉電策兮為鞭。
朝晨發兮鄢郢，食時至兮增泉。繞曲阿兮北次，造我車兮南端。謁玄黃兮納贄，崇忠貞兮彌堅。
歷九宮兮遍觀，睹祕藏兮寶珍。就傅說兮騎龍，與織女兮合婚。舉天畢兮掩邪，彀天弧兮射姦。
隨真人兮翱翔，食元氣兮長存。望太微兮穆穆，睨三階兮炳分。相輔政兮成化，建烈業兮垂勳。
目瞥瞥兮西沒，道遐迥兮阻歎。志稸積兮未通，悵敞罔兮自憐。
亂曰：天庭明兮雲霓藏，三光朗兮鏡萬方。斥蜥蜴兮進龜龍，策謀從兮翼機衡。配稷契兮恢唐功，嗟英俊兮未為雙。

十九、參考書目

（一）與《楚辭》相關著作

1漢・王逸《楚辭章句》台北：藝文印書館百部叢書集成。
2宋・洪興祖《楚辭補注》台北：藝文印書館百部叢書集成。
3宋・朱熹《楚辭集注》台北：藝文印書館百部叢書集成。
4明・黃文煥《楚辭聽直》收在杜松柏主編《楚辭彙編》第二冊。台北：新文豐出版公司一九八六年三月。
5明・陸時雍《楚辭疏》收在杜松柏主編《楚辭彙編》第三冊。版本同前。
6明・吳仁傑《離騷草木疏》台北：藝文印書館百部叢書集成。
7明・蕭雲從《離騷圖經》台北：廣文書局。一九八八年二月。
8清・王夫之《楚辭通釋》台北：里仁書局，一九八一年。
9清・錢杲之《離騷集傳》台北：藝文印書館百部叢書集成。
10清・蔣驥《山帶閣注楚辭》台北：洪氏出版社，一九七五年。
11清・朱駿聲《離騷補注》收在杜松柏主編《楚辭彙編》新文豐出版公司一九八六年三月，第八冊。
12清・陳本禮，《楚辭精義》出版如前，第五冊。
13清・戴震《屈原賦注》台南：北一出版社。收入《楚辭四種》。一九七二年八月

14姜亮夫《屈原賦校注》，台北：文光書局，一九七四年八月。
15金開誠等《屈原集校注》北京：中華書局一九九九年。
16馬茂元《楚辭注釋》台北：文津出版社一九九三年九月。
17丁晏《楚辭天問箋》台北：廣文書局一九七二年四月。
18游國恩《離騷纂義》。台北：洪葉文化事業，一九九三年。
19游國恩《天問纂義》台北：洪葉文化事業，一九九三年。
20趙沛霖《屈原賦研究論衡》台北：聖環圖書公司，一九九四年六月。
21游國恩《楚辭概論》台北：商務印書館，一九六八年。
22游國恩《楚辭論文集》台北：九思出版，一九七七年
23游國恩《游國恩學術論文集》北京中華書局一九九九年十一月
24杜松柏《楚辭彙編》（含《屈子章句》、《楚辭札記》等等）台北：新文豐出版一九八六年三月。
25朱碧蓮《楚辭論稿》上海三聯書店，一九九三年。
26臺靜農《楚辭天問新箋》台北：藝文印書館，一九七二年。
27姜亮夫《楚辭通故》雲南人民出版社。一九九九年十二月
28郭沫若《屈原研究》北京：人民文學出版社，一九五九年
29傅錫壬《楚辭古韻考釋》台北：淡江文理學院，一九七三年。
30劉永濟《屈賦通箋》人民文學出版社，一九六一年。

31司馬遷等《楚辭資料選》台北：長安出版社，一九八八年九月。
32譚介甫《屈賦新編》台北：里仁書局，一九八二年。
33力之《楚辭與中古文獻考說》四川出版集團，巴蜀書社，二〇〇五年十二月。
34湯章平《出土文獻與楚辭九歌》北京：中國社會科學出版社，二〇〇四年九月。
35林庚《林庚楚辭研究兩種》北京：清華大學出版社。二〇〇六年七月。
36鄭在瀛《楚辭探奇》台北：萬卷樓圖書有限公司，一九九五年四月。
37湯炳正講述湯序波整理《楚辭講座》廣西師範大學出版。
38湯炳正《楚辭類稿》台北：貫雅文化事業，一九九一年一月。
39蔡葵《楚漢文化概觀》南京師範大學出版社一九九八年五月。
40吳福助《楚辭註繹》台北：里仁書局二〇〇七年五月。
41魯瑞青《楚辭文心論》台北：里仁書局二〇〇二年九月。
42侯淑儀《屈原的故鄉》台北：詩晨興業有限公司，二〇〇一年十二月。
43潘富俊《楚辭植物圖鑑》台北：貓頭鷹出版，二〇〇二年。

（二）相關參考書

44《毛詩》書韻樓叢刊，上海古籍出版社。
45屈萬里《詩經釋義》，中國文化大學出版，一九八〇年。

46《四書》（三國・何晏《論語集解》、漢・趙岐《孟子注》等）書韻樓叢刊，上海古籍出版社。
47清・劉寶楠、劉恭冕《論語正義》台北：世界書局收在《新編諸子集成》一九七二年十月。
48清・焦循、焦琥《孟子正義》台北：世界書局收在《新編諸子集成》一九七二年十月。
49清・王先謙《荀子集解》台北：世界書局收在《新編諸子集成》一九七二年十月。
50漢・揚雄撰、晉・李軌注《揚子法言》台北：世界書局收在《新編諸子集成》一九七二年十月。
51漢・荀悅撰、明・黃省曾注《申鑒》台北：世界書局收在《新編諸子集成》一九七二年十月。
52北齊・顏之推撰《顏氏家訓》台北：世界書局收在《新編諸子集成》一九七二年十月。
53清・魏源《老子本義》台北：世界書局收在《新編諸子集成》一九七二年十月。
54晉・王弼《老子道德經注》，唐・陸德明《釋文》台北：世界書局收在《新編諸子集成》一九七二年十月。
55清・郭慶藩《莊子集釋》台北：世界書局收在《新編諸子集成》一九七二年十月。
56晉・張湛《列子注》台北：世界書局收在《新編諸子集成》一九七二年十月。
57唐・尹知章注、清・戴望校正《管子校正》台北：世界書局收在《新編諸子集成》一九七二年十月。
58漢・高誘注《淮南子》台北：世界書局收在《新編諸子集成》一九七二年十月。
59《春秋左傳正義》台北：中華書局《四部備要》本。
60《大戴禮記》台北：商務四部叢刊。
61漢・司馬遷《史記》台北：藝文印書館影印武英殿本。
62漢・班固《漢書》，王先謙補注，藝文印書館影印武英殿本。
63唐・魏徵《隋書》台北：藝文印書館影印武英殿本。

64元·脫脫《宋史》台北：藝文印書館影印武英殿本。
65宋·陳振孫《直齋書錄解題》台北：廣文書局。
66宋·李昉等《太平御覽》台北：粹文堂（後改由台中：曾文出版社，一九七五年二月）
67清·張之洞、范希曾《書目答問補正》台北：新興書局，一九六六年五月。
68清聖祖御製《全唐詩》台北：明倫出版社，一九七一年。
69清·《古今圖書集成》台北：鼎文書局，一九七六年。
70清·紀昀《四庫全書總目提要》台北：藝文印書館。
71清·趙翼《陔餘叢考》台北：新文豐出版。湛貽堂本，一九七五年。
72梁·劉勰《文心雕龍》范文瀾注，台北：明倫出版社，一九七一年二月。
73何文煥《歷代詩話》台北：藝文印書館，一九七一年二月。
74丁福保《續歷代詩話》台北：藝文印書館，一九七一年。
75郭紹虞《清詩話續編》台北：木鐸出版社，一九八三年。
76吳文治《宋詩話全編》南京：江蘇古籍出版社，一九九八年十二月。
77吳文治《明詩話全編》南京：江蘇古籍出版社，一九九七年十二月。
78王叔岷《列仙傳校箋》台北：中研院文史哲研究所，一九九五年四月。
79李亦園《中國神話》台北：地球出版社，一九七八年三月再版。
80王孝廉《水與水神》台北：漢忠文化事業，一九九八年七月。
81唐·韓愈《韓昌黎先生集》台北：廣文書局，一九九一年。

82蕭繼宗《興懷集》台北：台灣學生書局，一九九〇年三月。
83陸侃如《中國詩史》藍星出版社，一九六九年。
84王建生《簡明中國詩歌史》台北：文津出版社，二〇〇四年九月。
85王建生《建生文藝散論》台北：桂冠圖書公司，一九九三年三月。
86《山海經》揚州慶陵古籍刻印社，二〇〇三年。
87倪泰一編譯《山海經》重慶出版社，二〇〇六年。
88《中國古代服飾研究》台北：龍田出版社，一九八一年十一月。

(三) 相關論文

89張亨《離騷輯校》，台北：台灣大學．《文史哲學報》第十三期。
90蕭繼宗〈湘君湘夫人及大司命少司命四篇結構之研究〉台中：東海大學《東海學報》第五期。
91文崇一〈九歌中河伯之研究〉收入台北：中研院《民族學研究集刊》第九期。
92文崇一〈九歌中的水神與華南的龍舟競賽〉，如右，《民族學研究集刊》第十一期。
93李豐楙〈服飾、服食與巫俗傳統〉《古典文學》第三集，台北：學生書局，一九八一年。
94王建生〈屈原的「存君興國信念」與忠怨之辭〉《遠太人》十五期，一九八四年。
95王建生〈詩經、楚辭〉，《中國文化月刊》第一一一期頁九十八至一一三，一九八九年十一月。

附：本書作者著作目錄表

（一）、論著

書名	出版地	出版社	出版時間	頁數	備註
1《說文解字》中的古文究	台中	手抄本	一九七〇年六月	二七一頁	
2袁枚的文學批評	台中	手抄本	一九七三年六月	五六八頁	
3鄭板橋研究	台中	曾文出版社	一九七六年十一月	二一二頁	
4吳梅村研究	台中	曾文出版社	一九八一年四月	三七七頁	
5趙甌北研究（上、下）	台北	台灣學生書局	一九八八年七月	八六四頁	
6蔣心餘研究（上、中、下）	台北	台灣學生書局	一九九六年十月	一三〇五頁	
7增訂本鄭板橋研究	台北	文津出版社	一九九九年八月	三一二頁	
8增訂本吳梅村研究	台北	文津出版社	二〇〇〇年六月	四一八頁	
9袁枚的文學批評（增訂本）	台北	聖環圖書公司	二〇〇一年十二月	四九〇頁	
10古典詩選及評注	台北	文津出版社	二〇〇三年八月	四七三頁	
11簡明中國詩歌史	台北	文津出版社	二〇〇四年九月	三四一頁	

12《隨園詩話》中所提及清代人物索引	台北	文津出版社	二〇〇五年七月	二二三頁
13清代詩文理論研究	台北	秀威資訊科技公司	二〇〇七年二月	二四六頁
14韓柳文選評注	台北	文津出版社	二〇〇八年九月	三一八頁
15陶謝詩選評注	台北	秀威資訊科技	二〇〇八年九月	二二六頁
16詩學、詩話、詩論講稿	台中	東海中文研究所講義本	二〇〇八年九月	三九一頁
17歐蘇文選評注	台北	文津出版社	二〇〇九年一月	三五四頁
18詩與詩人專題研究講稿	台中	東海中文研究所講義本	二〇〇九年一月	二一四頁
19楚辭選評注	台北	秀威資訊科技	二〇〇九年四月	三一〇頁

(二)、合集

書名	出版地	出版社	出版時間	頁數	備註
1王建生詩文集	台中	自刊本	一九九〇年七月	一六八頁	
2建生文藝散論	台北	桂冠圖書公司	一九九三年三月	二五四頁	
3心靈之美	台北	桂冠圖書公司	二〇〇〇年十一月	二〇八頁	
4山濤集	台北	聯合文學	二〇〇五年八月	二〇六頁	

(三)、詩集

書名	出版地	出版社	出版時間	頁數	備註
1 建生詩稿初集	台中	自刊本	一九九二年十一月	七十頁	二七〇首
2 涌泉集	台中	自刊本	二〇〇一年三月	一四五頁	三一〇首
3 題畫詩（丙戌至戊子，部分）	台中	手抄本	二〇〇八年八月	二百餘首（上下冊）	

(四)、畫集

書名	出版地	出版社	出版時間	頁數	備註
消暑小集（畫冊）	台中	台中養心齋	二〇〇六年九月	二（上下卷）	長卷軸

(五)、單篇學術論文、文藝創作作品、展演

著作篇名	出版書籍及期刊名稱	卷期、頁數	出版年月
1 鄭板橋生平考釋	東海學報	十七卷頁七十五至九十二	一九七六年八月
2 吳梅村交遊考	東海學報	二十卷頁八十三至一〇一	一九七九年六月

3 吳梅村的生平　東海中文學報　第二期頁一七七至一九二　一九八一年四月

4 屈原的「存君興國信念」與忠怨之辭　遠太人　十五期頁五十三至五十四　一九八四年十二月

5 淺論我個人對文藝建設的新構想　東海文藝季刊　十六期頁一至五　一九八五年六月

6 談文學的進化論　東海文藝季刊　十七期頁三至八　一九八五年九月

7 淺談文學的多元論　東海文藝季刊　二十期頁六至八　一九八六年六月

8 談文學的波動說　東海文藝季刊　二十四期頁一至十四　一九八七年六月

9 「性靈說」的意義　東海文藝季刊　二十五期頁二至七　一九八七年九月

10 清代的文學與批評環境　東海文藝季刊　二十六期頁三至二十七　一九八七年十二月

11與青年朋友談文藝—須有「個性」	東海文藝季刊	二十七期頁十八至二十一	一九八八年三月
12與青年朋友談文藝—須有「真」「趣」	東海文藝季刊	三十三期頁七至十一	一九八八年六月
13從文藝創作獎談文藝創作論	東海文藝季刊	二十八期頁二至十一	一九八八年六月
14趙甌北的文學批評—論李白	中國文化月刊	一〇四期頁三十二至四十七	一九八八年六月
15趙甌北的史學成就	東海學報	二十九卷頁三十九至五十三	一九八八年六月
16趙甌北的文學批評—論杜甫	中國文化月刊	一〇五期頁三十二至四十一	一九八八年七月
17趙甌北交遊	東海中文學報	八期頁一九至六十六	一九八八年六月
18趙甌北的文學批評—論韓愈	中國文化月刊	一〇六期頁三十六至四十四	一九八八年六月

19 憶巴師（古詩）　巴壺天追思錄　頁一一二至一一四　一九八八年八月

20 與青年朋友談文藝─須有「主」「從」　東海文藝季刊　二十九期頁六至九　一九八八年九月

21 趙甌北的文學批評─論白居易　中國文化月刊　一〇七期頁一〇五至一一四　一九八八年九月

22 趙甌北的文學批評─論歐陽修　中國文化月刊　一〇八期頁三十四至三十八　一九八八年十月

23 與青年朋友談文藝─須有「結構」　東海文藝季刊　三十期頁二至七　一九八八年十二月

24 趙甌北的文學批評─論王安石　中國文化月刊　一一〇期頁二十七至三十一　一九八八年十二月

25 趙甌北的生平事略　書和人　六一一期　一九八八年十二月

26 趙甌北的文學批評─論蘇軾　中國文化月刊　一一二期頁三十至四十　一九八九年一月

27與青年朋友談文藝─須有「氣」「象」　東海文藝季刊　三十一期頁二至十　一九八九年三月

28詩經、楚辭　中國文化月刊　一二一期頁九十八至一一三　一九八九年十一月

29漢代詩歌─樂府民歌　中國文化月刊　一二二期頁九十五至一○五　一九八九年十二月

30魏晉南北朝民歌　中國文化月刊　一二三期頁六十五至八十六　一九九○年一月

31唐代詩歌（一）　中國文化月刊　一二四期頁二十七至四十六　一九九○年二月

32唐代詩歌（二）　中國文化月刊　一二五期頁七十三至九十二　一九九○年三月

33唐代詩歌（三）　中國文化月刊　一二六期頁八十三至一○八　一九九○年四月

34宋代詩歌（上）　中國文化月刊　一二八期頁五十九至八十一　一九九○年六月

35宋代詩歌（下） 中國文化月刊 一二九期頁六十六至八十 一九九〇年七月
36中國散文史 東海中文學報 九期頁三十三至九十六 一九九〇年七月
37金元詩歌 中國文化月刊 一三〇期頁七十一至八十 一九九〇年八月
38明代詩歌 中國文化月刊 一三一期頁五十四至七十三 一九九〇年九月
39清代詩歌（上） 中國文化月刊 一三二期頁六十八至七十八 一九九〇年十月
40清代詩歌（下） 中國文化月刊 一三三期頁四十四至六十二 一九九〇年十一月
41歲暮詠四君子（古詩） 東海校刊 二三八期 一九九〇年十二月
42東坡傳 中國文化月刊 一三五期頁三十六至五十六 一九九一年一月

43歐陽修傳	中國文化月刊	一三八期頁四十三至六十二	一九九一年四月
44慶祝開國八十年（古詩）	實踐月刊	八一六期頁十二	一九九一年五月
45應東海大學書法社國畫社邀請參加師生聯展（展出書法）	在東海大學課外活動中心展出		一九九一年十二月
46題畫詩（八十二首，自題所作水墨畫）	中國文化月刊	一五二期頁八十七至九十七	一九九二年六月
47應中國當代大專教授聯誼會邀請聯展（展出書畫）	在台中文化中心文英館展出		一九九三年一月
48應台灣省中國書畫學會邀請聯展（展出書畫）	在台中文化中心文英館展出		一九九三年一月
49蔣心餘文學述評——藏園九種曲（一）	中國文化月刊	一六〇期頁六十二至八十二	一九九三年二月
50題畫詩（有畫作）	東海文學	三十八期頁三十七至三十八	一九九三年六月

51應中國當代大專書畫教授聯展作品刊出	中國當代大專書畫教授聯展選集	頁十五	一九九三年七月
52蔣心餘文學述評——藏園九種曲（二）	中國文化月刊	一六六期頁九十一至一一〇	一九九三年八月
53刊出行書中部五縣市書法比賽入選作品	台灣省中國書畫學會會員作品專輯	頁三十五	一九九三年
54評「李可染畫論」	書評（雙月刊）	八期頁三至五	一九九四年二月
55蔣心餘文學述評——藏園九種曲（三）	中國文化月刊	一七三期頁七十五至九十一	一九九四年二月
56蔣心餘文學述評——藏園九種曲（四）	中國文化月刊	一七七期頁九十五至一一八	一九九四年七月
57蔣心餘與袁枚、趙翼及江西文人之交遊	東海中文學報	十一期頁十一至二十九	一九九四年十二月
58也談玉璧	中國文化月刊	一九四期頁一二一至一二八	一九九五年十二月

59談玉圭	中國文化月刊	一九八期頁一一四至一二七	一九九六年四月
60應中國當代書畫聯誼邀請「傑出書畫名家聯展」（展出書法、水墨畫）	在美國洛杉磯展出		一九九六年十月
61應兩岸書畫交流暨台灣區國畫創作比賽聯展（展出書法、水墨畫）	在台中市文英館展出	聯展作品於八十五年十二月三十一日出版	一九九七年一月
62清代文學家蔣士銓	書和人	八二三期	一九九七年四月十九日
63神韻說的意義	中國文化月刊	二三〇期頁六十二至六十七	一九九八年七月
64肌理說的意義	中國文化月刊	二三一期頁四十六至四十八	一九九八年八月
65憶江師舉謙	東海大學校刊	七卷一期	一九九九年三月十日
66憶江師舉謙	東海校友雙月刊	二〇七期	一九九九年三月

67參加「台灣文學望鄉路」現場詩創作	台中文化中心		一九九九年四月
68懷念老友松齡兄	東海大學校刊	七卷三期	一九九九年五月
69台灣省中國書畫學會會員聯展（展出書畫）	台中市文化中心第三、四展覽室		一九九九年十一月二十日至十二月二日
70揚州八怪的鄭板橋	書和人	九一〇期	二〇〇〇年九月十六日
71韓愈的生平 柳宗元的生平	未刊稿（後收在《山濤集》）	頁八十至一一三	一九九九年八月
72憶方師母	方師母張慜言女士紀念文集	頁一五二	二〇〇一年六月
73捐出書畫、參與財團法人華濟醫學文教基金會舉辦「關懷心，濟世情」書畫義賣會		地點：嘉義華濟醫院 八、九月	二〇〇一年

74	參與台灣省中國書畫學會聯展（展出書畫）	台中市文化中心文英館	二〇〇一年十二月十五至二十日
75	參加台灣省中國書畫學會聯展（展出書畫）	彰化社教館	二〇〇二年十一月
76	參加台灣省中國書畫學會聯展（展出書畫）	台中市文化中心文英館	二〇〇三年八月二十三日至九月四日
77	應台中科博館邀請演講〈菊花與文學〉	台中科博館	二〇〇三年十一月
78	〈菊花與文學〉	《東海文學》第五五期八三—八七頁	二〇〇四年六月
79	〈從《興懷集》、《獨往集》看蕭繼宗先生生平與人格思想〉	《緬懷與傳承—東海中文系五十年學術研討會》頁九三—一一三	二〇〇五年十月
80	參加台灣省中國書畫學會書畫聯展主題畫廊（展出書畫）	台中市文化中心文英館	二〇〇五年十月一日~十二日

81應邀北京大學中文系演講，題目：乾隆三大家：袁枚、趙翼、蔣士銓	北京大學中文系		二〇〇六年四月
82參加第九屆東亞（台灣、韓國、日本）詩書展	台中市文化中心	收在《作品集》三二～三三頁	二〇〇六年五月
83〈從《興懷集》、《獨往集》看蕭繼宗先生生平與人格思想〉	東海中文學報	十八期頁一三一～一六二	二〇〇六年七月
84參加台灣省中國書畫學會書畫聯展（展出書畫）	台中市稅捐處畫廊		二〇〇六年十月
85〈袁枚、趙翼、蔣士銓三家同題詩比較研究〉	東海大學中文系教師論文發表會	四二頁	二〇〇六年十一月
86大雪山一日遊—中文系月二十日系友會紀實	《東海人》季刊	第六期第二版	二〇〇七年五月二十日
87參加二〇〇七台灣省中國書畫學會會員聯展（展出書畫）	台中市文化局文英館主題畫廊	有《作品集》刊出	二〇〇七年七月十四日至七月二十六日

88〈袁枚、趙翼、蔣士銓三家同題詩比較研究〉	《東海中文學報》第十九期	頁一三九～一九四	二〇〇七年七月
89接受《東海文學》專訪，題目：〈他的專情專心與專一〉	《東海文學》	第五八期頁五三～五九	二〇〇七年六月
90兩岸大學生長江三角洲考察活動參訪紀實	《東海校訊》	一三一期第三版	二〇〇七年十月三十一日
91參加台灣省中國書畫學會會員聯展（展出書畫）	台中市稅捐處畫廊		二〇〇八年十一～十二月
92「博愛之謂仁」書法	《新中華》雜誌	第二十八期四六頁	二〇〇九年一月
93「臺灣省中國書畫學會」及「台中市青溪新文藝學會」團拜，表揚王建生資深理事，精進書藝，著作《陶謝詩選評注》表現卓越，推展中華文化有功	台中市後備指揮部		二〇〇九年二月十五日

（六）、主編書籍

書名	出版地	出版社	出版時間	頁數	備註
1東海文藝季刊創刊號至32期	台中	東海大學	一九八一年～一九八九年	每期各約二百頁	
2戰後初期台灣文學與思潮論文集	台北	文津出版社	二〇〇五年一月	七二八頁	與洪銘水先生合編
3大一中文加強寫作班作品集	台中	東海大學中文系	二〇〇五年四月	一九七頁	與周芬伶先生合編
4尺牘珍寶	台中	自刊本	二〇〇五年五月	三十二頁	
5二〇〇四年文字學學術研討會論文集	台北	里仁書局	二〇〇五年十一月	三一三頁	與朱岐祥先生合編
6花園莊東地甲骨論著	台北	聖環圖書公司	二〇〇六年七月	四二六頁	與朱岐祥先生合編
7東海大學中文學報第十八期	台北	聖環圖書公司	二〇〇六年七月	二七五頁	

8 二〇〇五年文史哲中西文化專刊　台北　文津出版社　二〇〇六年九月　二八四頁　與丘為君、謝仲明先生合編

9 緬懷與傳承——東海中文系五十週年學術傳承研討會論文集　台北　文津出版社　二〇〇七年十二月　四七六頁

國家圖書館出版品預行編目

楚辭選評注 / 王建生 . --. 一版. --臺北市
: 秀威資訊科技, 2009.04
面 ; 公分. -- (語言文學類 ; AG0109)
BOD 版
參考書目 : 面
ISBN 978-986-221-212-7 (平裝)

1. 楚辭 2. 注釋

832.1 98005703

語言文學類 AG0109

楚辭選評注

作　者 / 王建生
發 行 人 / 宋政坤
執行編輯 / 賴敬暉
圖文排版 / 黃莉珊
封面設計 / 蕭玉蘋
數位轉譯 / 徐真玉　沈裕閔
圖書銷售 / 林怡君
法律顧問 / 毛國樑　律師
出版印製 / 秀威資訊科技股份有限公司
台北市內湖區瑞光路 583 巷 25 號 1 樓
電話：02-2657-9211　傳真：02-2657-9106
E-mail：service@showwe.com.tw
郵政劃撥帳號：19563868
經 銷 商 / 紅螞蟻圖書有限公司
台北市內湖區舊宗路二段 121 巷 28、32 號 4 樓
電話：02-2795-3656　傳真：02-2795-4100
http://www.e-redant.com

2009 年 4 月 BOD 一版
定價：380 元

讀　者　回　函　卡

感謝您購買本書，為提升服務品質，煩請填寫以下問卷，收到您的寶貴意見後，我們會仔細收藏記錄並回贈紀念品，謝謝！

1.您購買的書名：______________________

2.您從何得知本書的消息？

□網路書店　□部落格　□資料庫搜尋　□書訊　□電子報　□書店

□平面媒體　□ 朋友推薦　□網站推薦　□其他__________

3.您對本書的評價：(請填代號　1.非常滿意 2.滿意 3.尚可 4.再改進)

封面設計____　版面編排____　內容____　文/譯筆____　價格____

4.讀完書後您覺得：

□很有收獲　□有收獲　□收獲不多　□沒收獲

5.您會推薦本書給朋友嗎？

□會　□不會，為什麼？______________________________

6.其他寶貴的意見：____________________________________

____

____

____

讀者基本資料

姓名：__________________　年齡：_____　性別：□女　□男

聯絡電話：______________　E-mail：__________________

地址：____

學歷：□高中(含)以下　□高中　□專科學校　□大學

□研究所(含)以上　□其他______________

職業：□製造業　□金融業　□資訊業　□軍警　□傳播業　□自由業

□服務業　□公務員　□教職　□學生　□其他__________

請貼
郵票

To：114

台北市內湖區瑞光路 583 巷 25 號 1 樓

秀威資訊科技股份有限公司　　　收

寄件人姓名：

寄件人地址：□□□

(請沿線對摺寄回,謝謝!)

秀威與 BOD

BOD（Books On Demand）是數位出版的大趨勢，秀威資訊率先運用 POD 數位印刷設備來生產書籍，並提供作者全程數位出版服務，致使書籍產銷零庫存，知識傳承不絕版，目前已開闢以下書系：

一、BOD 學術著作—專業論述的閱讀延伸
二、BOD 個人著作—分享生命的心路歷程
三、BOD 旅遊著作—個人深度旅遊文學創作
四、BOD 大陸學者—大陸專業學者學術出版
五、POD 獨家經銷—數位產製的代發行書籍

BOD 秀威網路書店：www.showwe.com.tw
政府出版品網路書店：www.govbooks.com.tw

永不絕版的故事・自己寫・永不休止的音符・自己唱